AF140054

Helmut Baumgärtner

Strandfundstück

Eine schicksalhafte Begegnung
zweier Generationen

(überarbeitete 2. Auflage)

ROMAN

Impressum

*Die deutsche Nationalbibliothek verzeichnet diese
Publikation in der deutschen Nationalbibliografie;
detaillierte bibliografische Daten sind im Internet
über http://dnb.dnb.de abrufbar.*

*TWENTYSIX – Der Self-Publishing-Verlag
Eine Kooperation zwischen der Verlagsgruppe
Random House und BoD – Books on Demand*

© 2019 Helmut Baumgärtner

Herstellung und Verlag:
BoD – Books on Demand, Norderstedt

ISBN: 978-3-740-753450

Heiß brannte die Maisonne auf seinen nur noch mit einem Haarkranz bedeckten Kopf. Widerwillig setzte Bernhard Harms doch seinen Sonnenhut auf. Viel zu oft hatte er sich schon die Kopfhaut verbrannt. Den ganzen Sommer über verblieb dadurch eine hässliche, fleckige Stirnglatze mit schuppiger Haut. Früher war er stets von seiner Frau bedrängt worden, sich unbedingt rechtzeitig einzucremen und eine schützende Kopfbedeckung zu tragen. Aber beides fand er, trotz aller Einsicht, ausgesprochen lästig und ließ es meistens sein. Einen leichten Sonnenbrand nahm er in Kauf.

Er liebte diese langen Spaziergänge, barfuß und nur sehr leicht bekleidet an einsamen Stränden. Völlig ungestört konnte er dabei seine Gedanken frei entfalten und vor sich hin träumen.

Das gleichmäßige Plätschern der nur schwachen Dünung war das einzige Geräusch, das die sonst friedliche Stille unterbrach. Mehr als zwei Stunden war er schon mit zügigen Schritten marschiert. Keine Menschenseele war ihm dabei am Strand begegnet. Nur einmal sah er im Hinterland einen Menschen. Es dürfte ein Schafhirte auf einer Weide oder ein Bauer auf seinem Felde gewesen sein.

Jetzt war es allerhöchste Zeit umzukehren und endlich den langen Rückweg anzutreten.

Eigentlich könnte er auch wieder einmal eine kleine Abkühlung gebrauchen. Sein Körper war stark überhitzt und Schweiß bedeckte seine Stirn. Strand und Meer luden ihn zum Schwimmen ein.

Ein erfrischendes Bad könnte jetzt gut tun. Den kleinen Rucksack mit seinen Utensilien legte er im Sand ab. Von Uhr und Sonnenhut befreite er sich auch. Da niemand in der sichtbaren Nähe war, streifte er die Badehose ab. Nackt marschierte er in das zu dieser Jahreszeit noch recht erfrischende Meer. Ein paar kräftige Schwimmstöße brachten ihn schnell hinter die Dünung, wo er sich von den Wellen auf und ab treiben ließ. Auf dem Rücken im Wasser liegend, schaute er der wärmenden Sonne entgegen. Das war ein Stück Freiheit, die er, trotz der Kühle die ihn umspülte, genoss.

Völlig alleine hier draußen, besann er sich aber bald nicht zu weit ins Meer hinaus zu schwimmen. Er war zwar ein sehr guter Schwimmer, aber die unbekannten Strömungen könnten ihm vielleicht den Rückweg erschweren. Auch sollte er nicht zu lange in dem kalten Wasser bleiben. Immerhin war er schon 67 Jahre alt. Trotz seiner glücklicherweise strotzenden Gesundheit, könnten doch einmal altersbedingte Schwächen auftreten, die ihn von fremder Hilfe abhängig machen würden. So weit abseits würde ihm dann niemand helfen können.

Nachdem er vor einem halben Jahr, mit mehr als zwei Jahren Verspätung, in den Ruhestand gegangen war, hatte ihn etwas die Eintönigkeit des Rentnerdaseins übermannt. Langeweile kannte er zwar nicht, dazu hatte er zu viele Interessen. Was er früher erleben wollte, konnte er jetzt nachholen. Lange genug war er in seinem Beruf den Terminen hinterhergelaufen. Freizeit war für ihn immer ein sehr knappes Gut gewesen.

Nun gönnte er sich eine Auszeit vom Nichtstun. Er wollte wieder einmal etwas anderes sehen und das mediterrane Klima genießen. Diese griechische Insel kannte er von einem früheren Urlaub. Er war hocherfreut sie noch fast genauso vorzufinden, wie er sie in angenehmer Erinnerung hatte. Besonders dieser schier endlose, einsame Strand hatte es ihm damals schon angetan.

Seine Frau hatte ihn vor einigen Monaten nach einer plötzlichen, schweren Krankheit verlassen. Nach den vielen gemeinsamen Ehejahren war das Alleinsein noch schwer und ungewohnt für ihn. Immer wieder einmal ertappte er sich bei dem überflüssigen Gedanken, auf andere Rücksicht nehmen zu müssen. Mit der gewonnenen Freiheit lernte er erst noch umzugehen.

Außer einigen entfernteren Verwandten, von denen er sich etwas auf Distanz hielt und wenigen Freunden, die er nur selten einmal traf, hatte er niemanden mehr. Seine vielen Sportkameraden waren zum größten Teil berufstätig, die anderen hatten vorrangig familiäre Interessen. Außer dem gemeinsamen Sport und den nur gelegentlichen kameradschaftlichen Treffen im Verein, gab es keine engeren Bindungen zu ihnen.

Kinder hatten weder seine Frau, noch er selbst ursprünglich vermisst. Zu sehr hatten sein Beruf, sowie die Eltern und Geschwister seiner Frau sie beschäftigt und in ihre Probleme mit einbezogen. Als sie sich fragten, ob es sinnvoll sei die Familie zu vergrößern, schien es ihnen zu spät, sie hatten sich beide zu sehr an die Unabhängigkeit gewöhnt.

Manchmal dachte er über diese Entscheidung nach, aber bei dem Gedanken an die mit Kindern verbundenen Einschränkungen war er sicher, dass es so das Beste für sie war. Ändern konnte er es jetzt ohnehin nicht mehr.

Während er den Strand entlang wanderte, ließ er die Vergangenheit Revue passieren.

Eigentlich hätte es ihn auch schlechter treffen können. Aus nicht gerade begütertem Elternhaus stammend, hatte er sich verhältnismäßig gut durch das Leben gekämpft. Berufliche Erfolge hatte er genossen. Jahrzehntelang ging es steil bergauf. Vieles wurde ihm dadurch ermöglicht. Großzügige Urlaube und viele Events konnten sie sich leisten. Leider war der Erfolg aber immer mit sehr hohen Belastungen und einem chronischem Zeitmangel verbunden. So manches Mal hätte er liebend gerne finanzielle Einbußen in Kauf genommen für etwas mehr Freizeit, wenn das möglich gewesen wäre. Aber den Spielraum ließ seine Tätigkeit nicht zu. Stattdessen musste er den Zeitmangel oft durch großzügigere Ausgaben ausgleichen.

Die Rückschläge, von denen er auch nicht ganz verschont geblieben war, hatte er einigermaßen schadlos wegstecken können. Auch finanzielle Verluste verkraftete er. Sein Kampfgeist und der Selbsterhaltungstrieb hatten ihn einen deutlichen sozialen Abstieg überwinden lassen. Er hatte sich auf ein etwas bescheideneres Leben eingestellt, und trauerte den alten Zeiten nun nicht mehr nach. Sehr viele angenehme Erlebnisse hafteten in seiner Erinnerung und die konnte ihm keiner nehmen.

Eine ungewöhnliche Bewegung, am Rand des vor ihm liegenden Strandabschnittes, holte ihn abrupt aus seiner tiefen Nachdenklichkeit.

Mehrere hundert Meter vor ihm ging der Strand an einigen durch den Wind und die Wellen entstandenen Hügeln und einzelnen Felsen vorbei. An deren Vorderseiten wuchsen ein paar lichte Büsche. Dort hatte er eine Bewegung gesehen. Ob da irgendein Tier in den Büschen saß? Ob es ihm eventuell schaden könnte? Vielleicht waren es nur streunende Hunde, die in den südlichen Ländern meistens sehr einfach einzuschüchtern waren. Nachdem er schon so lange an dem meilenweit einsehbaren Strand niemanden gesehen hatte, hielt er es für unwahrscheinlich, einem oder mehreren Menschen zu begegnen.

Sicherheitshalber zog er seine Badehose an, die er nach dem Schwimmen aus Bequemlichkeit und zum Trocknen ausgelassen hatte. Fremden wollte er nicht unbedingt nackt begegnen.

Es war noch ein beachtliches Stück bis zu der Stelle, an der er die Bewegung vermutete. Je mehr er jedoch sein Augenmerk auf den Punkt richtete, umso mehr glaubte er, dass er sich getäuscht hatte. Angestrengt blickte er fortwährend in die Richtung, konnte aber keine Regung mehr feststellen. Sicher hatte ihm nur der Wind einen bösen Streich gespielt. Als er ein deutliches Stück näher heran gekommen war, waren seine Gedanken wieder weit in die Vergangenheit zurückgekehrt.

Die ungewohnten Farben neben einem großen Busch zogen bald wieder magisch seinen Blick an.

In einigem Abstand sah er dann durch lichtes Blattwerk undeutlich jemanden auf einer bunten Decke ausgestreckt liegen. Die Person hatte ihn wohl noch nicht bemerkt, jedenfalls war keinerlei Reaktion von ihr sichtbar.

Verwundert, was ein Mensch alleine an diesem einsamen Strand liegend macht, ging er langsam weiter. Keinesfalls wollte er die wohl gewünschte Ruhe stören. Vielleicht war es ein junges Pärchen, das sich zum Alleinsein in diese Abgeschiedenheit zurückgezogen hatte und er hatte nur die zweite Person davon noch nicht wahrgenommen. Sie oder er könnte ja auch einmal kurz hinter den Dünen verschwunden sein.

Nachdem er bereits ein Stück weiter gegangen war, drehte er sich doch noch einmal neugierig um. Soweit er auf diese Distanz feststellen konnte, lag der Körper noch unverändert und alleine dort. Jetzt kam ihm das sehr seltsam vor. Selbst für eine ungestörte Zweisamkeit war die Distanz zu den Hotels sehr groß. Die Hotelgäste machten zwar fast alle einmal Spaziergänge am Strand, aber nach einer halben Stunde Gehzeit begann schon die große Einsamkeit. Zunächst war er unschlüssig, wie er sich verhalten sollte. Plötzlich beschloss er, sicherheitshalber und auch aus reiner Neugierde umzukehren, um nur kurz ‚Hallo' zu sagen.

Als er näher an den Liegeplatz kam, machte er bewusst einige hörbare Geräusche, um auf sich aufmerksam zu machen. Er pfiff einen Evergreen vor sich hin, den die Tanzkapelle im Hotel am Abend vorher mehrmals gespielt hatte.

Jetzt konnte er erkennen dass es eine junge Frau war, die dort lag. Wenige Meter vor ihrer Lagerstätte rief er freundlich: „Hallo junge Frau!".

Da keine Antwort kam und die Frau auch keine Regung zeigte, rief er laut:

„Hallo! Alles klar hier in dieser Einsamkeit? Sie haben sich aber ein stilles Plätzchen ausgesucht."

Sie rührte sich immer noch nicht und zwang ihn dadurch, beim Näherkommen nochmals lauter zu rufen, selbst auf die Gefahr hin, sie aufzuwecken.

„Hallo, geht es ihnen gut, so alleine an ihrem einsamen Lagerplatz?"

Eine Antwort blieb auch jetzt wieder aus.

Angekommen an ihrer Stranddecke wurde ihm schnell klar, dass hier etwas nicht stimmen konnte. Falls sie geschlafen hatte, müsste sie schon längst aufgewacht sein. Das war alles andere, nur nicht normal. Blitzschnell überblickte er die Szenerie.

Die Frau lag in bequemer Schlafstellung, mit angewinkelten Beinen, auf der rechten Körperseite. Ihr Kopf war allerdings unnatürlich nach hinten geneigt. Keinerlei Lebenszeichen waren erkennbar.

Trotz der heiklen Situation entging ihm nicht, dass diese junge Frau außergewöhnlich schön war. Ein sehr markantes Gesicht mit einer kleinen Nase, die jedem Schönheitschirurgen als Modell für seine Operationen dienen könnte. Gut geformten Ohren, mit dezenten goldenen Ohrringen, die einen kleinen Brillanten umrahmten, und sehr harmonisch eingelagerte Augenhöhlen. Dazu ein Mund mit leicht gewölbten Lippen, die wohl jeden gestandenen Mann schnell zum Küssen verleiten konnten.

Ihre dunkelblonden, halblangen Haare umrahmten einen zierlichen Kopf. Der momentan zerzausten Frisur war ein modischer Haarschnitt anzusehen. Alles an ihr, die Augenbrauen, die Wimpern, die Finger- und die Fußnägel waren bestens gepflegt. Make-up hatte sie wohl nicht aufgetragen und auch nicht nötig. Ihre zarte Bräunung zeugte von häufiger Bewegung im Freien. Bestimmt war sie einer gehobenen sozialen Schicht zuzuordnen. Eine Einheimische schien sie wohl nicht zu sein.

Fieberhaft überlegte er, was er hier vorfand und was er tun sollte. Die Gedanken überschlugen sich. Sekundenschnell nahm er den restlichen Körper der Frau dabei auch noch zur Kenntnis. Ihre Figur, die in einer leichten weißen Bluse und kurzen Shorts steckte, war wohlproportioniert. Sie war nicht zu schlank und alle ihre Wölbungen waren ausgesprochen weiblich und, wie er fand, erotisch geformt. Im Ausschnitt ihrer oben leicht geöffneten Bluse war der Ansatz von schönen festen Brüsten erkennbar. Einen Büstenhalter trug sie nicht, stellte er fest. Die zarten Knospen ihrer Brustwarzen zeichneten sich auf der Bluse ab. Ihre straffen, sehr sportlich geformten schlanken Beine, rundeten das sehr ästhetische Gesamtbild ab.

Mit Ausnahme der unnatürlichen Verrenkung, könnte sie durchaus nur tief schlafend hier liegen. Er konnte sich jedoch nicht vorstellen, dass sie sich in so unbequemer Lage zum Schlafen niedergelegt hatte. Es war keine Bewegung durch die Atmung zu erkennen. Der Brustkorb hob und senkte sich kein bisschen. Absolut regungslos lag sie vor ihm.

Für einen Portraitmaler würde sie so ein lohnendes Motiv abgeben. Hektisch überdachte er die Szene, die zwangsläufig seine bisherige besinnliche Nachdenklichkeit und Träumerei durchkreuzte und zum Handeln zwang. Obwohl ihm bewusst war, wie weit er von menschlichen Ansiedlungen entfernt war, schaute er sich doch verzweifelt und hilfesuchend um. Hilferufe waren zwecklos. Da war kein Mensch weit und breit. Er musste mit dieser unglücklichen Situation wohl ganz alleine klar kommen, ob er das wollte oder nicht.

Auf ein Verbrechen deutete eigentlich nichts hin. Ihre Decke und ihre Tasche lagen geordnet im Sand. Irgendwelche Kampf- oder Abwehrspuren waren auch nicht zu finden. Ihre Kleidung und ihr Körper waren unversehrt. Auch im umliegenden Bereich waren keine besonderen Spuren am Strand zu sehen, die auf eine außergewöhnliche Aktivität hinweisen könnten. Die einzigen Fußspuren waren ihre eigenen und jetzt auch seine. Dass man sie nur hierher gebracht und abgelegt hatte, war also auch äußerst unwahrscheinlich. Zum Meer waren es nur wenige Meter, aber auch dahin gab es keine Spur. Warum auch sollte sich irgendjemand diese Mühe machen. Rundum gab es unzählige Möglichkeiten, einen Menschen so zu verstecken, dass man ihn nur durch einen Zufall jemals finden könnte. Der ganze Landstrich war unbewohnt und, außer ein paar Touristen, verirrte sich hier wohl niemand. Keine Straße und auch kein Fußpfad führten aus dem Hinterland an diesen Strand. Was also könnte mit dieser jungen Frau passiert sein, und warum?

Fragen über Fragen gingen ihm durch den Kopf. Nachdenklich betrachtete er eingehend nochmals die junge Frau und die nähere Umgebung, ohne eine Erklärung zu finden.

Was sollte er jetzt tun, fragte er sich verzweifelt und versuchte sich zur Ruhe zu zwingen. Warum musste gerade er jetzt hier vorbeikommen und zum Handeln gezwungen werden?

Warum nur lag diese schöne junge Frau völlig alleine und leblos hier an dem endlosen Strand?

- KAPITEL 2 -

Julia Randstedt hatte gerade einen miserablen Arbeitstag hinter sich gebracht. So miserabel, wie sie es in ihrem ganzen bisherigen Berufsleben noch niemals erlebt hatte.

Ein unverzeihlicher Fehler mit schwerwiegenden Folgen hatte sich in eine ihrer Berechnungen für ein großes Sportstadion eingeschlichen. Es konnte eigentlich nur sein, dass sie beim Ermitteln kleiner Einheiten eine Dezimalstelle falsch gesetzt hatte. Dieser Wert bezog sich auf eine immense Menge. Deshalb hatte sie die falsche Zahl immer wieder multipliziert. Nur durch einen Zufall war es ihrem Chef heute aufgefallen. Fast die gesamte Materialkalkulation basierte auf diesen Werten. Das konnte erhebliche Kostensteigerungen zur Folge haben. Der Bauträger würde diese bestimmt nicht ohne weiteres akzeptieren. Zum ersten Mal war sie mit ihrem Vorgesetzten in Streit geraten.

Nach langer harmonischer Zusammenarbeit hatte sich zwischen ihnen schon ein kumpelhaftes Verhältnis entwickelt. Immer war sie zuverlässig und sorgfältig gewesen. Nun dieser folgenschwere Rechenfehler. Darauf angesprochen, reagierte sie übermäßig gereizt. Natürlich ärgerte sie sich selbst am allermeisten darüber. Wie konnte ihr so etwas passieren? Wahrscheinlich hatte der wenige Schlaf in der vergangenen Nacht stark an ihren Nerven gezehrt und sie hatte deshalb überreagiert. Ihre privaten Sorgen hatten sie zu sehr beschäftigt und ihr die Nachtruhe geraubt.

Am gestrigen Abend hatte zu später Stunde ihr Verlobter Clemens Trieber angerufen und ganz überraschend eröffnet, dass er in Erwägung ziehen würde, in Kürze für mehrere Jahre nach Dubai umzusiedeln. Natürlich nur mit ihr gemeinsam. Er hoffte auf ihr Einverständnis. Momentan war er dort auf einer Geschäftsreise, um den Beginn eines neuen Bauprojektes einzuleiten. Man hatte ihm jetzt eröffnet, dass seine ständige Präsenz vor Ort unbedingt erforderlich sein würde. Nur so könnte er die Gesamtleitung übernehmen. Das Projekt würde sich über viele Jahre hinziehen und auch noch einige zusätzliche Baumaßnahmen nach sich ziehen. Bisher war er davon ausgegangen, dass er die Arbeiten auch von Hamburg aus leiten könnte. Kompetente Mitarbeiter waren ja vor Ort um die Ausführung dort zu überwachen. Regelmäßige Geschäftsreisen zur turnusmäßigen Kontrolle hatte er eingeplant. Eine komplette Verlegung seines Wohnsitzes, während der gesamten Bauzeit, stand bisher nicht zur Debatte. Er war nicht abgeneigt und hatte nun Julia spontan damit konfrontiert. Diese einmalige berufliche Chance wollte er sich keineswegs entgehen lassen.

Während der ganzen Nacht hatte sie sich mit dieser überraschenden Entwicklung auseinander gesetzt. Ihren Job hatte sie bisher immer geliebt. Die gewohnte Umgebung und ihren Freundeskreis wollte sie auch nicht aufgeben. Ein Leben in Dubai konnte sie sich bisher nur schwer vorstellen.

Nach dem heutigen Eklat musste sie erkennen, wie schnell alles in ein neues Licht rücken kann.

Würde ihr Fehler Folgen haben, sie vielleicht sogar ihren Job verlieren? Die Gedanken überschlugen sich und sie geriet in einen Zustand der Unruhe, der ihr bisher völlig fremd war. Alles drehte sich im Kreis, sie kam zu keinem Entschluss.

Zuhause angekommen, rief sie sofort in Dubai an, um Clemens in ihre Unsicherheiten und Sorgen einzubeziehen. Schließlich hatten sie eine gemeinsame Zukunft vor sich, das hieß, auch Probleme gemeinsam zu besprechen und zu lösen. Tröstliche Worte könnte sie jetzt auch dringend brauchen. Sie fühlte sich vollkommen am Boden zerstört.

Erst nach einigen Klingeltönen schaltete sich die Rezeption des Hotels ein um ihr mitzuteilen, dass Herr Trieber nicht im Hause sei. Man würde aber gerne eine Nachricht an ihn weitergeben, sobald er eintreffen würde. Julia bat um seinen baldigen Rückruf. SMS oder Anrufe auf sein Mobiltelefon mochte er nur in sehr dringenden Notfällen. Also übte sie sich in Geduld und wartete.

Einige Stunden waren vergangen, als endlich das sehnsüchtig erwartete Läuten ihres Telefons sie aus ihrer Nachdenklichkeit heraus riss.

„Hallo Liebling, wo brennt's denn? Deine Nachricht klang so unaufschiebbar eilig."

Seine Stimme klang ungewöhnlich unruhig, fast gehetzt. Wahrscheinlich war er noch im Stress.

„Bin ich froh endlich deine Stimme zu hören", war zunächst Julias sehr knappe Antwort, worauf sie mit den aufkommenden Tränen ringen musste, was ihm offensichtlich nicht entging.

„Nun schieß schon los, wie kann ich helfen?"

Nur mit sehr viel Mühe, unterbrochen von ständigem lautem Schluchzen, schilderte sie ihren schweren Fehler und den darauf folgenden Streit. Sie vergaß auch nicht, die schlaflose Nacht durch seine überraschende Mitteilung und ihre Besorgnis über ihre gemeinsame Zukunft zu erwähnen.

Ruhig hatte er ohne zu unterbrechen zugehört, bis er nach kurzer Überlegung vorschlug:

„Nimm Urlaub, du hast sowieso noch genug zu bekommen. Komm her zu mir nach Dubai. Hier kannst du Abstand gewinnen und wir können über alles reden. Außerdem kannst du dir ein Bild von der Stadt und dem Land machen. Es wird dir sicher hier gefallen. Ich kann leider die nächsten Wochen keinen einzigen Tag wegbleiben, um zu dir nach Hamburg zu kommen."

Sie war sehr überrascht über seinen Vorschlag und besonders darüber, dass nun das allererste Mal von mehreren Wochen Abwesenheit die Rede war. Bisher waren sie nur von zwei, höchstens drei Wochen ausgegangen, und davon waren bereits mehr als zehn Tage vergangen. Das war schon wieder ein völlig neuer Aspekt.

„Hältst du das für eine so gute Idee? Was soll ich denn ganz alleine in Dubai, wo du bestimmt den ganzen Tag bis zum Abend voll beschäftigt bist und keine Zeit für mich haben wirst?"

„Klar, tagsüber bin ich ziemlich eingespannt, aber ein gemeinsames Mittagessen, weitgehend die Abende, und vor allen Dingen auch die langen Nächte, werden uns beiden gehören", antwortete Clemens gelassen.

Der süffisante Unterton, besonders als er die Nächte erwähnte, war dabei nicht zu überhören.

Nach kurzem Abwägen und dem Austausch von allerlei Belanglosigkeiten versprach sie, einmal darüber nachzudenken und sich baldmöglichst wieder bei ihm zu melden, um gegebenenfalls die Details zu besprechen.

Als sie dann am nächsten Morgen, wie immer pünktlich ins Büro kam, wurde sie von ihrem Chef zwar freundlich, aber doch deutlich reservierter als sonst üblich begrüßt. Gleich nach der Bearbeitung einiger eiliger Angelegenheiten, unaufschiebbarer Telefonate und der Sichtung ihrer E-Mails suchte sie ihn in seinem Büro auf.

„Es tut mir sehr leid, dass ich gestern so barsch reagiert habe", entschuldigte sie sich sofort.

„Wahrscheinlich habe ich es mir nicht verzeihen können, dass mir das passieren konnte. Natürlich ist es ausschließlich mein eigener Fehler. Ich werde alles nur Mögliche tun, um es so schnell es geht wieder gut zu machen."

Nach einer Pause, in der er sie sehr eindringlich angeschaut hatte, antwortete er beschwichtigend:

„Ich habe gestern sofort mit den zuständigen Leuten gesprochen. Da man bisher mit uns bestens zufrieden war und wir bei den anderen Objekten größere Einsparungen erwirkt haben, kriegen wir auch diese Kuh wieder vom Eis. Natürlich müssen wir einige Abstriche bei unserem Honorar machen. Das lässt sich aber bestimmt verkraften."

Ein eingehendes wichtiges Telefonat unterbrach ihre Unterhaltung für einige Minuten.

Als er endlich wieder aufgelegt hatte, erklärte ihm Julia mit wenigen Worten, warum sie etwas zerstreut war. Ihr Vorschlag, drei bis vier Wochen Urlaub zu nehmen, erschreckte ihn weniger als sie erwartet hatte. Sie wusste, dass es nicht einfach sein würde, die noch anstehenden Arbeiten ohne sie zu bewältigen. Die Firma hatte einige Projekte mit sehr knappen Terminen abzuwickeln. Alle Personal-Ressourcen waren verplant, zudem war auch noch eine Kollegin in Mutterschaftsurlaub.

Ein Blick in den Terminplan für die laufenden Projekte ließ ihn schließlich antworten:

„Ich habe volles Verständnis für ihre privaten Probleme. Zwei Wochen Urlaub kann ich gerade noch mit Mühe akzeptieren. Drei Wochen gingen nur, wenn sie bereit wären, notfalls auf Abruf zu unterbrechen und bei Bedarf zurückzukommen. Vier Wochen geht leider absolut nicht."

Julias Miene hellte sich zusehends auf. Sie hatte schon lange Zeit nicht so viele freie Tage an einem Stück genossen. Der verlockende Gedanke an ein schnelles Wiedersehen mit Clemens ließ ihr Herz höher schlagen. Sie liebte ihn abgöttisch und ihrem gemeinsamen Leben fieberte sie schon zu lange entgegen. Vielleicht würden sie bald zusammen-ziehen können. Schon viele Stunden hatte sie sich in allen Details ausgemalt, wie ihre Lebensgemein-schaft verlaufen würde. Sie kannten sich bereits seit einiger Zeit und hatten sich schon eingehend geprüft, meinten beide. Nach Dubai umzusiedeln schien ihr mittlerweile auch nicht mehr so schlimm zu sein. Warum nicht etwas Neues wagen.

Sie einigten sich auf seinen zuvorkommenden und großzügigen Vorschlag. Er bestimmte noch:

„Das geht aber leider erst ab Montag, die zwei restlichen Tage dieser Woche werden wir für die Übergabe ihrer laufenden Projekte benötigen." Dankbar und erleichtert verabschiedete sie sich.

Am Abend wollte sie Clemens davon berichten. Er war jedoch - wie fast immer - nicht zu erreichen. Sie überlegte, ob sie ihn einfach überraschen sollte. Dann entschloss sie sich aber, es am nächsten Tag erst noch einmal zu versuchen.

Einen Flug nach Dubai und ein Hotelzimmer waren leicht zu buchen. Die großen Hotels hatten ausreichend Kapazität. Der Tourismus entwickelte sich langsamer als die touristische Infrastruktur. Um Clemens in seinem Arbeitsrhythmus nicht zu stören, reservierte sie für sich ein Einzelzimmer im gleichen Hotel und auf dem gleichen Flur auf dem Clemens wohnte. So könnte sie sich auch einmal zurückziehen wenn er arbeiten musste. Außerdem stand ihr danach, am Morgen lange auszuschlafen. Da sie schon längere Zeit keine große Urlaubsreise unternommen hatte und gut verdiente, brauchte sie auf die Kosten keine Rücksicht zu nehmen.

Am nächsten Abend war Clemens wieder nicht zu erreichen. Ohne eine Nachricht zu hinterlassen, entschloss sie sich zu einem Überraschungsbesuch. Zwei, vielleicht sogar drei Wochen Urlaub vor sich, geriet sie in eine euphorische Stimmung. Alle ihre Sorgen der letzten Tage waren verflogen. Sie malte sich ihre gemeinsamen Unternehmungen in der Clemens verbleibenden arbeitsfreien Zeit aus.

Als der Montag gekommen war und sie sich zur Abreise bereit machte, kamen ihr doch Zweifel. Ihre Koffer waren, in freudiger Erwartung, schon zwei Tage gepackt, bis auf die noch benötigten Wasch- und Kosmetikutensilien. Den Abflug hatte sie kaum noch erwarten können. Ob es richtig war, ihn einfach vor vollendete Tatsachen zu stellen? Ihre Beziehung hielt sie aber für stabil genug, dies zuzulassen und sie zerschlug alle ihre Bedenken wieder. Bestimmt würde sich Clemens freuen.

Ihr Flugzeug hatte nur geringe Verspätung, die sie mit einem Prosecco an einer Bar überbrückte. Sie war schon in gelöster Urlaubsstimmung.

Sofort nach ihrer Ankunft in Dubai fuhr sie mit dem Taxi ins Hotel, machte sich wieder frisch und schmiedete Pläne für ihre ersten Unternehmungen. Danach begab sie sich in die Stadt und bummelte durch die Einkaufsstraßen, ohne ein festes Ziel zu haben. Endlich hatte sie einmal ausreichend Zeit. Keine Termine und auch keinerlei Verpflichtungen bestimmten ihren Tagesablauf.

Es war noch früh am Tag und Julia war an der Tätigkeit von Clemens interessiert. Auch wegen ihrer eigenen beruflichen Laufbahn begeisterte sie sich für alle größeren Bauprojekte. Deshalb nahm sie sich ein Taxi und ließ sich zu der Großbaustelle bringen. Ohne die Hoffnung und die feste Absicht Clemens zu finden, wollte sie einen ausgiebigen Spaziergang über das Areal machen.

Wenn sie geglaubt hatte, das Baugebiet zu Fuß umrunden zu können, wurde sie eines Besseren belehrt. Die Größenordnung war atemberaubend.

Schließlich sollten hier, neben einem riesigen Vergnügungspark, noch mehrere große Hotels und viele Sportstätten mit olympischen Dimensionen entstehen. Sie ließ sich mit dem Taxi rund um das Gelände fahren und schließlich an dem zentralen Mittelpunkt absetzen. Hier waren die Bauleitung und die mit der Ausführung beauftragten Firmen angesiedelt. Provisorische Wohngebäude und viele Büros waren nur für die Bauzeit errichtet worden. Allein diese Ansiedlung entsprach schon fast der Größe eines kleinen Dorfes.

Julia stieg, nachdem sie den Widerstand einiger Bauarbeiter gebrochen hatte, auf eine Baustelle, die offensichtlich einmal einen Aussichtsturm geben sollte. Von hier aus konnte sie das Gelände weit überblicken. Beim Umfang des Objektes verstand sie das Ansinnen von Clemens, sich der Aufgabe zu stellen. Dass er jemals sonst mit der Bauleitung einer solch riesigen Anlage betraut werden würde, war absolut unwahrscheinlich. Diese Chance ergab sich für ihn bestimmt nur einmal im Leben. In ganz Europa konnte sie sich ein Projekt dieser Größe nicht vorstellen. Nur durch die Ölmilliarden waren solche Investitionen zu finanzieren. Die Ölscheichs bauten anscheinend sehr großzügig vor, um nach dem irgendwann zu erwartenden Versiegen ihrer lukrativen Ölquellen, mit dem Tourismus neue Einnahmequellen zu sichern.

Mitten im interessierten Staunen sah sie in weiter Ferne ein junges Pärchen, eng umschlungen, über die Baustelle schlendern. Auffällig an beiden war, außer ihrer Umklammerung, auch das Outfit.

Beide trugen dunkle Business-Anzüge, die sich deutlich vom sandigen Umfeld abhoben. Dazu hatten sie, den strengen Sicherheitsbestimmungen entsprechend, weiße Schutzhelme auf. Sie sahen damit etwas deplatziert aus. Einen Moment lang glaubte sie, an der Gangart Clemens zu erkennen. Sie verwarf diesen Gedanken jedoch gleich wieder als zu unwahrscheinlich. Zum einen wegen der Frau in seinem Arm und des Weiteren auch, weil sie Clemens nur als salopp gekleideten Jeans- und T-Shirt-Träger kannte. Dass er sich bei den hohen Temperaturen in Anzug und Krawatte quälte, schloss sie vollkommen aus. Sicher war es nur ein etwa gleich großer Mann mit ähnlicher Gangart. Die Entfernung war auch viel zu groß, um etwas Genaueres zu erkennen.

KAPITEL 3

Sich immer wieder selbst zur Ruhe ermahnend überlegte Bernhard Harms fieberhaft, was er tun könnte und müsste. Hilfe rufen war aussichtslos. In der Einsamkeit war er auf sich alleine angewiesen. Verschwinden und sie einfach liegen lassen? Nein, das könnte er nicht. Zumindest müsste er zuerst einmal nachschauen, ob es vielleicht noch etwas zu retten gab. War sie überhaupt schon tot?

Warum musste das ausgerechnet ihm passieren? Und weshalb so abseits jeglicher Behausung?

Zunächst legte er ein Ohr auf die Herzgegend der jungen Frau. Außer dem Rauschen des Meeres konnte er kein Geräusch vernehmen. Als er jedoch mit seinem Gesicht nahe an ihre Nase kam, meinte er einen leichten Luftzug zu spüren. Gleichzeitig versuchte er, an der Halsschlagader ihren Puls zu fühlen. Bildete er sich das nur ein, oder war da noch ein ganz schwaches Lebenszeichen spürbar? Wenn ja, dann war die junge Frau aber trotzdem mehr tot als lebendig. Diese Erkenntnis machte ein dringendes Handeln erforderlich.

Hektisch seine wenigen Erste-Hilfe-Kenntnisse aktivierend, nahm er ihren Kopf in beide Hände, überstreckte ihr etwas den Hals und begann mit der Mund-zu-Mund-Beatmung. Schon bald rann ihm der Schweiß ins Gesicht, ohne dass ein Erfolg zu spüren war. Als nächstes versuchte er eine Herzmassage. Aber welchen Rhythmus sollte man dabei wählen? Er hatte es mal gelernt, wusste es aber nicht mehr, es schien auch völlig egal zu sein.

Er musste irgendetwas tun und ganz verkehrt würde es wohl nicht sein. Nach einigen langen Minuten ließ er sich sichtlich erschöpft im Sand nieder. Aber die Zeit spielte gegen ihn. Wenn er versuchen wollte sie zu retten, musste er sofort weitermachen. Vielleicht hatte er noch eine geringe Chance. Erneut nach dem Puls suchend war er fast sicher, ein leichtes Flimmern zu verspüren. Auch ein schwacher Hauch schien aus ihrer Nase zu kommen. War das nur Einbildung? Oder auch nur sein Wunschdenken? Sollte es tatsächlich noch nicht zu spät sein? Er tätschelte die Wangen der jungen Frau und redete auf sie ein, ohne ernsthaft mit einer Reaktion zu rechnen.

„Hallo, junge Frau, bitte wachen sie auf. Hallo, hören sie mich? Bitte, bitte kommen sie zu sich."

Keine Bewegung war zu spüren. Er bezweifelte jetzt wieder, dass sie noch zu retten war.

Da er im Moment nicht mehr weiter wusste, brachte er sie in die stabile Seitenlage. Sollte sie sich eventuell übergeben müssen, dürfte sie daran nicht ersticken. Dabei bemerkte er, dass ihr ganzer Körper, und besonders der Kopf, stark überhitzt waren. Wenigstens ist sie noch nicht ganz kalt, dachte er, und rügte sich dann sofort selbst wegen diesem makabren Gedanken.

Trotz der schattigen Stelle war es ziemlich heiß. Der vage Verdacht, dass die junge Frau einen Hitzschlag haben könnte, schien ihm spontan nicht so abwegig. Er suchte in der neben ihr liegenden Tasche nach einem Handtuch. Das wollte er im Meer befeuchten und sie damit etwas abkühlen.

Zusammen mit einem Badetuch fielen zwei Schachteln aus der Tasche, die sofort seine volle Aufmerksamkeit erregten. Es handelte sich um Veronal, das ihm dem Namen nach bekannt war. Schnell war ihm jetzt klar, was hier abgelaufen sein musste. Veronal, ein starkes Schlafmittel, das zu den Barbituraten gehört. So viel er wusste, wirkt es hypnotisierend und ist dadurch auch als Suizidmittel gut zu gebrauchen.

Hatte diese junge Frau sich das Leben nehmen wollen, oder es sogar bereits erfolgreich getan?

Sofort tätschelte er wieder ihre Wangen, hob sie dann an der Hüfte mit dem Kopf nach unten hoch und schrie lautstark auf sie ein:

„Spuck es wieder aus Kind. Es gibt nichts, was so schlimm ist, dass es diesen Schritt rechtfertigt."

Es war wohl eher zu sich selbst, als dass er eine Antwort von ihr erwartet hätte. Immerhin sah er jetzt klarer was er tun könnte. Zunächst versuchte er ihr etwas von seinem Getränk einzuflößen und war froh, dass zumindest ein Röcheln über ihre Lippen kam. Bei einem erneuten Versuch kam ein kurzes leichtes Würgen zustande, was ihm den erleichterten Aufschrei entlockte:

„Mein Gott, sie lebt ja anscheinend doch noch."

Schnell tränkte er eine Ecke des Handtuchs mit seinem Getränk. Ihr den Mund etwas zu öffnen war mit erheblicher Kraftanstrengung verbunden. Zum Glück kannte er noch den erforderlichen Griff, den er vorsichtig am Unterkiefer anwandte, um sie nicht noch zu verletzen. Dann steckte er ihr einen Zipfel des feuchten Handtuchs in den Hals.

Mit einem starken Würgen verbunden, bäumte sich der zarte Körper etwas auf und nach mehreren Versuchen erbrach sie endlich eine winzige Menge weißen Schaum. Zumindest waren also noch nicht alle Tabletten ganz aufgelöst und in die Blutbahn gelangt.

Erleichtert darüber, einen ersten Erfolg erzielt zu haben, rannte er schnell zum Meer, kühlte sich ab und befeuchtete das gesamte Handtuch, um auch seine Patientin etwas zu erfrischen.

Was immer er auch erwartet hatte, die Atmung blieb kaum spürbar schwach und auch der Puls war nur ein ganz schwaches Flimmern. Immerhin war er jetzt wenigstens zu fühlen.

Als nächstes inspizierte er schnell die beiden Medikamentenpackungen. Die eine davon war schon komplett geleert. Neben der Tasche fand er das ausgelöste Briefchen von zehn Tabletten. Aus der zweiten Packung lugte ein Teil heraus, aus dem fünf Stück fehlten. Viel anfangen konnte er mit der Erkenntnis nicht. Die eine Packung musste ja auch nicht mehr vollständig gefüllt gewesen sein. Dass die Tabletten ihre Wirkung nicht verfehlt hatten, war ganz offensichtlich. Sich über die vertretbare und überlebbare Dosis Gedanken zu machen und wie viele sie genommen haben dürfte, war jetzt wohl nicht der richtige Zeitpunkt.

Jetzt wurde ihm schlagartig bewusst, in welch ungünstiger Lage er sich mit der aufgezwungenen Patientin befand. Musste ausgerechnet er diesem ‚Strandfundstück' begegnen? Mit der Wirkung der Medikamente war sie bestimmt ohne medizinische

Hilfe und speziell ohne Auspumpen des Magens, in einem lebensbedrohlichen Zustand. Aber wie und woher sollte er Hilfe bekommen? Zu den nächsten bewohnten Strandabschnitten und Hotels waren es bei zügigem Schritt etwa zwei Stunden. Zum Gehen war sie bestimmt nicht in der Lage. Eine Straße war auch nicht in der Nähe.

Sein Handy könnte die Lösung sein, aber wen oder wo sollte er anrufen? Vielleicht im Hotel? Schnell kramte er ihre Taschen und auch seinen Rucksack durch, aber eine Telefonnummer war nicht zu finden. Hektisch prüfte er erst einmal, ob sein Akku ausreichend geladen war. Er gehörte noch zu der Generation, die ihre Mobiltelefone nur für das Notwendigste verwenden und den roten Knopf zum Abschalten noch kennen und auch öfter mal benutzen. Das rechtzeitige Aufladen könnte er deshalb durchaus vernachlässigt haben. Nachdem er sich eingeloggt hatte stellte er zwar fest, dass der Akku ausreichend Kapazität hatte, dass aber kein Netz zur Verfügung stand. Die Insel war nur schwach mit Mobilfunkmasten versehen.

Die junge Frau hatte er die ganze Zeit nicht aus den Augen gelassen. Es hatte sich leider keinerlei sichtbare Verbesserung eingestellt.

Sie gehörte zu der Altersgruppe, von der man annehmen muss, dass sie ohne Mobiltelefon nicht überlebensfähig sind. Bei dem Wort ‚überlebens-fähig' fiel ihm auf, das es in dieser Situation im wahrsten Sinne des Wortes angebracht war.

Eilig in ihrer Tasche kramend, fand er tatsäch-lich ein Smartphone der allerneuesten Generation.

Es war sogar eingeschaltet, so dass kein Passwort als unlösbares Hindernis im Wege stand. Der Versuch mit diesem Gerät war mangels Netz jedoch genauso aussichtslos.

„Da hat man die technischen Möglichkeiten die vortäuschen immer und überall erreichbar zu sein. Wehe man verlässt sich am falschen Ort darauf", fluchte er vor sich hin

Weitere Gedanken, wen er überhaupt anrufen könnte, hatten jetzt Zeit bis zu einem späteren Zeitpunkt. Vielleicht ließen sich über die deutsche Notrufnummer oder den ADAC die Behörden in Griechenland alarmieren. Was nutzt das jetzt, hilf dir selbst, nur dann wird dir geholfen, war seine letzte sinnvolle Erkenntnis.

Nochmals inspizierte er seine aufgezwungene Patientin. Erfolglos sprach er erneut auf sie ein, kühlte sie wieder mit dem nassen Handtuch und versuchte sie hoch zu heben. Schnell wurde ihm dabei wieder bewusst, wie schwer bewusstlose Menschen sind. Er tat sich sichtlich schwer, sie auf die Arme zu nehmen. Tragen konnte er sie so mit Sicherheit nicht weit.

Weil er bei sich selbst auch immer sehr radikale Rosskuren anwendete, dachte er einen Moment darüber nach, ob er sie einfach kurzerhand ins Meer werfen sollte, damit sie vielleicht aufwachte. Sofort verwarf er diesen Gedanken wieder. Ihr geschädigter Kreislauf würde das wahrscheinlich nicht verkraften.

Die junge Frau in den Armen tragend, merkte er schon nach wenigen Metern, dass er so das Hotel an diesem Tag nicht mehr erreichen konnte, und er legte sie wieder ab. Eine Trage zu bauen, um sie hinter sich her zu ziehen, war mangels geeigneter Materialien aussichtslos. Mit Sand, Steinen und den spärlichen Ästen der wenigen Sträucher war nichts anzufangen. Erst alleine zurück zu gehen, um Hilfe zu holen, schloss er auch aus. Also blieb ihm nur die vage Hoffnung übrig, irgendwann auf dem Weg Unterstützung oder ein Mobilfunknetz zu finden. Bis dorthin müsste er sich mit seinem ‚Strandfundstück' durchkämpfen.

Zur Beruhigung zündete er sich erst einmal eine Zigarette an. Gierig zog er den Rauch in die Lunge. Er hatte die ganze Zeit wegen der ständigen Sorge gar nicht mehr ans Rauchen gedacht. Alsdann bückte er sich herunter und legte sich die junge Frau über die Schulter. Dies war wohl die einzige praktikable Transportmöglichkeit.

Trotz ihrer zierlichen Gestalt machte ihm das Gewicht schwer zu schaffen. Sie mochte ungefähr 1,75 m groß sein und ihr Gewicht schätzte er auf etwa 60 Kilogramm. Auf seinem Rücken lastete sie aber wie gefühlte zwei Zentner.

Er suchte sich den von den Wellen überspülten und dadurch festeren Sand als den am wenigsten beschwerlichen Weg aus. Bereits nach nur etwa zehn Minuten hatte er den Eindruck, nicht mehr weit durchzuhalten. Verbissen kämpfte er sich aber doch Schritt für Schritt weiter. Zum Glück bedeckten mittlerweile kleinere Schleierwolken etwas den Himmel und die Sonne brannte auch nicht mehr ganz so sengend wie vorher.

An die Zeit, die er für seinen Krankentransport benötigen würde, hatte er bisher keinen Gedanken verschwendet, weil ihm sowieso keine Alternative einfiel. Klar war ihm, dass sie so, wenn überhaupt, das nächst liegende Hotel frühestens in den späten Abendstunden erreichen würden. Konnte er das durchhalten und vor allen Dingen, würde sie das noch überstehen?

Immer wieder musste er gegen den inneren Schweinehund ankämpfen, um nicht aufzugeben. Nach einiger Zeit setzte ein lethargischer Zustand ein. Seine Beine folgten einem Automatismus. Sein Körper war schweißnass, wehrte sich aber nicht mehr so sehr gegen die Strapazen.

Etwa nach einer Stunde glaubte er, ein Viertel des Weges geschafft zu haben und nun eine Pause einlegen zu müssen. Aber die Dringlichkeit und den weiten vor ihnen liegenden Weg vor Augen, schleppte er sich immer in einzelnen Etappen noch ein Stück voran. Er suchte sich ein fiktives Ziel und sagte sich, nur bis zu diesem Stein, dieser Klippe oder diesem Felsen, dann werde ich ausruhen.

Völlig erschöpft, ausgelaugt und ausgetrocknet legte er schließlich seine Last behutsam in den Sand. Ihr Zustand war noch unverändert, was er versuchte positiv zu werten. Wieder wollte er ihr etwas von seinem Getränk einflößen, war sich aber nicht sicher, ob sie es aufnahm. Jedenfalls waren ihr Mund und ihre spröden Lippen wieder leicht befeuchtet, tröstete er sich. Gierig setzte er danach die Flasche an seine Lippen, besann sich aber recht schnell nur ganz wenig zu trinken. Er wusste ja nicht, wie lange der geringe Rest noch reichen musste. Zu gerne hätte er die Flasche in einem Zug geleert. Was würde er jetzt für ein kühles Bier an der Strandbar des Hotels geben, dachte er.

Seine wiederkehrenden Versuche, mit einem der beiden Mobiltelefone ein Netz zu bekommen, hielt er irgendwann für Zeitverschwendung und gab sie vollends auf. Selbst wenn es ihm gelingen sollte Hilfe zu alarmieren würde es wahrscheinlich viel zu lange dauern bis man sie auffinden würde und abholen konnte.

Einmal war in weiter Ferne auf dem Meer ein Fischkutter zu sehen. Diesen auf sich aufmerksam zu machen schien ihm sehr schwierig und wenig Erfolg versprechend. Die Entfernung war viel zu groß. Also sparte er sich doch lieber seine schon dahinschwindende Energie.

Über das oder die Motive, die die junge Frau bewegt haben könnten sich das Leben zu nehmen, grübelte er zwischendurch immer wieder einmal. Was könnte so schlimm sein, dass sie diesen Weg als den einzigen verbleibenden ansah? Weshalb würde man sein junges und aussichtsreiches Leben einfach so wegwerfen? In ihrem Alter war wohl Liebeskummer oder eine Beziehungskrise eine sehr wahrscheinliche Option. Vielleicht glaubte sie nicht daran, dass sie genügend Zeit hatte, darüber hinweg zu kommen. Im Nachhinein würde sie es dann bestimmt selbst absurd finden. Oft heilt die Zeit sehr schnell die vermeintlich tiefen Wunden. Jung genug war sie jedenfalls. Ein verträumter Teenager war sie ja auch nicht mehr.

Einige Menschen verkraften es nicht, wenn sie einen geliebten Menschen verlieren und plötzlich allein durchs Leben gehen müssen. Man müsste aber dann schon sehr empfindlich sein, wenn man sich deshalb umbringen würde, resümierte er bei dieser weiteren Möglichkeit. Dass sie eventuell in kriminelle und völlig ausweglose Angelegenheiten verstrickt sein könnte, schloss er intuitiv auch aus.

Eine ungewollte Schwangerschaft schien ihm bei ihrem offensichtlich nicht gerade ärmlich wirkenden Aussehen auch eher unwahrscheinlich. Ganz sicher hätte sie die Mittel zur Abtreibung, falls sie das Kind auf keinen Fall behalten wollte. Es könnten dagegen aber moralische oder religiöse Bedenken sprechen.

Als schlimmste aller Möglichkeiten fiel ihm noch eine unheilbare Krankheit ein. Gesetzt der Fall, sie hätte nicht mehr lange zu leben. Schmerzhafte und langwierige Therapien könnten ihr zwar Linderung, aber keine Heilung bringen. Dann den gewählten Weg zu beschreiten, könnte er selbst nachvollziehen und verstehen. Ohne Hoffnung auf Besserung, nur unter Schmerzen dahin siechen, abhängig sein von der Hilfe anderer. Selbst die intimsten Dinge nicht alleine erledigen können. Irgendwann vielleicht nur noch an Apparaturen hängend zum Atmen gebracht werden. Nahrung ausschließlich über einen Schlauch oder Infusionen aufnehmen. So würdelos nicht mehr weiterleben zu wollen, wäre für ihn der akzeptabelste Grund. Dann lieber dem elenden Leiden selbst ein Ende bereiten, solange man noch dazu in der Lage ist.

Jetzt fiel ihm die leere Rotweinflasche wieder ein, die neben ihrem Liegeplatz lag. Ein Versehen schien aber nicht sehr wahrscheinlich. Wer starke Medikamente nahm, war bestimmt auch über die Wirkung in Verbindung mit Alkohol informiert.

Alles waren ohnehin nur Vermutungen, was vielleicht sein könnte. Und auch nur diese, die ihm gerade in den Sinn gekommen waren, ohne den Anspruch auf Vollständigkeit. Sollten ihre Beweggründe so schwerwiegend sein, würde sie es sicher wieder versuchen. Durch die Rettung, falls sie überhaupt gelang, hätte er ihr dann ganz bestimmt keinen großen Gefallen getan.

Hat der Mensch eigentlich ein Recht darauf, zu sterben wann und wie er es für richtig hält, oder darf man ihn daran hindern? Bei diesem Gedanken kam er in einen Gewissenskonflikt. Er verdrängte ihn ganz schnell wieder. Jetzt war er entschlossen, alles zu tun was in seiner Macht stand, um sie zu retten. Er hoffte, dass es ihm gelingen würde.

Unterwegs hatte er manchmal mit der jungen Frau gesprochen. Er wusste aber nicht, ob sie es überhaupt mitbekommen würde. Die Antworten auf seine vielen Fragen blieben jedenfalls offen.

Als er nach der kurzen Pause seine Last wieder schulterte fragte er sich, wieso sie mittlerweile noch schwerer wirkte. Mehr taumelnd als gehend schleppte er sie weiter, erneut mit dem Bestimmen von einzelnen Zwischenetappen. Immer wieder sagte er sich vor, bis wohin sie nur noch mussten. Noch um diese Biegung, dann nur bis zu dem Strauch in sichtbarer Entfernung.

Irgendwann verlor er dann vor Erschöpfung vollkommen den Überblick was er überhaupt tat. Er funktionierte nur noch wie von fremder Hand gesteuert. Ein Schritt folgte dem nächsten und so ging es ohne Gefühl für Zeit und Raum weiter, bis ihn plötzlich eine undurchdringliche Dunkelheit umgab. Er merkte nur noch, dass er den Boden unter sich verloren hatte, und fiel samt seinem schweren Ballast in den Sand.

KAPITEL 4

Julia Randstedt hatte mittlerweile schon genug gesehen. Außerdem wurde es ihr auch zu heiß. Das ungewohnte Klima setzte ihr etwas zu. Sie war sehr beeindruckt von der Größenordnung des Objektes. Obwohl sie wusste, dass Clemens sein Handwerk ganz gut verstand, hätte sie ihm die Leitung eines so überaus umfangreichen Bauvorhabens nicht zugetraut. Ihr war jetzt auch klar, dass sie ihn von seinem Entschluss, einige Zeit hierher umzusiedeln, nicht abbringen durfte und wahrscheinlich auch nicht konnte. Er war zu sehr erfolgsorientiert und es war nicht auszuschließen, dass diese Chance einen Rang vor ihren privaten Plänen anzusiedeln war. Sie musste sich beugen und mit nach Dubai umziehen, falls sie ihn nicht verlieren wollte. Mit diesem Gedanken stieg sie in ein Taxi, um sich ins Hotel bringen zu lassen.

Offensichtlich war die riesige Baustelle für die Taxifahrer ein recht lukrativer Ausgangspunkt, mindestens zwanzig Wagen standen wartend im Bereich des Bauzentrums.

Im Hotel angekommen, stürmte sie gleich auf ihr Zimmer um den Baustellenstaub und den Schweiß loszuwerden. Lange verharrte sie in der Badewanne und beschäftigte sich mit ihrer Lage.

Eigentlich hatte sie selbst beruflich in Dubai auch gute Chancen. Sie sprach, außer Deutsch, fließend Englisch und Französisch. Sicher würden ihr auch die guten Kontakte von Clemens helfen, hier eine passende Anstellung zu finden.

Ihre bisher gewohnte Umgebung würde sie zwar bestimmt vermissen, aber die 6 Flugstunden waren ja keine Weltreise. Wann immer sie einmal Sehnsucht nach Hamburg hätte, wäre ein kurzer Wochenend-Trip in die Heimat sicher möglich. Der Reiz des Neuen überwiegte jetzt gegenüber allen dagegen sprechenden Bedenken.

Als sie sich für den Abend zurechtmachte, war für sie schon alles entschieden. Sie freute sich darauf, Clemens nicht nur mit ihrer Anwesenheit, sondern auch mit ihrer Entscheidung überraschen zu können. Bestimmt würde er aus allen Wolken fallen und sich freuen, wenn sie so plötzlich vor ihm stand. Sie machte sich schnurstracks auf den Weg zu seinem Zimmer und stellte erfreut fest, dass es nicht nur auf der gleichen Etage, sondern auch noch ganz in der Nähe von ihrem Zimmer war. Es war mittlerweile schon 19.30 Uhr. So war stark anzunehmen, dass er bereits von der Arbeit zurückgekehrt war. Daran, dass er vielleicht noch andere geschäftliche Verpflichtungen in der Stadt haben könnte, verschwendete sie keinen Gedanken. Dieser Abend würde ihr Abend werden und sie freute sich überschwänglich darauf. Endlich konnten sie wieder einen gemeinsamen Abend und eine Nacht zusammen verbringen. Sie würden bestimmt ein schönes Restaurant mit Blick auf das Meer und mit gepflegten Speisen und Getränken finden. Danach könnten sie sich bei einem Glas Champagner im Hotel gemütlich niederlassen. Eine Runde schwimmen im Mondschein könnten sie vielleicht sogar auch noch.

Beschwingt schlenderte sie in Hochstimmung den Hotelflur entlang. Vor seinem Zimmer holte sie noch einmal tief Luft und sammelte sich, bevor sie fest an die Tür pochte.

„Clemens, aufmachen, sofort! Überraschung!", rief sie durch die geschlossene Tür, die sich danach langsam und nur sehr zögerlich öffnete.

„Julia, wie kommst du denn hier her?", ließ sich Clemens in übermäßiger Lautstärke vernehmen.

Ohne seinen erschrockenen Gesichtsausdruck zur Kenntnis zu nehmen, schlang sie beide Arme um ihn, schob ihn dabei ins Zimmer und küsste ihn lange und innig. Jetzt erst merkte sie, wie sehr sie ihn in den vergangenen Tagen vermisst hatte. Alle Anspannung wich schlagartig von ihr und sie war überglücklich. Es wurde ihr wieder einmal bewusst, wie sehr sie ihn liebte. Erst langsam löste sich ihre Umarmung. Sie standen sich überrascht gegenüber. Clemens fehlten ganz offensichtlich vor Erstaunen die Worte. Angewurzelt verharrte er sekundenlang mitten im Raum und starrte sie an wie einen Geist. Als ihn Julia zur Sitzgruppe drängte, öffnete sich plötzlich die Badezimmertür.

„Clemens, kannst du bitte…", weiter kam nichts mehr über die Lippen der jungen Frau, die wie versteinert stehen blieb, als sie Julia erblickte.

Sie war sehr jung und sie sah blendend aus, und zwar in der Gesamtheit ihrer Erscheinung. Das Handtuch aus ihrer Hand war ihr sicher vor lauter Überraschung entglitten. Nackt, bis auf ein zartes Nichts, das den Namen Slip nicht verdiente, stand sie im Türrahmen und musterte Julia eingehend.

Diese Frau hatte eine Figur, an der absolut nichts auszusetzen war. Sie war nahtlos braun gebrannt mit keinem einzigen Fettpölsterchen. Ihre Taille war schmal und deutete auf eine rege sportliche Betätigung hin. Die nicht besonders großen, aber gut geformten straffen Brüste waren bestimmt eine Augenweide für jeden Mann. Diese Frau pflegte ihren Körper unübersehbar gut. Sie könnte sicher beim Film oder als Modell Karriere machen. Julia starrte sie gebannt und überrascht an und konnte den Blick zunächst nicht von ihr abwenden.

Clemens wagte sich nicht vom Fleck zu rühren. Zu eindeutig war wohl die Situation. Zumal er selbst auch nur leicht bekleidet war. Es war eine Situation in der es nichts zu erklären gab. Die Luft im Zimmer schien vor Spannung zu knistern.

Julia war plötzlich aufgesprungen, befürchtete jedoch den Boden unter den Füßen zu verlieren. Ihre Gedanken überschlugen sich, sie konnte sich einen Moment weder bewegen, noch kam ihr ein Wort über die Lippen. Soeben glaubte sie gestorben zu sein. Alles, was sie sich bisher erhofft und sehnlichst erträumt hatte, war auf einen Schlag hinfällig geworden. Nicht nur die lange geplante Zukunft mit Clemens, nein, sogar ihr ganzes Leben schien ihr auf einmal zerstört zu sein und keinen Sinn mehr zu haben. Ihr war zumute, als fiel sie endlos tief in ein riesengroßes schwarzes Loch. Mit geschlossenen Augen glitt sie in die Unendlichkeit. Sekundenlang meinte sie nur den Sturz zu spüren, ohne eine Gegenwehr leisten zu können. Alles an ihr war wie gelähmt.

Clemens löste sich als Erster aus der Erstarrung und versuchte auf Julia zuzugehen.

„Julia, verzeih, lass dir…", weiter kam er nicht. Mit einer Kraft, die ihr niemand zutrauen würde, hatte Julia ihn gegen die Wand gestoßen, die Tür geöffnet und war völlig überstürzt hinaus gerannt. Tränenüberströmt schloss sie ihr Zimmer auf, warf sich auf ihr Bett und schluchzte jämmerlich. Nicht einmal der Tod konnte schlimmer sein, dachte sie.

Clemens war nach kurzem Zögern hinter ihr her gerannt, musste jedoch an der nächsten Ecke des Flures schon aufgeben, weil sie nicht mehr im Blickfeld war. Er war nur in Shorts und T-Shirt, so konnte er nicht in der Hotelhalle nach ihr suchen. Dass sie ihr Zimmer schon erreicht hatte, war ihm entgangen. Deprimiert ging er zurück.

Es waren ein bis zwei Stunden vergangen, als sich Julia kraftlos in ihrem Bett hochreckte. Am liebsten wäre sie gestorben, jeder Lebenswille in ihr war gewichen. Spontan würde sie sich gerne sofort das Leben nehmen um Clemens zu zeigen, was er angerichtet hatte. Allmählich kam aber doch noch ein Funken Lebenswille zurück. Nun wurde ihr bewusst, dass sie den ganzen Tag, außer dem spärlichen Sandwich im Flugzeug, noch nichts gegessen hatte. Ihr Magen rebellierte und das übertrumpfte sogar im Moment ihre Gefühle. Lustlos wischte sie ihr Make-up und die Spuren der Tränen aus dem Gesicht. Die Mühe, sich erneut zu schminken, sparte sie sich. Für wen und für was? Sie schlich, sorgfältig um sich blinkend, durch die Hotelhalle und am Restaurant vorbei.

Keinesfalls wollte sie Clemens noch ein einziges Mal begegnen, er war für sie gestorben.

In einem kleinen Bistro um die Ecke bestellte sie sich ein Nudelgericht und dazu einen halben Liter Rotwein. Die wenigen anderen Gäste in dem Lokal beobachteten sie. Anscheinend war ihr die desolate Verfassung anzusehen. Was sollte sie anfangen, sie spürte eine große Leere. In ihrem Essen stocherte sie vollkommen lustlos herum. Als der Kellner fragte, ob etwas nicht in Ordnung gewesen sei, hob sie nur abwesend die Hand um ihm zu bedeuten, dass sie nur ihre Ruhe haben wollte. Dem Rotwein hatte sie bereits ordentlich zugesprochen.

Schon bald machte sie sich wieder auf den Weg zurück zum Hotel. Sie spürte die Wirkung des Weines und musste sich zusammen nehmen, um nicht zu schwanken. War Alkohol im Moment vielleicht die passende Lösung? Könnte sie damit ihren Schmerz betäuben? In der Minibar ihres Zimmers fand sie zwei kleine Flaschen Rotwein. Da ihr das vielleicht nicht lange genug reichen würde, ließ sie sich vom Etagenkellner noch eine weitere Flasche bringen.

Nachdem sie etwa die Hälfte ihres Vorrates recht bald ausgetrunken hatte, spürte sie nicht nur die berauschende Wirkung des Alkohols, auch ihr Magen rebellierte. Das Missverhältnis zwischen dem vielen Wein und der nur geringen Nahrungsaufnahme hinterließ seine Spuren und lenkte sie unangenehm ab. Irgendwann fiel sie erschöpft und berauscht in voller Bekleidung auf ihr Bett, wo sie ein leichter ruheloser Schlaf übermannte.

Am Morgen war ihr immer noch leicht übel und insgesamt hatte sich ihr Zustand nicht gebessert, ganz im Gegenteil. Der seelische Schmerz ließ nicht nach. Sie ließ den Abend Revue passieren. Erst jetzt war ihr eingefallen, wie laut Clemens sie empfangen hatte. Offensichtlich hatte er gehofft, seine Begleitung würde im Badezimmer dadurch Julias Erscheinen mitbekommen und sich ruhig verhalten. Auch seine abweisende Kälte war ihr in ihrer euphorischen Hochstimmung vollkommen entgangen und fiel ihr jetzt erst ein. Nun wusste sie, dass das Pärchen auf der Baustelle Clemens und seine Begleiterin gewesen waren.

Was sie jetzt tun sollte, wusste sie allerdings nicht. Auf ihrem Handy fand sie sechs Nachrichten von Clemens, die sie ohne sie zu lesen löschte. Es gab nichts mehr zu erklären oder zu besprechen.

Auch fiel ihr jetzt wieder ein, wie sie ihn einmal zusammen mit einer Sekretärin seiner Firma, eng umschlungen aus einem Restaurant kommen sah. Darauf angesprochen behauptete er damals, das habe nichts zu bedeuten als kameradschaftliche Freundschaft. In Ihrer Verliebtheit hatte sie sich wohl von ihm blenden lassen. Jetzt erschien alles plötzlich in einem völlig anderen Licht und machte das gerade Erlebte nicht einfacher. Vor Liebe blind, hatte sie sich die ganze Zeit nur von ihm täuschen lassen. Sie war jetzt auch noch verärgert über ihre eigene leichtsinnige Sorglosigkeit.

Nach dem Versuch, ein ausgiebiges Frühstück zu sich zu nehmen, das sie auf ihr Zimmer bestellt hatte, beschloss sie schnellstens wieder abzureisen.

Das Hotel hatte mit ihrer kurzen Verweildauer kein Problem. Die horrenden Kosten glichen das auch ohne Stornierungskosten hinreichend aus. Bis zu dem nächsten erreichbaren Rückflug musste sie allerdings noch einige Stunden überbrücken. Sie schlenderte völlig ziellos durch die umliegenden Straßen und Geschäfte, was sie nicht von ihren Sorgen befreite. Nichts und niemand konnte sie ablenken oder gar erheitern. Apathisch lief sie durch die Gegend und glaubte fast neben sich selbst herzulaufen. Passanten die ihr begegneten wunderten sich über die adrett gekleidete Frau, die anscheinend am hellen Tag schlafwandelte.

KAPITEL 5

Clemens war erschrocken und erstaunt als er plötzlich Julias Stimme an seiner Tür vernahm. Wieso hatte sie ihn nicht vorher angerufen und ihren Besuch angekündigt. Hatte sie wegen ihres Rechenfehlers ihren Job verloren und sofort die Flucht ergriffen? Solche Kurzschlusshandlungen waren bei ihrer Ausgeglichenheit normalerweise nicht von ihr zu erwarten. Oder war sie in ihrem Stolz so verletzt, dass sie Hals über Kopf zu ihm wollte und seinen Beistand brauchte.

Daran, einfach nicht zu reagieren und so zu tun als wäre er nicht auf seinem Zimmer, dachte er spontan nicht. Erst als er die Tür öffnete fiel ihm die prekäre Situation ein, in der er sich befand. Schnell versuchte er noch zu verhindern, dass sie mit Jessica konfrontiert wurde, indem er sie laut begrüßte. Hoffentlich würde ihn Jessica in seinem Badezimmer hören und sich ruhig verhalten, bis er die Situation bereinigt hatte. Als sich dann aber die Badezimmertür öffnete und Jessica in eindeutiger Bekleidung ins Zimmer trat, war er machtlos. Zum Glück ließ Julia ihm keine Zeit für eine Erklärung, ihm wäre spontan auch keine Ausrede eingefallen. Sprachlos, ohne eine Idee wie er sich verhalten sollte, war er nicht in der Lage zu reagieren. Als sie ihn zurückgestoßen hatte und in Windeseile aus seinem Zimmer stürmte befürchtete er, dass er soeben seiner Zukunft wahrscheinlich einen ganz anderen Verlauf als geplant vorgegeben hatte. Er konnte nur hoffen, dass sie ihm verzeihen würde.

Er liebte Julia, aber noch viel mehr liebte er sich selbst. Seine Freiheit hatte er bisher sehr ausgiebig genossen. Durch seine berufliche Tätigkeit war er oft unterwegs. Es gab genügend Möglichkeiten für ihn sich auszuleben, und er hatte dazu eine liberale Ansicht. Anbrennen ließ er nichts. Was immer er bekommen konnte, nahm er ohne Skrupel mit. Da er attraktiv war und ein charmanter Unterhalter, fiel es ihm nie schwer neue Damenbekanntschaften zu machen und zu genießen.

Auf Geschäftsreisen war es in den Hotels abends zu einsam und zu langweilig. Oft besuchte er dann, manchmal auch zusammen mit Geschäftsfreunden, Abendlokale und Bars. Es gab genügend Frauen die sich auch dort bewegten. Ein paar spendierte Drinks öffneten oft die Pforten. Manchmal ergaben sich, wie auch bei Jessica, aus den geschäftlichen Verbindungen Gelegenheiten zum Kennenlernen. Notfalls schreckte er auch vor professionellen Damen nicht zurück und bezahlte für ihre Dienste. Er sah das gelassen und ließ sich nichts entgehen. Schließlich ging Julia ja nichts verloren, meinte er. Wie sie darüber dachte, wusste er genau. Sie liebte ihn zwar abgöttisch, würde aber sicher keinen Seitensprung verzeihen können. Aber manche, vermeintlich ausweglose Situation hatte er schon gemeistert. Sein Charme, seine Überzeugungskraft, und nicht zuletzt besonders ihre Anhänglichkeit würden bestimmt wieder einen Weg zur Versöhnung öffnen, hoffte und wünschte er noch inständig. Ihre lange Beziehung war hoffentlich jetzt nicht zu Ende.

Atemlos vom Flur zurück, wo er Julia nicht mehr erreichen konnte, nahm er sofort sein Handy zur Hand und versuchte sie anzurufen. Nachdem sie ihn bei jedem Versuch sofort wegdrückte, schickte er eine Sprachnachricht auf ihre Mailbox.

„Julia, bitte, bitte, melde dich. Lass uns reden. Ich weiß, wie sehr ich dich jetzt enttäuscht und verletzt habe. Glaube mir, das hat aber nichts zu bedeuten. Denke an unsere Zukunft. Verzeih mir, bitte! Ich liebe dich… und nur dich allein", fügte er flehend nach kurzer Pause hinzu.

Clemens wusste danach schon selbst, dass er mit diesem Gestammel wahrscheinlich nichts erreichen würde. Am liebsten hätte er es rückgängig gemacht. Was sollte er aber tun? Er war ihr jetzt ausgeliefert. Julia würde hoffentlich nachgeben und ihm eine Chance einräumen, er musste nur hartnäckig dran bleiben. Ihre Zukunftspläne waren auch bei ihm fest verinnerlicht. Julia war nicht nur die Traumfrau mit der er leben wollte, sie war für ihn auch ein Aushängeschild und Prestigeobjekt. Einfach eine Frau, mit der man sich überall sehen lassen konnte und die durch ihre gepflegte Erscheinung und ihr Auftreten stets Aufmerksamkeit erregte. Darüber hinaus war sie auch gebildet und verfügte über ein großes Einfühlungsvermögen. Es gab kaum eine Situation, der sie nicht gewachsen war. Sein Ego lebte auf, wenn sie in der Öffentlichkeit waren. Die neidvollen Blicke der anderen Männer ließen seine Brust vor Stolz schwellen.

Hinzu kam, dass er sie auch in seine berufliche Zukunft eingeplant hatte. Zuvor wusste er nicht, ob sie ohne großen Widerstand mit ihm nach Dubai umsiedeln würde. Er war zuversichtlich, dass es ihm gelingen würde, sie zu überzeugen. Zumindest war er das vor der letzten Begegnung.

Er hatte auch einen anderen schwerwiegenden Grund sich mit Julia wieder zu versöhnen. Seine Auftraggeber hier in Dubai legten großen Wert auf solide Familienverhältnisse. Man hatte ihm sehr deutlich zu verstehen gegeben, dass man einen Mitarbeiter in der verantwortlichen Position, für die er jetzt vorgesehen war, liebend gerne oder gar zwingend, in klaren Familienverhältnissen lebend sehen würde. Auch wenn ihm diese Vorstellung etwas konservativ vorkommen sollte. Das Idealbild wäre ein verheirateter Mann mit möglichst zwei Kindern. Eine Familie wäre der bekannte Garant für absolut solides Arbeiten. Um dem nachzukommen und den neuen Aufgabenbereich zu sichern, wollte er kurzfristig heiraten. Da sie es ja ohnehin in absehbarer Zeit vorhatten, warum dann nicht gleich.

Jessica erwartete ihn vollständig angekleidet und zum Weggehen bereit in seinem Zimmer.

„Was war das denn, bist du etwa mit diesem Wirbelwind liiert? Hast du nicht gewusst, dass sie hier in Dubai ist?", empfing sie ihn.

„Glückwunsch zu deinem guten Geschmack. Ich werde jetzt am besten gehen, das wird heute doch nichts mehr mit uns beiden."

„Jessica, bitte bleib", stammelte er, mit wenig Überzeugungskraft in der Stimme. Eigentlich hatte sie vollkommen Recht.

„Wir sehen uns, bis dann", waren ihre letzten Worte, die sie mit einem gehauchten Kuss auf die Wange unterstrich, bevor sie, ohne eine Antwort abzuwarten, aus dem Zimmer ging.

Innerlich war Clemens sehr erleichtert, dass ihm Jessica keine Szene machte, aber sie war auch nicht der Typ, der auf eine feste Bindung zustrebte. Sie hatten sich vor etwa zwei Jahren auf einer Tagung kennen gelernt. Nach einem feuchtfröhlichen Abend waren sie gemeinsam im Bett gelandet. Beide hatten aber gleich keine weiteren Absichten bekundet. Wie es der Zufall wollte, hatten sie jetzt mit dem gleichen Projekt zu tun. Sie begegneten sich bei der Abschluss-Besprechung, bei der die Geldgeber anwesend waren. Das erklärte auch das für Julia ungewohnte Outfit. Bereits während des Meetings funkte es bei beiden wieder. Somit war schon abzusehen, dass sie die Nacht gemeinsam verbringen würden. Julia hatte aber jetzt ihre Pläne zunichte gemacht.

Clemens musste erst einmal tief durchatmen. Er ging auf den Balkon, steckte sich eine Zigarette an und zog den Rauch tief inhalierend ein.

„Was hast du Idiot dir da jetzt eingebrockt?", sagte er zu sich selbst.

„Wegen ein bisschen Sex, hast du alles versaut. Dabei hast du jetzt noch gar nichts davon gehabt. Das war es wirklich nicht wert."

Grübelnd machte er sich auf den Weg zum Abendessen im Hotelrestaurant. Danach wollte er durch die Stadt bummeln. Vielleicht würde ihm durch Zufall Julia über den Weg laufen, hoffte er.

In seinem Hotel nachzufragen, ob sie vielleicht dort abgestiegen war, kam ihm gar nicht in den Sinn. Er kannte ihre angeborene Sparsamkeit, und auf ihre eigenen Kosten war es ihr bestimmt zu kostspielig. Warum hatte sie ihn nicht angerufen? Sie hätte doch in seinem Zimmer bleiben können. Außerdem wäre dann das elende Missgeschick nicht passiert. Gewissermaßen hatte sie also eine Mitschuld, dachte er kurz. Je mehr er nachdachte, umso mehr kam er zu der Erkenntnis, dass er den allergrößten Fehler seines Lebens begangen hatte, den er noch lange Zeit bereuen würde.

- KAPITEL 6 -

Nur wenige Minuten dürften es gewesen sein, die Bernhard Harms von Dunkelheit umschlungen gewesen war, bis er wieder ganz langsam zu sich kam. Offensichtlich war er aus lauter Erschöpfung ohnmächtig geworden. Bei einem Blick auf die Seite erstaunte ihn gleich, wie sorgsam er sein ‚Strandfundstück' abgelegt hatte.

Mittlerweile dämmerte es und wurde merklich kühler. Er untersuchte die junge Frau erneut und stellte erfreut fest, dass ihr Puls etwas besser zu fühlen war. Auf seine Ansprache und auch auf das leichte Tätscheln der Wangen erhielt er allerdings immer noch keine Reaktion. Ihre Temperatur schien sich aber wieder normalisiert zu haben. Fürsorglich zog er ihr das leichte Sweetshirt über, das er in ihrer Tasche fand. Er war froh, dass er sich nicht, wie er ursprünglich beabsichtigt hatte, vom Ballast ihrer Sachen befreit hatte. Ein Reisepass fiel ihm dabei auch in die Hände. Er wies sie als Julia Randstedt aus Hamburg aus. Sie war 32 Jahre alt, oder besser gesagt jung. Jetzt wusste er auch, wen er mit sich schleppte. Hoffentlich war es nicht vergeblich. Auch er zog sich jetzt das dünne T-Shirt über, das er vorsorglich als Sonnenschutz mitgenommen hatte.

Sein Strandspaziergang hatte einen ungeplanten Verlauf genommen. Durst und Hunger erinnerten ihn daran, wie lange er schon unterwegs war. Normalerweise würde er um diese Zeit mit einem Bier oder einem Rotwein an der Poolbar sitzen.

In weiter Ferne flammten einzelne Lichter auf die Hoffnung aufkommen ließen, es bald geschafft zu haben. Er ließ sich jedoch nicht täuschen, da er wusste, wie weit Lichter in völliger Dunkelheit zu erkennen sind. Es war noch ein beachtliches Stück bis dorthin zu bewältigen.

Mühsam nahm er seine Last wieder auf. Seine Knochen schienen mittlerweile aus Blei zu sein. Nur schwer konnte er einen Fuß vor den anderen setzen. Das Laufen am Strand war beschwerlicher, als auf einem glattem Untergrund. Stellenweise blieb ihm zu allem Übel nichts anderes übrig, als durch den weichen Sand zu gehen. Felsen und die Dünung verhinderten das Laufen im überspülten festeren Uferbereich.

Wie in Trance setzte er seinen Weg fort. Dabei registrierte er noch nicht einmal, wie sich die Entfernung zu den Lichtern zusehends verringerte.

Seine Gedanken kreisten ständig um die junge Frau und was noch auf ihn zukommen könnte ohne zu einer klaren Linie zu finden. Wahrscheinlich war er zu erschöpft für reale Überlegungen. Hoffentlich kam er nicht mit einer Leiche in der nächsten menschlichen Behausung an.

Kaum merklich überraschte ihn nach kurzer Zeit eine Bewegung auf seinem schmerzenden Rücken. Hatte er sich vielleicht nur getäuscht, oder war bei seinem ‚Strandfundstück' tatsächlich eine schwache Regung zu spüren. Bevor er sich damit beschäftigen konnte, lief ein warmer Strahl über seine Beine. Noch nie in seinem Leben hatte er sich so darüber gefreut, dass sich jemand übergibt.

Schon gar nicht so hautnah und auch noch über seinen Körper. Freudig erregt nahm er sie von der Schulter und legte sie in den weichen warmen Sand. Trotz der bereits einbrechenden Dunkelheit erkannte er ein leichtes Flattern ihrer Augenlider. Sofort versuchte er mit ihr zu sprechen.

„Hallo Julia, sind wir wieder da? Willkommen zurück unter den Lebenden."

Er musste sich zunächst damit zufrieden geben, dass außer einem Zucken um ihre Mundwinkel, nichts von ihr zurückkam. Sie war zu schwach um ihm antworten zu können. Bei einem gewagten Versuch sie jetzt auf ihre eigenen Beine zu stellen, sackte sie wieder in seinen Armen zusammen und zwang ihn zur Aufgabe dieses Vorhabens. Das weitere Schleppen blieb ihm nicht erspart. Aber jetzt, da er wusste, dass er kein lebloses Wesen seit Stunden durch den Sand schleppte, fiel ihm die Aufnahme seiner Last deutlich leichter.

Taumelnd schleppte er sich mit seinem nun doch noch lebenden ‚Strandfundstück' weiter durch den Sand. Glücklicherweise war sein Hotel das erste an dem Strandabschnitt. Wegen dem meilenweiten Strand, der unmittelbaren Nähe zum Meer und auch dem riesigen Sportangebot, hatte er sich diesen teuren Club geleistet. Wie ihm jetzt einfiel, hatte sein ungewollter Ballast auch einen Schlüssel von dem gleichen Hotel in der Tasche.

In der nun hereingebrochenen dunklen Nacht nahm der Mann vom Sicherheitsdienst des Hotels, der am Strand positioniert war, um ungebetene Besucher fernzuhalten, erst aus kürzester Distanz das seltsame Gespann wahr, das plötzlich aus der Dunkelheit auftauchte. Er stieß einen überraschten Schrei aus, als sie plötzlich auf ihn zukamen.

Ausgemergelt, erschöpft und sonnenverbrannt stand da ein älterer Mann, nur mit einer Badehose und einem T-Shirt bekleidet, mit einer scheinbar leblosen jungen Frau auf seinem Rücken vor ihm. Wie war das zu verstehen?

„Hallo, was ist passiert und wo wollen sie hin?"

Bernhard Harms hielt sich gar nicht mit langen Erklärungen auf, die beiden Schlüssel legitimierten sie als Hotelgäste.

„Bringen sie bitte die junge Dame auf Zimmer 345 und verständigen sie sofort einen Arzt. Es ist dringend oder sogar lebensbedrohlich", bestimmte er in scharfem Befehlston.

Während der Wächter bereitwillig ohne weitere Fragen die Last übernahm, bemerkte Bernhard ein leichtes Raunen und eine schwache Bewegung der Lippen bei Julia. Sofort ging er nahe heran und legte ein Ohr an ihren Mund. Zusätzlich nahm er ihre Hand, um sie zu einer Wiederholung zu bewegen. Es waren nur sehr schwache Laute, aber er konnte interpretieren was sie sagte.

„Bitte keinen Arzt, bitte, bitte", stammelte sie.

„Das kann doch nicht ihr Ernst sein, sie sind in akuter Lebensgefahr", erwiderte er erstaunt.

„Bitte keinen Arzt", murmelte sie deutlicher. Ihre Augen waren ängstlich geweitet. Diese Frau musste eine panische Angst haben. Warum wollte sie keinen Arzt verständigt haben? Hatte sie doch vielleicht etwas zu verbergen? Oder befürchtete sie nur die zu erwartenden Unannehmlichkeiten? Letzteres schien ihm am wahrscheinlichsten. Jeder Arzt würde wohl den Suizidversuch erkennen. Unumgänglich war dann auch eine psychiatrische Untersuchung. Eine Unterbringung in einer geschlossenen Anstalt zur Überwachung wäre auch durchaus vorstellbar oder sogar wahrscheinlich.

Was sollte er jetzt mit ihr tun? Eben noch war er froh die Verantwortung endlich los zu werden, und nun wollte sie keinen Arzt. Sollte er ihren Wunsch einfach ignorieren? Was ging es ihn an, hatte er nicht schon genug für sie getan?

Der Wächter hatte sowieso alles Notwendige schon diensteifrig über sein Funkgerät veranlasst. Die Situation erschien ihm viel zu ungewöhnlich und musste im Hotel sofort gemeldet werden.

Vor Julias Zimmer wartete bei ihrer Ankunft dann auch schon ein hektischer Hotelmanager.

„Was ist passiert? Der Arzt ist schon unterwegs, müssen wir auch sofort die Polizei verständigen?"

Bernhard beschwichtigte ihn mit der Erklärung, dass er sich selbst um die junge Frau kümmere.

„Sie hat nur eine kleine Kreislaufschwäche", log er ihn an. Misstrauisch und zögernd entfernte er sich. Einen Gast zu verärgern war eine Todsünde, die er sich nicht erlauben konnte.

Den nur kurz darauf erscheinenden Arzt, der in Erwartung des lukrativen Patienten zur absoluten Höchstform auflief, konnte er schwer abwimmeln. Allein der in Griechenland wohl übliche ‚Fakelaki‘, der sinnbildliche ‚kleine Umschlag‘ mit dem alles geht, leistete ausreichende Überzeugungsarbeit.

Der Arzt versicherte Bernhard, auf seinen Wunsch hin, keinen Gebrauch von seiner Erkenntnis zu machen. Er ließ sich sogar, geschäftstüchtig wie er war, gegen horrende zusätzliche Bezahlung ein Mittel zur Kreislaufstabilisierung abkaufen.

Bernhard war ausgesprochen unwohl bei dem Gedanken, dass er die Verantwortung nun immer noch nicht abgeben konnte. Was sollte er mit einer jungen Frau in lebensbedrohlichem Zustand, die ärztliche Hilfe verweigerte? Was hatte er sich mit dieser Rettung nur eingebrockt? Dieser verflixte Umstand versaute seinen Urlaub. Zum falschen Zeitpunkt war er am Ort des Geschehens gewesen. Innerlich verfluchte er seine Gutmütigkeit. Beim Anblick des Häufleins Elend auf dem Bett ihres Zimmers wurde ihm aber klar, dass er sie nicht alleine lassen durfte und auch nicht konnte. Julia war in einem recht erbärmlichen Zustand und noch lange nicht über dem Berg. Ihre Atmung war schwach, der Puls kaum fühlbar. Auf seine Fragen und Ansprachen reagierte sie mit einem Blinzeln und kurzen Zuckungen der Hand. Zu mehr war sie noch nicht in der Lage.

„Was mache ich jetzt mit dir, wie kannst du mich nur so in die Bredouille bringen?", herrschte er sie in ungewöhnlicher Härte an.

Es war die Angst vor der Verantwortung für sie, die ihn so hart reagieren ließ. Aber sein Mitleid überwiegte und er begann, wie selbstverständlich, sie von der verschmutzten Kleidung zu befreien. Zur Dusche oder Badewanne zu schleppen, schien ihm bei ihrem geschädigten Kreislauf zu riskant.

Also wusch er sie gründlich ab, flößte ihr immer wieder zwischendurch etwas Wasser ein und zog ihr ein langes T-Shirt über. Die Dessous und die hauchdünne Nachtwäsche aus ihrem Schrank schien ihm alles andere als krankengerecht zu sein. Als er sie bequem in ihr Bett verfrachtet hatte, wollte er sich eiligst zurückziehen. Ein Bad oder eine kalte Dusche war sein dringlichstes Anliegen. Außerdem hatte er mittlerweile einen Bärenhunger und einen unbändigen Durst.

Sie lag völlig reglos in ihrem Bett und er verließ sie eilig, aber mit einem schlechten Gewissen. Er versprach ihr noch, so schnell wie möglich wieder zurück zu kommen und nach ihr zu sehen.

Konnte er sie in diesem Zustand überhaupt für kurze Zeit alleine lassen? Wahrscheinlich hatte sie seine Aussage gar nicht zur Kenntnis genommen und würde jetzt erst einmal schlafen, tröstete er sich. Eilig ging er auf sein Zimmer, gepeinigt von den Sorgen um seine Patientin. Niemand, außer ihm, wusste genaueres über die Ursache und ihren Zustand. Er allein hatte sich die Verantwortung eingehandelt. Der Hotelmanager, der Arzt und der Sicherheitsdienst hatten sie zu Gesicht bekommen. Was wäre, wenn sie die Eskapade nicht überleben würde, wie sollte er das rechtfertigen. Von der Verweigerung der ärztlichen Behandlung wusste nur er alleine, ebenso von ihren Suizid-Versuch. Machte er sich nicht mitschuldig? Wäre es nicht seine Pflicht gewesen es zu melden? Was könnte das für Folgen haben? Er malte sich alle möglichen Szenarien aus. Und wurde dabei immer unruhiger.

Wer sollte ihm glauben, dass er sie ‚nur' scheinbar leblos aufgefunden hatte? Was könnte man alles vermuten und ihm unterstellen? Es gab weder Zeugen, noch eindeutige Beweise, die ihn entlasten würden. Alles könnte er selbst inszeniert haben. In diesem fremden Land, dessen Sprache er nicht spricht, könnte es verhängnisvoll für ihn werden sich dagegen zu verteidigen.

„Du musst sie unbedingt durchbringen, es bleibt dir keine andere Wahl", sagt er übermäßig laut zu sich selbst, um sich wieder zu motivieren.

Während der ganzen Zeit, seit dem Auffinden und dem Transport von Julia, war er noch relativ gelassen gewesen, jetzt musste er sich gegen eine aufkommende Panik wehren.

KAPITEL 7

Julia Randstedt's Flug nach Hamburg sollte sechseinhalb Stunden dauern. Schon beim Abflug hatte die Maschine jedoch 45 Minuten Verspätung. Turbulenzen und eine große Schlechtwetterfront, die umflogen werden musste, sorgten für weitere 80 Minuten Verzögerung. Julia wusste während dieser ganzen Zeit nichts mit sich anzufangen. Ihre Gedanken gingen wirr durch alle ihre bisherigen Beziehungen. Keine war so nachhaltig um daran festzuhalten. Außer ihrem Verhältnis mit Clemens gab es keine Höhepunkte in ihrem Leben. Was sollte werden, was blieb als Zukunftsperspektive. Je näher sie der Landung kam, umso mehr quälte sie die Frage, was sie nun eigentlich tun sollte. Bei wem könnte sie sich ausweinen und Trost suchen. Ihrer Mutter wollte sie sich nicht anvertrauen, dazu war das Verhältnis zu ihr schon seit einiger Zeit zu stark abgekühlt.

Mit allen ihren Freunden hatte sie sich immer nur zusammen mit Clemens getroffen. Wem davon könnte sie sich offenbaren? Würden sie zum Teil vielleicht sogar Partei für Clemens ergreifen?

In die Firma konnte sie auch schlecht vorzeitig zurückkehren ohne lange Rechtfertigungen und Erklärungen, warum sie den mühevoll erwirkten Urlaub schon wieder abgebrochen hatte. Sie war auch nicht in der Verfassung ihre Arbeit wieder aufzunehmen. Mehr denn je fehlte ihr in dieser traurigen Situation eine Freundin, mit der sie über ihre Sorgen reden und sich ausweinen könnte.

Schmerzlich wurde ihr bewusst, wie einsam sie im Leben stand. Wie traurig war es, keinen einzigen vertrauten Menschen um sich herum zu haben. Mit Clemens war ihr letzter Halt verschwunden.

Warum war sie Hals über Kopf zurückgeflogen, anstatt einfach nur ein anderes Hotel weitab von Clemens aufzusuchen, um dort ihren restlichen Urlaub zu verbringen?

Von der langen Flugzeit mitgenommen, und ohnehin in schlechter Verfassung, fuhr sie zuerst einmal nach Hause um sich auszuschlafen.

Nach einer unruhigen Nacht wurde sie bereits sehr früh wach. Ihre Stimmung war weiter auf einem absoluten Tiefpunkt. Ein kurzer Blick aus dem Fenster verschlimmerte noch ihre depressive Verfassung. Hamburg lag im grauen Dunst und es regnete. Endlich drei Wochen Urlaub und jetzt? Was sollte sie alleine zu Hause mit sich anfangen? Der Inhalt ihres Kühlschrankes trug auch nicht gerade dazu bei, ihre miserable Stimmung etwas zu verbessern. Logischerweise waren die Vorräte auf Abwesenheitsniveau. Also musste sie bei diesem Sauwetter auch noch aus dem Haus. In einer Bäckerei in der Nähe frühstückte sie lustlos.

Auf dem Heimweg wurde ihr klar, dass sie am besten wieder in den Süden verschwinden sollte. Sonne, Strand und Meer, und die stets beflügelnde mediterrane Atmosphäre waren vielleicht in der Lage, ihre Laune zu verbessern. Sonst hilft nichts dachte sie, in Erinnerung an bisherige Urlaube. Kurzerhand durchsuchte sie das Internet nach geeigneten und kurzfristig buchbaren Reisezielen.

Da viele Urlaubsländer aufgrund von Unruhen, Terror-Risiken oder kriegerischen Handlungen im Lande selbst oder in Nachbarländern ausfielen, war die ihr genehme Auswahl relativ gering. Das Wetter in Deutschland hatte auch viele Menschen in den Süden vertrieben. Unter den Last-Minute-Angeboten wurde sie letztendlich doch fündig. Ein Clubhotel auf der griechischen Insel Kos hatte zwar einen gehobenen Preis, aber was soll's, was hatte sie schon zu verlieren. Ihr Flieger ging bereits am nächsten Vormittag. Große Vorbereitungen waren nicht nötig, die Koffer standen noch fertig gepackt im Flur. Für Griechenland brauchte sie auch nichts anderes als für Dubai.

Falls sie geglaubt hatte, die Aussicht auf einen schönen Urlaub im Süden würde ihre Gemütslage gleich wesentlich bessern, so trat dieser Umstand zumindest jetzt noch nicht ein.

Am nächsten Morgen begab sie sich, nicht ohne ihrer Nachbarin die ihre Wohnung und auch ihre Blumen versorgte, die Telefonnummer des Hotels zu hinterlassen, ohne Frühstück direkt zum Flughafen. Die Nacht war wieder ruhelos verlaufen und schien ihr unendlich lange zu dauern.

Die Ereignisse in Dubai kamen ihr während der Fahrt wieder in den Sinn und ließen sie nicht los. Deshalb war sie auch ziemlich unkonzentriert, als sie mit ihrem Wagen zügig zum Flughafen fuhr. Auf der Fahrspur neben ihr ertönte plötzlich ein durchdringendes Hupkonzert und schreckte sie auf. Sie war neben die Fahrspur geraten und bekam von einem wild gestikulierenden Autofahrer mehrmals den Vogel gezeigt. Nur durch seine Aufmerksamkeit war sie einem Unfall entgangen.

„So kann es nicht weitergehen mit dir", sprach sie laut zu sich selbst.

„Du musst dich schnell von der Vergangenheit lösen und wieder zu dir selbst finden, sonst hat dein ganzes Leben keinen Sinn mehr. Hoffentlich hilft dir das Schicksal ein wenig dabei."

Den Flug bekam sie nur im Halbschlaf mit. Die anderen Passagiere in der gut besetzten Maschine waren in recht gelöster Urlaubsstimmung. Laut und lustig ging es um sie herum zu.

„Wie wär's denn mit einem Glas Sekt?"

Die Stimme kam von einem sehr ansehnlichen jungen Mann, der sich plötzlich auf dem freien Platz neben Julia eingenistet hatte.

„Ich heiße Gerhard und würde mich freuen, wenn wir das gleiche Hotel gebucht hätten."

Julia hatte nur einen gelangweilten kurzen Blick für ihn übrig. Ganz offensichtlich wollte er aber so schnell noch nicht aufgeben.

„Waren sie schon öfter auf Kos?", fragte Gerhard hartnäckig. Julia schaute ihn giftig und abweisend an und antwortete gereizt:

„Ich weiß nicht, was ihnen die Antwort nützen soll. Nein, ich war noch nicht auf Kos."

Als er dennoch weiter reden wollte, wimmelte sie ihn ganz schnell ab.

„Hören sie, ich bin heute nicht in der Stimmung mich mit ihnen zu unterhalten, lassen sie mich also besser in Ruhe. Ich hoffe, sie werden das endlich begreifen und mich wieder alleine lassen."

Nach kurzem Zögern stand er mit mitleidigem Blick auf und verabschiedete sich mit den Worten:

„Einen langweiligen Urlaub wünsche ich ihnen. Vielleicht sehen wir uns irgendwo wieder und sie überlegen es sich noch, ob wir gemeinsam mehr daraus machen können."

Gepäckausgabe und der Transfer zum Hotel gingen zügig voran. Der nur schlecht klimatisierte Bus hatte jedoch einen Eigengeruch, der Julia schwer auf den Magen schlug. Die Transporte von schwitzenden Touristen bei hohen Temperaturen hatten eine Menge Ausdünstungen hinterlassen. Glücklicherweise schaffte sie es bis zu ihrem Hotel ohne sich übergeben zu müssen.

Das renommierte Clubhotel entpuppte sich auch für anspruchsvollste Urlauber als absoluter Volltreffer. Herrlich auf einem Plateau gelegen, war der Blick auf das offene Meer frei. Die sehr weitläufigen Anlagen waren mit gut gepflegten Blumenbeeten durchsetzt, die viele wohlriechende Blütendüfte von sich gaben. Alle nur erdenklichen Sport- und Freizeitmöglichkeiten waren vorhanden. Veranstaltungen und Unternehmungen, mit und ohne Animation, gab es vom frühen Morgen bis spät in die Nacht. Getränke und Verpflegung standen all'inclusive rund um die Uhr bereit. Die vollklimatisierten Zimmer waren nicht besonders großzügig, aber für sportliche Leute zweckmäßig ausgestattet. Julia hatte ein Einzelzimmer mit Meerblick gebucht. Weil keine Einzelzimmer mehr verfügbar waren wurde sie, ohne Aufpreis dafür zahlen zu müssen, in eine Junior-Suite geführt.

Von ihrem Balkon aus konnte sie den größten Teil der weitläufigen Hotelanlage überblicken und hatte einen phantastischen Blick über das Meer. Wieder einmal sprach sie mit sich selbst, als der Kofferträger sie alleine gelassen hatte.

„Wenn du hier keine Ablenkung und keinen Spaß findest, kannst du dich begraben lassen."

Gelangweilt nahm sie anschließend an einem Informationsrundgang durch das gesamte Hotel und alle Außenanlagen teil. Der Chefanimateur der sie führte, fragte auch Julia:

„Welche Interessen haben sie und welchen Sport treiben sie gerne?"

„Im Moment bin ich noch unschlüssig, obwohl mich eigentlich sonst alles interessiert. Ich muss erst ausschlafen und entspannen, dann werde ich mich entsprechend zu orientieren wissen."

„Sie wissen ja jetzt wo sie mich finden, ich helfe ihnen jederzeit sehr gerne."

Natürlich, dachte sie sich. Animateure sind ja alle als Casanovas und die aktivsten Aufreißer bekannt. Sprechen hörte sie sich aber stattdessen:

„Vielen Dank, ich komme darauf zurück."

Zum Abendessen suchte sie sich einen Tisch abseits von der Menge. Sie hatte keine große Lust zu der üblichen seichten Urlaubskommunikation. Es waren ja doch immer die gleichen Fragen und Erzählungen. Sind sie das erste Mal hier? Darf man fragen woher sie kommen? Meistens folgten darauf lange Erzählungen zu dieser Stadt, die man natürlich kannte und schon öfter bereist hatte, und welche Eindrücke davon haften geblieben sind.

Danach kamen die ausführlichen Reiseberichte. Wo man schon überall gewesen war und was es da alles zu sehen gab. Zum Abschluss gab es dann oft einen langer Bericht, wie schön man es eigentlich auch zu Hause hätte, und dass es nicht notwendig wäre, zu verreisen. Nein, das sollte ihr noch einige Zeit erspart bleiben.

„Gestatten sie, sind hier noch drei Plätze frei?"

Diese Frage kam von einem freundlichen Mann um die vierzig. In seinem Schlepptau waren eine korpulente Frau und ein ungefähr fünf Jahre altes Mädchen. Da die meisten Tische belegt waren, das Hotel war fast ausgebucht, konnte sie schlecht nein sagen. Aber sie hatte Glück, die Konversation blieb ihr erspart. Stattdessen musste sie ertragen, wie das unruhige Kind die beiden permanent beschäftigte. Mutti hier, Papi da, laufend fiel der Kleinen etwas Neues ein. Beide kamen kaum zum Essen. Julia dachte sich, wenn man vorher schon wüsste, dass Kinder so werden können, müsste es leicht fallen, darauf zu verzichten.

Da sie ohnehin keinen Appetit mehr hatte, nahm sie ein Glas Wein mit und verabschiedete sich bald von ihren Tischnachbarn.

Im Umkreis der Poolanlagen und an der Poolbar war es noch ruhig. Die anderen Gäste sprachen ausgiebig den üppigen Buffets und den Getränken zu. Sie würden zur abendlichen Show das Theater bevölkern und danach erst die Bars.

In einer stillen Ecke ließ sie sich nieder und gab sich wieder ihrem Frust hin. Wollte oder konnte sie sich nicht von der Sache mit Clemens lösen?

Ihre Gedanken waren wieder einmal bei ihrem zu Ende gegangenen Verhältnis. Ihre gemeinsame Zukunftsplanung war hinfällig. Ihm noch einmal eine Chance zu geben schloss sie kategorisch aus. Zu sehr fühlte sie sich verletzt. Könnte sie jemals wieder einem anderen Mann trauen? Wie würde ihr Leben alleine verlaufen? Die Unternehmungen mit ihren Freunden waren so erbaulich auch nicht. Manchmal war es bisher schon recht langweilig. Außerdem waren es lauter Pärchen, die zu viel mit sich selbst beschäftigt waren und auch sehr oft miteinander stritten. Was sollte sie als einziger verbleibender Single dabei? Sie musste sich neu orientieren und neue Freundschaften suchen.

Plötzlich wurde sie aus ihrer Nachdenklichkeit herausgerissen, jemand hatte sie angesprochen.

„Darf ich mich zu ihnen setzen? Sie sitzen so ganz alleine und abseits. Ich glaube, sie könnten Aufmunterung und Unterhaltung gebrauchen."

Neben ihr stand ein schlaksiger junger Mann, der über beide Backen grinste und siegessicher einen Stuhl heranzog. Nachdem er sich bereits gesetzt hatte, schaute Julia ihn grimmig an.

„Ich habe nicht zugestimmt und fände es sehr nett, wenn sie mich wieder alleine lassen würden. Falls ich Gesellschaft brauchen sollte, suche ich sie mir selbst aus. Ich bin alt genug dazu."

Missmutig stand er auf um zu gehen.

„Sie wissen nicht was ihnen entgeht, schönen Abend wünsche ich ihnen aber trotzdem."

Die Abendshow hatte begonnen, die meisten Gäste waren ins Amphitheater abgewandert.

Julia schlenderte ohne große Lust auch dorthin. Es wurden Sketche aufgeführt. Die meisten kannte sie. Alle Inszenierungen waren eigentlich recht witzig und wurden professionell dargeboten. Die Animateure verstanden ihr Handwerk bestens. Trotzdem sprang der Funke nicht zu ihr über. Während ständig ein schallendes Gelächter und tosender Applaus das Theater in ein Tollhaus verwandelte, stand sie teilnahmslos in einer Ecke und starrte vor sich hin.

Ein unbändiger Durst erinnerte sie schließlich daran, dass sie doch noch etwas spüren konnte. Sie holte sich an der Poolbar einen halben Liter Wein und zog sich wieder in eine stille Ecke zurück.

Eine Band spielte auf der Hotelterrasse Oldies. Die ersten Paare drehten sich auf der Tanzfläche. Die Musik machte Julia noch melancholischer als sie ohnehin schon war. Beim Anblick eines Paares, das ihr und Clemens sehr ähnlich war, flossen ihr wieder einmal die Tränen. Wie schön wäre es jetzt mit ihm zu tanzen. Viele Tanzabende hatte sie mit ihm genossen. Eine Augenweide waren sie immer für alle anderen Paare. Sie passten gut zusammen und verstanden sich dabei ohne Worte. Sollte es ihr mit einem anderen Mann jemals vergönnt sein, in völliger Harmonie mit ihm eins zu werden? Oder war ihr Schicksal bereits besiegelt und sie würde als einsame Jungfer bis ins Alter ihr Dasein in ewiger Einsamkeit und Eintönigkeit fristen.

Niedergeschlagen bummelte sie, versunken in Gedanken, zum Meer, bevor sie auf ihr Zimmer ging, um eine unruhige Nacht zu verbringen.

Am nächsten Morgen kam es ihr vor, als hätte sie die ganze Nacht überhaupt nicht geschlafen. Schlapp und lustlos ging sie unter die Dusche, machte sich zurecht und zog leichte sportliche, sommerliche Kleidung an. Die Sonne schien, der Himmel war vollkommen klar und wolkenlos, und es war bereits am Morgen angenehm warm. Ohne Hunger oder Appetit zu verspüren, ging sie zum Frühstück, das sie in Gedanken versunken zu sich nahm. Allen Kontakten und Unterhaltungen mit den anderen Gästen ging sie aus dem Wege.

Beim Verlassen des Frühstückraumes begegnete ihr der junge Mann namens Gerhard, den sie im Flugzeug bereits abblitzen ließ.

„Hallo, schöne Frau, immer noch so zickig? Wie geht es uns denn heute Morgen", sprach er sie an, und versuchte dabei, den Arm freundschaftlich um ihre Schulter zu legen.

„Mir geht es beschissen und wie es dir geht, ist mir total egal. Lass gefälligst deine Hände bei dir, sonst kriegst du Ärger", antwortete sie giftig und verschwand, bevor er etwas erwidern konnte.

Wie in Trance schlenderte Julia anschließend durch das Hotelgelände. An allen Sportstätten herrschte bereits reger Betrieb.

„Willst du mitspielen, ich könnte dich gleich einwechseln?", rief ihr einer der Animateure zu, als sie am Volleyballplatz einen Moment stehen blieb und zuschaute. Sie schüttelte nur abweisend den Kopf und ging langsam weiter. Am Tennisplatz waren heiße Matches im Gange. Wie gerne hatte sie mit Clemens gegen andere Paare gespielt.

Meistens hatten sie gewonnen, weil beide einen unbändigen Ehrgeiz entwickeln konnten. Heute sorgte das Zuschauen nur dafür, dass sich ihre Stimmung noch weiter verschlechterte. Am Strand gab es auch nichts, was sie begeistern konnte. An allem war sie früher stark interessiert. Heute sah sie Segler, Surfer, Kanuten und Schwimmer nur als Kulisse ohne einen Blick für Details. Die Ballspiele und das laute Gekreische einiger Kinder gingen ihr bald darauf auf die Nerven und sie lenkte ihre Schritte zurück zum Pool. An der Bar holte sie sich einen halben Liter Rotwein.

„Das ist genau das Richtige bei dieser Hitze", meinte der Barkeeper und grinste. Ihr war es egal, ebenso wie alles, was um sie herum geschah. Sie setzte sich in die pralle Sonne, versuchte in dem mitgebrachten Buch zu lesen und nippte ständig an ihrem Glas. Nichts aus dem Buch nahm sie auf, nichts aus dem Umfeld lenkte sie ab.

Der Wein hatte offensichtlich überhaupt keine Wirkung auf sie. Noch nicht einmal die starke Sonneneinstrahlung beeinträchtigte sie. Wie völlig leblos ruhte sie in ihrem Liegestuhl, ohne irgendeine Gefühlsregung. Nach einiger Zeit verfiel sie in einen Halbschlaf, bei dem sie immer wieder in zusammenhanglosen Bruchstücken an den Besuch in Dubai erinnert wurde. So quälte sie sich durch den Tag. Am Abend erschrak sie etwas beim Blick in den Spiegel. So kannte sie sich bisher überhaupt nicht. Mit ausdruckslosem Blick, ungeschminkt, die Haare unordentlich und mit einem von der Sonne leicht gerötetem Teint, kam sie sich fremd vor.

Aber es beschäftigte sie nicht länger und störte sie nicht. Sonst war sie sehr eitel auf ihr Aussehen bedacht. Ungeschminkt verließ sie niemals ihre Wohnung. Für wen sollte sie sich aber jetzt und hier schön machen?

So ging sie appetitlos zum Abendessen und das gleiche Ritual wie am Vortag nahm seinen Lauf. Das ganze Areal des Hotels schien in ständiger Hochstimmung zu sein. Alle Gäste scherzten und lachten. Sie konnte es kaum ertragen und wurde, wie am Tag zuvor, nur immer depressiver. Allen Unterhaltungen ging sie aus dem Wege. Die vielen Anmachversuche junger Männer ignorierte sie. Abseits vom Trubel grübelte sie ununterbrochen vor sich hin. Ausgegrenzt aus der Gemeinschaft, ausgeschlossen aus dem blühenden Leben, schlich sie umher. Sie wusste nicht, was sie suchte. Sie fand nichts, was sie aus der anhaltenden Lethargie heraus bringen konnte. Wieder begann eine Nacht, deren Ende sie herbeisehnte, in der Hoffnung auf Besserung. In ihrem leichten Schlaf, mit vielen Wachphasen, kamen die gleichen Erinnerungen auf wie in der Nacht zuvor schon. Bereits in den frühen Morgenstunden wachte sie schweißgebadet auf. Ihr Kopf schmerzte und ihr war speiübel, wahrscheinlich hatte sie zu wenig gegessen und zu viel Sonne abbekommen.

Ohne sich besonders vorzubereiten, ging sie zum Frühstücksbuffet. Appetitlos bekam sie nur ein Glas Orangensaft, eine Tasse Kaffee, ein Ei und zwei Bissen Brot in ihren ausgehungerten Magen. Schnurstracks trabte sie danach auf ihr Zimmer.

Ein Handtuch, Reisepass, Smartphone, eine Decke und ein Sweetshirt packte sie in ihre Strandtasche. Ein Buch nahm sie noch zur Hand und so wollte sie sich auf den Weg zum nahen Strand begeben. An der Tür drehte sie sich noch einmal um, ging zurück und nahm zwei Schachteln Tabletten aus ihrem Tresor. Sie hatte sich nach ihrer Rückkehr aus Dubai spontan in der Apotheke in ihrer Nähe welche besorgt, um etwas zur Ruhe zu kommen. Der Apotheker war ein sehr guter Bekannter ihrer Mutter. Nur deshalb bekam sie die sehr starken, verschreibungspflichtigen Arzneimittel, mit dem Versprechen, das Rezept dafür am nächsten Tag nachzureichen. Man merkte dem Apotheker an, dass es ihn sehr viel Überwindung kostete, Julias Wunsch zu entsprechen. Aber ihr Charme siegte letztendlich. Zuhause stellte sie dann fest, dass die Umstände eigentlich gar nicht notwendig gewesen wären. Von einer früheren Verordnung hatte sie noch eine bereits angebrochene Schachtel davon in ihrem Arzneischrank. Ausgerüstet mit diesem Vorrat holte sie sich an der Hotelbar noch eine Flasche Rotwein.

„Ich hoffe die reicht ein Weilchen, ansonsten wissen sie ja, wo es immer Nachschub für sie gibt", meinte der Keeper mit breitem Grinsen. Wunschgemäß entkorkte er die Flasche zunächst und verschloss sie nur leicht wieder. Offensichtlich hielt er Julia für alkoholabhängig. In den Hotels ist man vieles gewohnt und wundert sich über nichts. Besonders in All'inclusive-Hotels ist der Alkohol-konsum am Vormittag nichts Außergewöhnliches.

Viele Gäste nutzen das kostenlose Angebot aus, ohne Rücksicht auf ihre Gesundheit.

Kein geplantes Ziel vor Augen, und keine feste Absicht für irgendeine Unternehmung, zog Julia los. Nach wie vor war sie mit ihren Gedanken meist weit abseits von jeglicher Urlaubsstimmung. Ihr Zustand glich dem einer Schlafwandlerin.

Bei eingehender Betrachtung könnte man sie leicht für voll unter Alkohol oder Drogen stehend halten, so geistig abwesend war sie unterwegs.

KAPITEL 8

Nach dem hektischen Duschen und Umziehen suchte Bernhard Harms die Hotelküche auf. Dort ließ er sich eine frische Hühnersuppe zubereiten. Ein Hausmittel seiner verstorbenen Großmutter, das leicht verträglich und so ziemlich für alles gut sein sollte. Dazu nahm er vom Buffet noch Wurst, Käse, Eier, Butter und eine Stange Weißbrot mit. Zuletzt packte er Tee, Milch und drei Flaschen Bier dazu. Bepackt mit einem Korb voller Lebensmittel und Getränken eilte er auf Julias Zimmer. Als er eintrat öffnete sie sofort leicht ihre Augen und hob eine Hand in seine Richtung. Er setzte sich auf ihr Bett und nahm ihre Hand in seine Hände.

„Was machst du denn für Sachen?", fragte er. Das vertrauliche ‚du' schien ihm, in Anbetracht des gemeinsamen Erlebnisses, selbstverständlich. Da sie ihn offensichtlich vernommen hatte und die Lippen bewegte, beugte er sich ganz nahe über sie, um zu verstehen was sie ihm sagen wollte. Kaum zu vernehmen stammelte sie weinerlich:

„Lass mich nicht alleine, sonst will ich sterben."

Das hatte ihm gerade noch gefehlt. Zuerst hilft man einem Menschen und dann ist man gefesselt an ihn. Er wollte doch nur einen ruhigen Urlaub genießen. Nun wurde er erpresst, weiter bei ihr zu bleiben. Aber momentan sah er keine Alternative. Ihm gelang es mühevoll, seinem ‚Strandfundstück' einige Löffel von der Hühnersuppe einzuflößen. Kraftlos hing sie dabei in seinem Arm und ließ sich füttern wie ein kleines Kind.

„Du musst etwas essen, damit du wieder zu Kräften kommst", redete er dabei aufmunternd auf sie ein. Nach und nach nahm sie zögerlich auch noch etwas Brot und einige Bissen Käse zu sich. Sie kaute dabei in einem Tempo das befürchten ließ, sie würde gleich einschlafen. Sicherheitshalber flößte er ihr das teuer erworbene Kreislaufmittel ein, bevor sie gänzlich hinwegdämmerte.

Es war weit nach Mitternacht als er endlich die Möglichkeit hatte, etwas von der Verpflegung zu sich zu nehmen. Ohne großen Appetit löffelte er die mittlerweile schon kalte Hühnersuppe und schlang etwas Wurst und Käse in sich hinein. Viel zügiger ging es mit dem Bier, von dem er in kurzer Zeit zwei Flaschen geleert hatte. Anscheinend war er ziemlich ausgetrocknet gewesen.

Julia befand sich mittlerweile in einem ruhigen Dämmerschlaf. Auf einem Sessel neben ihrem Bett sitzend bemerkte Bernhard, wie auch ihm so langsam die Augen zufielen. Die Strapazen der letzten Stunden forderten ihren Tribut. Seine Gliedmaßen wollten ihm kaum noch folgen. Er beschloss, sich auf sein Zimmer zurückzuziehen. Seine Patientin würde jetzt sicher schlafen wie ein Murmeltier. Er hatte sich noch nicht ganz erhoben, als Julia ihn mit weit aufgerissenen Augen ansah und flehend beide Hände nach ihm ausstreckte.

„Du darfst mich jetzt nicht alleine lassen, sonst will ich nicht mehr leben", waren ihre schwach dahingeröchelten Worte.

„Aber ich muss doch auch einmal schlafen, ich werde morgen früh gleich wieder nach dir sehen."

„Nein, bitte bleib hier, bitte, bitte", jammerte sie und deutete auf das zweite Bett neben sich.

Auch wenn ihm ihr Verhalten jetzt etwas sehr theatralisch vorkam, versuchte er erst gar nicht zu widersprechen. Zu offensichtlich war ihr schwacher Zustand. Außerdem war er viel zu müde für lange Diskussionen. Wenn er jetzt das Zimmer verlassen würde, käme er ohnehin nicht zur Ruhe. Ständig müsste er daran denken, wie es ihr wohl gehen würde. Also ließ er sich auf das zweite Bett neben ihr fallen und schlief völlig angekleidet ein.

Während der Nacht wurde er mehrmals schweißgebadet wach. Üble Alpträume hatten ihn jedes Mal geplagt, von denen er nur noch wusste, dass es immer um Leichen ging, die er von einem Ort zum anderen transportierte. Geschwächt wie er war, schlief er aber immer wieder schnell ein.

Mit den ersten Sonnenstrahlen, die durch die Balkontür drangen, kam er langsam wieder zu sich. Starken Druck auf der Brust spürend, sorgte er sich im Halbschlaf spontan darüber. Erst als er klare Gedanken fassen konnte und rekapituliert hatte wo er sich befand, stellte er die Ursache fest. Julia lag mit ihrem Kopf auf seiner Brust und hielt ihn mit beiden Armen fest umklammert. Er spürte erfreut ihren mittlerweile recht gleichmäßigen Atem. Sie schien noch tief und fest zu schlafen, die Wirkung der starken Tabletten in hoher Dosierung war sicher noch spürbar.

Behutsam versuchte er sich aus der unbequemen Lage zu befreien, indem er sich unter ihr heraus winden wollte. Sofort schreckte Julia auf.

„Bleib bitte, geh nicht", stammelte sie ängstlich. Sie schien plötzlich hellwach geworden zu sein und setzte sich etwas mühsam im Bett auf.

„Auch wenn ich nicht gehe, muss ich mich wohl oder übel einmal ein wenig bewegen. Außerdem müsste ich mal dringend die Toilette aufsuchen", sprach er sanft zu ihr und fragte:

„Wie geht es dir denn? Weißt du überhaupt noch was mit dir passiert ist?"

„Nicht ganz, aber sobald ich etwas mehr zu mir komme, wirst du es mir sicher sagen", war ihre Antwort. Sie schien halbwegs in Ordnung zu sein.

„Vorher möchte ich aber dringend duschen."

Nachdem Bernhard das Bad wieder verlassen hatte, wollte sich Julia bereit machen um duschen zu gehen. Bereits beim Aufstehen aus dem Bett sackte sie wieder zusammen wie ein nasser Sack.

„Kannst du mir bitte helfen, ich schaffe es wohl noch nicht ganz alleine. Ich nehme an, du hast mir auch bis hierhin geholfen?"

Als er ansetzen wollte ihr alles zu erklären, legte sie den Zeigefinger auf ihren Mund.

„Nachher bitte erst, ich glaube, ich muss sehr viel von dir wissen. Aber vorher möchte ich erst einmal wieder ein normaler Mensch werden. Ich fühle mich verschwitzt und total schmutzig. Nur deinen Namen kannst du mir vorher schon sagen, damit ich dich rufen kann wenn ich dich brauche."

„Mein Name ist Bernhard Harms und ich habe dich am Strand gefunden", antwortete er, während er sie gleichzeitig unter den Armen stützte und ins Bad schleppte. Dort deutete sie auf die Toilette.

„Bitte erst hierhin, ich rufe dir dann wieder. Darf ich dich bitte Berni nennen? Bernhard ist so schrecklich lang und klingt altmodisch."

Er nickte nur und verließ das Badezimmer. Jetzt bin ich auch noch zum Krankenpfleger geworden, dachte er dabei. Komischerweise macht es mir aber eigentlich gar nichts aus.

Irgendwie war Julia ein fester Bestandteil seines Urlaubes geworden. Er gestand sich ein, dass die junge Frau ihm schon sehr ans Herz gewachsen war. Gleichzeitig war ihm klar, dass sie, sobald sie wieder zu sich selbst gefunden hatte, ihre eigenen Wege gehen würde. Ihre Bekanntschaft würde ihm aber erhalten bleiben. Es wäre ja ganz nett, ab und zu einmal mit ihr ein paar Worte zu wechseln. Das gemeinsam Erlebte sollte ja bestimmt nicht zum Hotelgespräch werden. Dadurch begab sie sich in eine gewisse Abhängigkeit von ihm.

„Berni, kannst du bitte kommen", schallte es aus dem Badezimmer. Er eilte hinein, half ihr sich aufzurichten und führte sie dann mit einem Arm um seinen Hals geschlungen zur Dusche. Immer wieder knickten ihre Beine leicht ein. Sie hatte nicht die Kraft alleine aufrecht zu stehen. Ohne Hemmungen zog sie sich mit der freien Hand das T-Shirt über den Kopf.

„Das hast du mir wohl angezogen?", fragte sie.

„Dann hast du mich ja sicher auch ausgezogen", stellte sie nach kurzem Nachdenken fest. Als er das Wasser aufdrehte, schaute sie ihn flehend an:

„Du wirst wohl mit mir duschen müssen, bitte, ich kann es noch nicht alleine."

Er stellte sie so hin, dass sie sich selbst an der Duschstange festhalten konnte, hielt sie mit der einen Hand aber noch am Rücken fest und zog sich selbst mit der anderen Hand komplett aus. Zum Glück war er nicht prüde und hatte kein Problem sich nackt zu zeigen. Ganz unansehnlich fand er sich auch nicht. Sein Alter musste man ihm dabei schon zugutehalten.

Mit einer jungen, hübschen Frau zusammen zu duschen hatte schon etwas erotisch prickelndes, aber im Moment befanden sich beide noch in einer Krisensituation, die solche Gedanken nicht zuließ.

Sie duschten lange und sehr ausgiebig. Julia stand minutenlang mit nach oben ausgestreckten Armen unter dem warmen Wasserstrahl, während Bernhard sie an der Hüfte unterstützend festhielt. Vorher hatte er ihr beim Einseifen geholfen, die intimeren Bereiche ihr aber selbst überlassen. Das Duschen hatte sie sichtlich genossen und es hatte ihr gut getan. Trotz ihrer nassen Haare hinterließ sie einen völlig neuen Eindruck. Aus dem elenden Häufchen Mensch war wieder eine ansehnliche junge Frau geworden.

Wieder einen ihrer Arme fest um seinen Hals geschlungen, umfasste er sie an der Taille und schleppte sie aus der Dusche. Er setzte sie auf den Rand der Badewanne. Mit der freien Hand half er ihr beim Abtrocknen. Sie bemühte sich zwar, aber ohne seine Hilfe konnte sie nicht viel erreichen. Ihren Bademantel fand er an der Tür und legte ihn ihr behutsam um. Danach platzierte er sie in einen Sessel neben ihrem Bett.

Nachdem er sich selbst auch abgetrocknet hatte und seine verstreuten Kleider aufgesammelt und angezogen hatte, bemerkte er, dass seinem ‚Strandfundstück' die Augen wieder zuzufallen schienen.

„Bitte geh nicht weg", jammerte sie wieder. Sie hatte anscheinend Angst, dass er ihre Schläfrigkeit ausnutzen würde, um zu verschwinden.

„Hör zu, du schläfst am besten ein Weilchen", sagte er bestimmt, während er sie hochnahm, aufs Bett legte und mit dem leichten Laken zudeckte.

„Ich gehe in mein Zimmer um mich zu rasieren, Zähne zu putzen und umzuziehen. Dann hole ich uns beiden ein kräftiges Frühstück hierher."

Sie nickte schwach und hauchte nur: „Danke", dann war sie schon wieder weggedämmert.

Als er nach seiner erledigten Morgentoilette sein Zimmer wieder verlassen hatte, machte er sich auf den Weg zum Speisesaal. Unterwegs lief er dem Hotelmanager in die Arme, der ihn aufhielt.

„Wie geht es Frau Randstedt jetzt? Sie hat mir gestern Abend einen mitgenommenen Eindruck gemacht", war seine sichtlich ernste Sorge.

„Danke der Nachfrage", antwortete er höflich.

„Sie ist immer noch etwas geschwächt, aber schon auf dem Wege der Besserung."

Mit einem durchdringenden Blick schaute ihn der Manager an und überwand sich zu der Frage:

„Sie müssen entschuldigen, aber die Sache ist mir etwas suspekt. Ich fühle mich verpflichtet, über alles in diesem Hotel informiert zu sein. Ich bin alleine dafür verantwortlich. Darf ich sie noch einmal fragen, was denn genau mit ihr passiert ist?

Außerdem wüsste ich noch sehr gerne, in welcher Verbindung sie zu Frau Randstedt stehen."

Bernhard überlegte nicht sonderlich lange.

„Ich habe Frau Randstedt am Strand getroffen als sie offensichtlich eine kleine Kreislaufschwäche hatte und es nicht mehr alleine zurück schaffte. Wahrscheinlich war es nur Übermüdung und die starke Sonneneinstrahlung", log er weiter.

„Sie hat mich jetzt um Hilfe gebeten bis es ihr wieder besser geht, was wohl nicht mehr lange dauern wird. An wen sollte sie sich sonst wenden? Sie ist, ebenso wie ich, alleine hier auf Urlaub. Wir haben uns vorher nicht gekannt."

Die leichten Zweifel im Gesicht des Managers ließen ihn sicherheitshalber ergänzen:

„Falls sie gerne selbst mit ihr sprechen möchten, können sie nach ihr schauen. Im Moment schläft sie allerdings gerade wieder. Ihr Kreislaufmittel macht sie wohl etwas schläfrig. Jetzt entschuldigen sie mich bitte, ich möchte gerne ein Frühstück für uns beide holen. Sie ist noch zu schwach um mit ans Buffet zu kommen."

Da Bernhard sich auf keinen weiteren Dialog einlassen wollte, setzte er seinen geplanten Weg fort und ließ ihn einfach stehen.

Unterwegs dachte er über das Gespräch nach und fragte sich, ob es glaubhaft geklungen hatte. Er versuchte sich in die Lage des Hoteldirektors zu versetzen und musste zugeben, dass die Erklärung mehr Fragen offen ließ, als sie beantwortete.

Wieso hatten die vielen anderen Gäste und auch das Hotelpersonal nichts davon mitbekommen?

Warum hatte niemand Hilfe geholt? Vor allen Dingen, wo kamen die beiden erst so spät in der Nacht her, der Strand war direkt am Hotelgelände. Hatten sie sich beide unabhängig voneinander so weit entfernt, dass der Rückweg so lange dauerte?

Nach diesen Überlegungen wuchs bei Bernhard das Verständnis für seine Skepsis. Er konnte ihm aber nicht helfen, letztendlich war er selbst ja auch nur in diese Situation hineingeschlittert.

Die überaus üppigen Buffets, die es im Hotel dreimal am Tag gab, machten es ihm schwer, die richtige Auswahl zu treffen. Um sicher zu gehen, und auch um für einige Stunden gewappnet zu sein, bediente er sich recht großzügig. Die Menge entsprach dann eher einem ausgiebigen Brunch als einem Frühstück für nur zwei Personen.

Ein Mitarbeiter lud seinen Verpflegungsvorrat bereitwillig auf einen Servierwagen und bot sich an, alles auf Julias Zimmer zu bringen.

„Danke, sehr freundlich, das ist aber absolut nicht notwendig. Sie haben sicher anderes zu tun. Ich komme schon alleine klar", wimmelte er ihn ab und merkte aber, dass er auch hier auf Skepsis stieß. Das Personal war es gewohnt, dass sich die Gäste immer von ihnen bedienen und verwöhnen ließen, und nicht selbst Essen und Getränke auf ihr Zimmer transportierten.

Als er Julias Zimmer betrat, den voll bepackten Verpflegungswagen vor sich schiebend, wachte sie sofort auf und schaute ihn fragend an.

„Wer bist du eigentlich und wie bin ich an dich geraten? Wieso hilfst du mir?", wollte sie wissen.

„Das sind aber jetzt plötzlich gleich drei Fragen auf einmal. Komm bitte, lass uns erst gemütlich frühstücken, dann werde ich dir alles erzählen was du von mir wissen willst."

Einsichtig stimmte sie zu, richtete sich im Bett auf und ließ sich bedienen, wobei sie erstaunlichen Appetit entwickelte. Nachdem beide sehr kräftig zugelangt hatten, ihr Nachholbedarf war groß, bat sie ihn dann hilfeheischend:

„Würdest du mir bitte auf die Terrasse helfen? Dann muss ich endlich die Antworten auf meine Fragen haben. Ich hoffe, du bist einverstanden."

Bernhard half ihr, bettete sie bequem auf einen Liegestuhl und richtete sich neben ihr gemütlich ein. Ausführlich begann er zu erzählen. Beginnend mit seinem Strandspaziergang, auch mit seinen Gedanken über sein bisheriges Leben und seine Überlegungen dabei. Während er ihr detailliert schilderte, in welchem Zustand er sie aufgefunden hatte und ursprünglich sogar für tot gehalten hat, zuckte sie erschrocken zusammen. Zitternd nahm sie seine Hand und hauchte:

„Da kann ich ja nur Gott danken, dass es dich gibt und du mich gefunden hast."

Im weiteren Verlauf seines Berichtes schüttelte sie immer wieder ungläubig den Kopf. Ein paar Mal musste er noch unterbrechen, weil sie leise schluchzte. Sie hatte offensichtlich nicht viel davon mitbekommen. Einmal fragte sie dazwischen:

„Warum hast du mich nicht liegen gelassen und nur im Hotel gemeldet, dass ich am Strand liege? Du kennst mich doch überhaupt nicht."

„Ich hatte wohl zu viel Angst, dass du nicht mehr lebst, wenn man dich findet. Es hätte ja viel zu lange gedauert. Ich hatte aber auch Bedenken, dass ich dich nicht mehr lebend zurückbringe. Kennen oder nicht, wenn es um Menschenleben geht, ist das doch keine Frage."

Mit Tränen in den Augen schaute sie ihn an:

„Wie soll ich dir das jemals danken?"

„Du musst mir nicht danken und musst dich auch zu nichts verpflichtet fühlen. Es ist ja vorbei, und dass es dir jetzt wieder besser geht, ist für mich schon eine Genugtuung. Außerdem war es, jetzt da es gut ausgegangen ist, ein spannendes Erlebnis in meinem langweiligen Leben."

Als er ihr im weiteren Verlauf erzählte, wie sie sich über seine Waden übergeben hatte, schüttelte sie angewidert den Kopf.

„Das ist ja besonders eklig. Es tut mir sehr leid. Mein Gott ist mir das unangenehm", entfuhr es ihr peinlich berührt.

„Das muss es aber nicht sein. Was meinst du, wie dankbar ich über dieses Lebenszeichen von dir war. So wusste ich wenigstens endlich, dass ich keinen Leichnam auf meiner Schulter trug."

Julia schauderte bei dem Gedanken.

Er erzählte ihr dann auch, dass er während des langen Weges darüber gegrübelt hatte, ob sie überhaupt gerettet werden wollte. Ob er in ihre Entscheidung, sich das Leben zu nehmen, überhaupt eingreifen durfte oder sollte.

„Ich kenne ja den Grund nicht, weshalb du das getan hast. Vielleicht würdest du es wieder tun.

Alle meine Bemühungen wären dann vergeblich gewesen. Alle möglichen eventuellen Ursachen gingen mir durch den Kopf. Bei einigen dachte ich, würde ich vielleicht auch so handeln. Der Weg mit dem Rotwein und den starken Schlaftabletten ist nicht der schlechteste."

Quittiert wurde diese Aussage von ihr mit Kopfschütteln und einem Schwall von Tränen.

An die Ankunft am Hotel und alles Weitere konnte sie sich noch in Bruchstücken erinnern. Das Abwimmeln des Arztes hatte sie noch gut in ihrer Erinnerung. Als er erzählte, dass er sie ausgezogen und gewaschen hat, schaute sie ihn liebevoll an.

„Dann kennst du mich schon von Kopf bis Fuß. Da habe ich jetzt keine Geheimnisse mehr vor dir."

„Was deinen Körper angeht vielleicht nicht, wir haben ja auch schon gemeinsam geduscht. Aber es bleibt noch genug von deinem Leben und deinen Beweggründen übrig, denke ich mir." Dabei schaute er sie fragend an.

Julia musste wohl alles erst einmal verdauen und blieb ihm zunächst eine Antwort schuldig. Lange Zeit lagen sie schweigend nebeneinander. Insgesamt hatte sie seine Erzählungen gelassen über sich ergehen lassen. Bernhard hatte befürchtet, dass ihre Psyche mehr darunter leiden würde.

Erstaunlich leicht erhob sie sich nach einigen Minuten aus ihrem Liegestuhl. Offensichtlich hatte sie sich schon gut erholt. Während sie sich über ihn beugte, lächelte sie ihn das erste Mal seit ihrer ersten Begegnung an. Ihre Augen waren aber noch wässrig von den vielen Tränen und vor Rührung.

Mit beiden Armen umschlang sie ihn, schmiegte sich lange zärtlich an ihn und küsste ihn dann ausgiebig mehrmals auf beide Wangen.

„Berni, ich liebe dich für alles was du für mich getan hast. Noch nie in meinem Leben habe ich mich so geborgen gefühlt. Niemals hat sich jemand so liebevoll um mich gekümmert wie du. Ohne dich wäre ich nicht mehr am Leben. Ich kann jetzt nur bereuen, was ich getan habe. Es war eine große Dummheit von mir. Jetzt kann ich mir gar nicht mehr erklären, wie ich überhaupt auf diese Idee gekommen bin. Ziemlich fertig war ich zwar schon gewesen, aber ob ich mich deshalb umbringen wollte, weiß ich ehrlich gesagt jetzt gar nicht mehr. Ich glaube den festen Vorsatz hatte ich nicht."

Nach kurzer Pause fügte sie hinzu.

„Andererseits wären wir uns wahrscheinlich sonst nicht begegnet, und das wäre sehr schade."

Er schaute sie erstaunt an und erwiderte:

„Ich war doch nur rein zufällig derjenige, der deine Wege gekreuzt hat."

Sie musterte ihn und schaute ihn wieder lange und durchdringend an, bis sie zu ihm sagte:

„Lass mich bitte nicht alleine, ich würde ohne dich nicht mehr weiterleben wollen und auch nicht mit meinem Leben zurechtkommen. Ich meine das vollkommen ernst, glaube es mir bitte."

Erstaunt antwortete er:

„Julia, ich bin für dich da, solange du mich noch brauchst. Du wirst aber sehen, wie schnell du dich jetzt wieder sammeln wirst. Dann kann und werde ich dich wieder deine eigenen Wege gehen lassen.

Natürlich würde es mich freuen, wenn wir uns nicht aus den Augen verlieren. Jeden Tag lerne ich auch nicht so hübsche junge Frauen kennen. Uns trennen aber viele Lebensjahre. Deine Interessen und Ziele werden schnell andere sein als meine. Du stehst nur noch zu sehr unter dem Eindruck des schrecklichen Erlebnisses."

„Nein", sagte sie sehr laut und etwas störrisch.

„Ich brauche dich, verlasse mich nie – bitte!"

Diese Worte klangen ernsthaft überzeugt und ehrlich. Um nun keinen weiteren Widerspruch mehr zuzulassen erhob sie sich:

„Komm Berni, jetzt wollen wir wieder mit dem wahren Leben beginnen und es in vollen Zügen genießen. Lass uns bitte zum Strand bummeln, bevor wir gemeinsam zum Abendessen gehen."

Mittlerweile war es bereits später Nachmittag, so lange hatten sie mit Bernhards ausführlicher Erzählung und der Verarbeitung des vergangenen Tages verbracht.

Weit kamen sie nicht, bis Julia von Schwäche übermannt wurde. Ihre Beine schienen ihr nicht zu gehorchen. Bernhard stützte sie und brachte sie notgedrungen auf ihr Zimmer zurück.

„Du musst dich jetzt wieder hinlegen, ich werde uns später das Abendessen aufs Zimmer holen", bestimmte er. Ohne ihm zu widersprechen lächelte sie ihn dankbar an und schlief bereits kurze Zeit danach tief und fest. Bernhard schlich sich später aus dem Zimmer und deckte sich am Buffet mit ausreichend Verpflegung und Getränken ein, die er wieder auf Julias Zimmer schaffte.

Erst nach etwa zwei Stunden erwachte Julia, sie hatte sich gut erholt und war wieder munter.

Gemeinsam setzten sie sich zum Abendessen auf die Terrasse des Zimmers. Dabei unterhielten sie sich über alle möglichen Themen aus ihrem Leben und dem Weltgeschehen und beobachteten das Treiben im Hotelgelände. Vom Hauptgebäude klang beschwingte Musik bis zu ihnen, die sie manchmal kommentierten und mit Erinnerungen verbanden. Ein schöner klarer Sternenhimmel, bei angenehmer Temperatur, machte es gemütlich.

Sehr früh drängte Julia zum Schlafen gehen.

„Du bleibst aber bitte hier bei mir heute Nacht", flehte sie ihn an.

„Wenn du es für nötig hältst, bleibe ich hier, aber ich muss dann einiges aus meinem Zimmer holen", antwortete er bereitwillig.

Dankbar strahlend schaute sie ihn lange an.

„Weißt du, was ich dir ganz besonders hoch anrechne? Selbstverständlich alles, was du bisher schon für mich getan hast, aber auch, dass du mich nicht über meine Gründe ausgefragt hast."

„Du wirst es mir bestimmt erklären, sobald du es kannst und für richtig hältst. Ich wollte dich nicht erneut mit deinen Sorgen belasten."

Er winkte ihr kurz zu und begab sich auf sein Zimmer, um seine Sachen für die Nacht, Kleidung für den nächsten Tag und seine Toilettenartikel zu holen. Als er zurückkam, schlief sie tief. Erst als er noch etwas gelesen hatte, begab er sich ins Bett. Die Nachgedanken an den Tag beschäftigten ihn noch eine Weile, bevor er einschlafen konnte.

Später in der Nacht wachte er plötzlich wieder auf, geweckt durch lautes Stöhnen. Als er das Licht angeschaltet hatte, erschrak er bei Julias Anblick. Sie bäumte sich ständig auf, offensichtlich unter Schmerzen. Ihr Kopf war hochrot und ihr Körper und ihre Haare schweißgebadet. Ihr Zustand war ziemlich beängstigend. Mit einem Satz sprang er aus seinem Bett, holte ein angefeuchtetes Handtuch aus dem Bad und rieb sie damit ab. Ihr T-Shirt war von Schweiß getränkt, so dass er sie wieder ausziehen musste. Es ist leider doch noch nicht überstanden, gestand er sich ein. Der vergangene Tag hatte ihm wohl zu viel Hoffnung gemacht. Während er ihr ein frisches Hemd überstreifte, schien sie einigermaßen ansprechbar zu sein. Schlaftrunken und erstaunt schaute sie ihn an.

„Wie geht es dir, hast du Schmerzen?", fragte er.

„Soll ich dir doch einen Arzt kommen lassen? Wir können ihm ja jetzt sagen, dass du nur eine Kreislaufschwäche hast."

„Nein, danke dir, es ist nichts Ernstes. Ich hatte einen furchtbaren Traum, in dem du mich alleine gelassen hast. Ich bin umhergeirrt und wusste nicht mehr ein noch aus. Jetzt weiß ich wieder, dass du noch bei mir bist und alles ist wieder gut. Komm lass uns jetzt weiterschlafen."

Sie nahm seine Hand und ließ sie die restliche Nacht lang nicht mehr los.

Bernhard wachte am nächsten Morgen auf und fand das Bett neben sich leer. Besorgt sprang er auf, beruhigte sich aber sofort wieder, als er vertraute Geräusche aus dem Badezimmer vernahm.

Julia war offensichtlich jetzt in der Lage, alleine zu duschen. Völlig nackt kam sie dann aus dem Bad, ging auf ihn zu, umarmte ihn innig und küsste ihn.

„Hast du wenigstens die restlichen Stunden der Nacht gut geschlafen?", wollte sie besorgt wissen. Er nickte nur zustimmend und ging seinerseits ins Bad. Ihre überfallartige Umarmung hatte ihn total verwirrt. Wir leben zusammen wie ein Ehepaar im Urlaub, dachte er verwundert.

Als er bald darauf aus dem Bad kam, war Julia bereits fertig angezogen, frisiert und geschminkt. Abermals stellte er fest, wie berauschend schön und begehrenswert sie aussah. Und so jemand wollte sein junges Leben einfach wegwerfen, aus Gründen die er immer noch nicht kannte.

Mittlerweile schien sie alles gut weggesteckt zu haben und war voller Tatendrang. Auch die hohe Überdosis an Tabletten hatte anscheinend keine negativen Nachwirkungen mehr.

„Berni, heute machen wir uns einen schönen, gemütlichen Urlaubstag. Oder verfüge ich viel zu sehr über dich und du hast andere Wünsche?"

„Schauen wir mal, ob ich dich ertragen kann", antwortete er scherzend.

Nach ausgiebigem Frühstück schlenderten sie zum Meer. Viele Hotelgäste gingen an den Strand oder den zahlreichen sportlichen Aktivitäten nach, die hier angeboten wurden. Julia hielt die ganze Zeit über entweder seine Hand oder sie hakte sich bei ihm unter. Den Blicken einiger Gäste, die ihnen begegneten, war zu entnehmen, dass sie sich über das etwas ungleiche Paar ihre Gedanken machten.

Unterwegs begegneten sie auch dem penetranten jungen Mann aus dem Flugzeug. Gerhard, dem Julia bei ihrer Begegnung am Frühstücksbuffet bereits am ersten Tag schroff den Rücken gekehrt hatte bekam Stielaugen, als er sie zusammen mit Bernhard so fröhlich lachend sah. Er grüßte ganz verlegen und vermied es, sie anzusprechen. Sicher wunderte er sich über die Wandlung bei ihr. Erst immer trübsinnig und jetzt so frisch und frei.

Am Volleyballplatz und auf den Tennisplätzen waren bereits einige Sportler aktiv.

„Spielst du auch Tennis, oder besser gefragt, machst du überhaupt noch Sport", fragte Julia, während sie einem Tennis-Mixed zusahen.

„Danke dir für das ‚noch', ich kenne selbst mein hohes Alter", erwiderte er grinsend und fuhr fort:

„Ja, ich spiele immer ‚noch' Tennis, gehe gerne schwimmen, fahre mit dem Mountainbike und wenn sich die Möglichkeit ergibt, gehe ich auch ‚noch' zum Skilaufen."

„Oh", war die erstaunte Antwort von Julia.

„Machst du Langlauf oder Abfahrt?"

„Sowohl als auch, je nach Möglichkeit."

Wieder staunte Julia und fragte weiter.

„Wie spielst du Tennis, sicher kannst du es schon lange und bist entsprechend routiniert?"

„Wie ich spiele, kann ich beantworten in dem ich sage, ich versuche den Ball über das Netz zu bringen und im Feld zu halten. Möglichst so, dass der Gegner ihn nicht bekommt. Auf die Frage, wie gut, antworte ich immer, mehr leidenschaftlich als gut. Ich bin seit über dreißig Jahren Anfänger."

Julia lachte schallend, kniff ihn kräftig in den verlängerten Rücken und beschloss:

„Du wirst dich einmal mit mir messen müssen. Ich fordere dich hiermit ganz offiziell heraus. In den Vereinen gelten Forderungsspiele bei Nichtantritt als verloren, das weißt du hoffentlich."

Sie gingen, ständig scherzend, weiter zum Strand und sahen sich das muntere Treiben der Urlauber am Meer an. Julia hielt ihn fest an der Hand, ließ nur hin und wieder kurz von ihm ab, wenn er sich einmal eine Zigarette anzündete. Bernhard drehte sich nach einiger Zeit abrupt zu ihr um und schaute sie sehr ernst an.

„Weißt du, was es für eine große Erleichterung für mich ist und was es mir bedeutet, dich heute so fröhlich zu sehen? Ich musste gerade noch einmal einen Tag zurückdenken."

Julia blieb stehen und wendete sich ihm zu. Tränen kullerten plötzlich über ihre Wangen. Sie fiel ihm in die Arme und umklammerte ihn, dass ihm die Luft weg blieb.

„Ich kann es mir sehr gut denken, aber weißt du auch, wie viel es mir bedeutet, wieder am Leben teilzuhaben? Immerhin war ich schon fast tot und ohne dich wäre ich das jetzt auch."

Bei diesen Worten hatte sie sich abgewendet. Schluchzend fiel sie ihm danach wieder um den Hals und drückte ihn an sich, so fest sie konnte. Kurz ließ sie aber wieder von ihm ab, schaute ihn an und küsste ihn urplötzlich leidenschaftlich und lange auf den Mund. Bernhard wusste nicht wie ihm geschah, genoss es aber sichtlich.

Den ganzen restlichen Tag verbrachten sie noch gemütlich zusammen auf dem Hotelgelände. Sie schlenderten an den Sportanlagen vorbei, schauten sich alle Aktivitäten an. Zwischendurch gingen sie zum Essen, oder nahmen an einer der zahlreichen Bars eine Erfrischung zu sich. Lange Zeit saßen sie auch schweigend am Meer, ohne sich dabei zu langweilen. Hin und wieder erzählte ihr Bernhard aus seinem Leben, wobei sie interessiert zuhörte. Nach dem Abendessen und der abendlichen Show gingen sie wieder zeitig ins Bett. Offensichtlich hatten beide noch etwas Schlaf nachzuholen.

KAPITEL 9

Tag neun von Julias Urlaub war mittlerweile angebrochen. Es war erst der zweite Tag, den sie als richtigen Urlaub empfand, alles davor war die reinste Hölle für sie gewesen. Frohen Mutes und voller Tatendrang sprang sie aus dem Bett und lief auf den Balkon, um zunächst einmal das Wetter zu begutachten. Kein einziges Wölkchen zeigte sich am Himmel, es schien ein wunderbar sonniger und warmer Tag zu werden.

Bernhard schlief noch tief und fest. Sie beugte sich über ihn und weckte ihn mit einem Kuss.

„Berni, schnell aufstehen bitte, der Tag ist viel zu schön, um noch lange zu schlafen."

Er rieb sich die Augen und folgte ihr gehorsam. Sie waren in der kurzen Zeit schon so vertraut, wie ein Ehepaar erst nach vielen Jahren.

Beim Frühstück nahm Julia Bernhards Hand und schaute ihm dabei tief in die Augen, bevor sie ihm eröffnete:

„Ich bin dir endlich eine Erklärung schuldig."

Seine abwehrende Handbewegung stoppte sie.

„Ich weiß, dass du das nicht verlangst und bin dir außerordentlich dankbar für deine Geduld. Aber ich muss es endlich loswerden und fühle mich moralisch dazu verpflichtet. Jetzt will ich wieder leben und genießen. Ich bin auch schon so weit, dass es meine Psyche zulässt. Wenn du nichts dagegen hast, würde ich gerne eine Wanderung zu meinem Fundort am Strand unternehmen. Auf dem Weg erzähle ich dir dann meine Geschichte.

Nach einer kurzen Pause fügte sie hinzu:

„Bitte sag ja, es ist mir sehr, sehr wichtig."

Bernhard sah sie erst lange und nachdenklich an, bevor er zweifelnd antwortete.

„Fühlst du dich wirklich stark genug dazu? Es ist ein weiter Weg und heiß wird es heute sicher auch. Mir soll es recht sein, aber nur, wenn du mir fest versprichst den Rückweg selbst zu laufen."

Bei seiner letzten Bemerkung hatte er sie ganz verschmitzt angelächelt, so dass jetzt beide herzhaft lachen mussten. Das schlimme Erlebnis war schon soweit verarbeitet, dass sie, zumindest manchmal, sogar darüber lachen konnten.

Dieses Mal rüsteten sie sich für die nächsten Stunden bestens aus und ließen es dabei an nichts fehlen. Sonnenschutz, Badetücher, ein geeignetes festes Schuhwerk und alles was ihnen sonst noch sinnvoll erschien, packten sie zusammen. Ein Lunchpaket, sowie ausreichend Getränke rundeten die Wanderausrüstung ab.

Locker und fröhlich marschierten sie los, und Julia fing bereits nach einer kurzen Wegstrecke an, ihre Lebensgeschichte zu erzählen.

Ausführlich schilderte sie zunächst ihre Jugend und einige Episoden aus ihrer Studienzeit. Dann auch noch ihr Leben und ihren Alltag in Hamburg. Sie war ein Einzelkind, erzogen ganz alleine von ihrer Mutter. Ihr Vater hatte sich bereits kurz nach ihrer Geburt abgesetzt. Zu ihm hatte sie keinen Kontakt mehr. Er hatte sich lange Zeit nicht um sie gekümmert, und als er dann auf sie zukam, war er ihr schon vollkommen fremd und sie lehnte ihn ab.

Manchmal vermisste sie einen Vater oder einen Mann im Haus. Besonders, wenn sie von anderen Kindern danach gefragt wurde. Manchmal auch, wenn sie ihre Schulkameraden bei gemeinsamen Aktivitäten mit ihren Vätern beobachtete. Schwer war es für sie, als beim Abschlussball ihrer Tanzschule die anderen Mädchen mit ihren Vätern tanzten. In dieser Nacht trauerte sie unter Tränen. Aber sie hatte sich bald damit abgefunden.

Ihre Mutter hatte es lange Zeit nicht einfach, für Julia eine höhere Schule und danach auch noch ein Architekturstudium zu ermöglichen. Mit vielen Überstunden und sparsamer Lebensweise gelang es ihr aber. Als Julia kurz vor ihrem Abschluss stand, machte sie eine größere Erbschaft, die ihr finanziell Luft verschaffte. Sie gab ihren Arbeitsplatz auf und kaufte sich ein kleines, schmuckes Haus in einer Kleinstadt in der Nähe und für Julia eine Wohnung in einer beliebten Wohngegend Hamburgs. Da Julia in der Stadt studierte, sahen sie sich fast nur noch am Wochenende bei ihren wechselseitigen Besuchen.

Nach erfolgreich abgeschlossenem Architekturstudium erhielt Julia einen attraktiven Job in einem namhaften Unternehmen in der Baubranche. Bald wurde sie mit anspruchsvollen Aufgaben betraut und bekam weitreichende Kompetenzen.

Anfangs war Julia sehr anhänglich und auch das Verhältnis zu ihrer Mutter noch harmonisch. Als diese jedoch durch die gerade neu gewonnene finanzielle Freiheit immer konsumorientierter wurde, lebten sie sich immer weiter auseinander.

Hinzu kam, dass Julias Mutter nicht hinnehmen wollte, dass ihre Tochter mittlerweile schon eine erwachsene Frau war, mit einer eigenen Meinung und auch sehr konkreten eigenen Vorstellungen für ihr Leben. Bei allen Angelegenheiten mischte sie sich ein und versuchte ständig, sie nach ihren recht konservativen Vorstellungen zu beeinflussen. Nach vielen Diskussionen darüber folgte ein Streit und entzweite sie. Sie lebten sich auseinander und keine von beiden war bereit nachzugeben. Julia litt einige Zeit schwer unter der Trennung. Manches Mal befürchtete sie, ihr Leben so ganz alleine nicht in den Griff zu bekommen. Freundinnen hatte sie in der Stadt zunächst auch keine. Aber ihr Stolz ließ kein Nachgeben ihrerseits zu. Zuflucht in ihrer Arbeit suchend, entwickelte sie sich beruflich gut weiter und wurde zu einer sehr geschätzten und fachlich kompetenten Mitarbeiterin ihrer Firma. Privat jedoch litt sie unter Einsamkeit. Besonders die Wochenenden kamen ihr unendlich lange vor und manchmal sehnte sie den Arbeitsalltag herbei. Da sie wenig unternahm und selten unter Leute kam, konnte sie nur wenig neue Bekanntschaften machen, die der Eintönigkeit eventuell ein Ende bereitet hätten. Außerdem war sie zu wählerisch.

Die Wende in ihrem Leben kam erst, als sie bei einem Geschäftstermin Clemens kennen lernte. Sie verliebte sich sehr schnell in ihn und ihre Liebe wurde von ihm auch erwidert. Nun hatte sie eine Perspektive, an die sie sich klammern konnte. Ihre Verbindung wurde dauerhaft stabil und bald schon planten sie eine gemeinsame Zukunft.

„Ich hoffe, ich langweile dich nicht zu sehr mit meinen Erzählungen?", fragte sie zwischendurch.

„Nein, keineswegs, es interessiert mich ja sehr. Zeit genug haben wir auch. Aber wir könnten jetzt einmal eine Pause vertragen und eine Runde schwimmen gehen. Danach sollten wir etwas essen und vor allen Dingen trinken", schlug er vor.

An einem schattigen Platz unter einem kleinen Felsüberhang ließen sie sich gemütlich nieder. Sie konnten hier bequem ins Meer laufen und in der schwachen Dünung schwimmen. Zwischendurch ließen sie sich von den Wellen treiben. Bei der sehr starken Sonnenstrahlung war es wohltuend. Die Abkühlung tat ihnen gut und entspannte sie.

Nach dieser Rast setzten sie ihren Marsch fort. Julia erzählte jetzt ausführlich von ihrer Reise und ihrem einschlägigen Erlebnis mit Clemens in Dubai. Ihren darauf folgenden Gemütszustand beschrieb sie in allen Einzelheiten, bis hin zu dem plötzlichen Entschluss nach Kos zu fliegen.

„Die ersten beiden Tage hier waren furchtbar. Zwischen gut gelaunten Urlaubern hatte ich nur Frust. Ich war vollkommen willenlos und total durcheinander. Nichts und niemand konnten mich erheitern. Immer wieder musste ich über meine Perspektiven nachdenken. Wieder einmal war ich vollkommen alleine auf der Welt. War es nur Selbstmitleid, oder war meine Situation tatsächlich so ausweglos? Jedenfalls habe ich versucht Fuß zu fassen, es ist mir aber leider nicht gelungen.

Versorgt mit Rotwein bin ich dann am dritten Tag losgezogen um etwas Ablenkung zu suchen.

Warum ich die Tabletten eingepackt habe, weiß ich selbst nicht genau. Wahrscheinlich hoffte ich, sie würden mich ein wenig beruhigen und die starke Anspannung lösen. Am Strand herrschte ein reges Treiben. Ich konnte es aber nicht mit ansehen, dass alle Menschen hier so glücklich und zufrieden schienen. Immer weiter habe ich mich dann davon entfernt, ohne ein festes Ziel zu haben. Einfach nur weg von dem ganzen Trubel trieb es mich am Meer entlang. Vielleicht habe ich angenommen, dass ich meinem Elend davonlaufen kann und mit jedem Schritt mehr Abstand davon bekomme. Nach einiger Zeit habe ich Durst verspürt. An Wasser hatte ich nicht gedacht, sehr weit wollte ich eigentlich nicht laufen, nur an Rotwein. Der zeigte bald Wirkung. Aber wenn ich gehofft hatte, er würde mich etwas besänftigen, so wurde ich bitter enttäuscht. Immer weiter und weiter lief ich, und immer heftiger wurde meine Unruhe. Dann fielen mir die Tabletten wieder ein. Ich dachte, dass sie mich etwas beruhigen würden. Zu einer hatte ich kein Vertrauen, deshalb habe ich beim ersten Mal gleich drei genommen. Fortan weiß ich eigentlich nur noch, dass ich lief und lief, als könnte ich all meinen Sorgen einfach davonlaufen."

Bernhard hielt inne, sah sie mitfühlend an und legte beruhigend den Arm um ihre Schulter.

„Du musst nicht weitererzählen wenn es dich zu sehr belastet. Das kannst du ein anderes Mal. Wir müssen auch nicht weiterlaufen, falls du nicht mehr möchtest. Das Ganze liegt glücklicherweise hinter dir, hake es einfach ab und vergesse es."

„Nein, es macht mir wirklich nichts aus darüber zu reden. Ich glaube, es tut mir sogar gut und hat mir bisher gefehlt. Ich weiß nicht, wieso ich so viel Vertrauen in dich habe. Du beruhigst mich einfach, ich fühle mich bei dir so wohl und geborgen."

Mit diesen Worten marschierte sie zügig weiter und setzte ihre Erzählung fort.

„In weiter Ferne habe ich damals schemenhaft jemanden vor mir laufen gesehen. Das musst du wohl gewesen sein. Was macht dieser verrückte Mensch alleine an diesem einsamen Strand, dachte ich noch. Weiter habe ich das nicht vertieft und mich wieder mir selbst gewidmet. Ich war ja genau so verrückt. Es ging mir dann immer schlechter. An meinem Rotwein habe ich ständig genippt, bei der Hitze bekam ich ja Durst und etwas anderes hatte ich nicht mitgenommen.

Die Tabletten zeigten keine lindernde Wirkung. Im Gegenteil, irgendwann bekam ich regelrecht Schüttelfrost. Ich zitterte am ganzen Körper. Also breitete ich meine Decke aus, um mich auszuruhen und setzte meine Hoffnung in weitere Tabletten. So klar, dass ich noch wusste, das Veronal könnte mich vielleicht umbringen, war ich noch. Aber es war mir in dem Zustand völlig egal. Im Gegenteil, ich glaube sogar, ich wollte das Schicksal herausfordern. Was hatte ich zu verlieren, alles woran ich bisher glaubte war in Dubai verloren gegangen.

Immer wieder sagte ich mir, wer wird dich schon vermissen, wenn du jetzt stirbst. Heulend bin ich zusammengesunken, habe abwechselnd einen Schluck Wein und eine Tablette genommen.

Nur der Tod könnte mich erlösen, bildete ich mir ein. Außerdem würde ich damit meiner Mutter und Clemens einen Denkzettel hinterlassen. Dass der Preis dafür zu hoch gewesen wäre, war mir in meiner Verfassung nicht mehr ganz klar. Meine Gedanken waren schon irreal. Wie viele Tabletten ich genommen habe, weiß ich nicht. Jedenfalls spürte ich irgendwann doch endlich eine Befreiung und Erleichterung. Alles um mich herum nahm ich nur verschwommen wahr und es war mir, als würde ich schweben. Dann muss ich gestorben sein, der Film war gerissen.

In eine Art Trance-Zustand kam ich erst wieder zurück, als alles um mich herum schaukelte. Einen klaren Gedanken konnte ich nicht mehr fassen. Irgendwie hatte ich nur das Gefühl, auf einem Kamel hängend durch die Wüste zu ziehen."

„Danke für das Kamel, da ist etwas Wahres dran, genauso habe ich mich auch gefühlt", warf Bernhard dazwischen, nachdem er die ganze Zeit zugehört hatte ohne zu unterbrechen. Julia legte den Arm um ihn und zog ihn dankbar an sich.

Schweigend gingen sie so umschlungen lange Zeit weiter, bis Bernhard plötzlich stehen blieb. Unter dem vom Wind verwehten Sand war ein greller bunter Fleck zu sehen. Julia begriff sofort. Sie eilte zu dem Platz an dem noch unverändert ihre Decke lag. Betroffen kniete sie darauf nieder.

„Hier bin ich also gestorben", sagte sie relativ entspannt. Es sah zunächst aus, als berührte es sie gar nicht. Dann sank sie jedoch in sich zusammen, legte sich in den Sand und heulte jämmerlich.

Bernhard hielt es für besser, sie einige Zeit in Ruhe zu lassen. Er setzte sich etwas abseits auf einen Felsen und schaute auf das Meer hinaus.

Erst nach geraumer Zeit kam Julia zu ihm und setzte sich schweigend daneben.

Minutenlang sprach keiner ein Wort, bis sie sich über ihn beugte und leise hauchte:

„Ich danke dir, dass du mich gerettet hast, ich verdanke dir mein Leben. Wie konnte ich nur so dumm sein. Wahrscheinlich hatten mich der Wein und die Tabletten in einen Rausch versetzt, bei dem ich nicht mehr Herr meiner Sinne war."

Schweigen schien ihm die beste Antwort.

Gemeinsam suchten sie einen spitzen Stein. Sie kratzten in den Felsen hinter dem Liegeplatz das Datum und den Vornamen ein. Julia wollte ein Kreuz einritzen, aber Bernhard hielt ihr die Hand zurück und schüttelte verneinend den Kopf. Es schien ihm etwas zu makaber. Ohne Worte traten sie den Rückweg an. Es war alles gesagt und getan. Erst nach langer Zeit brach Julia das Schweigen.

„Ich kann es kaum glauben, dass du den ganzen weiten Weg mit mir auf dem Rücken zurücklegen konntest. Mir sind die Beine jetzt schon schwer und ich habe nur mich alleine zu tragen."

„Mach ja nicht schlapp, ich möchte nicht schon wieder das Kamel sein, das ein ‚Strandfundstück' zurück schleppen muss."

Wie weit sie sich entfernt hatten spürten sie jetzt erst wieder. Oft mussten sie eine Pause einlegen. Die Hitze und der Marsch waren anstrengender als erwartet. Julia war auch immer noch nicht fit.

Die Nachwirkungen der Schlaftabletten spürte sie noch ein wenig. Aber sie schleppte sich doch tapfer weiter. Bernhard bemühte sich, das Tempo zu drosseln, sie hatten Zeit und nichts zu versäumen. Endlich am Hotel angekommen, waren dann beide ziemlich geschafft, aber erlöst.

„Ich bin sehr froh, dass ich das hinter mir habe. Mein schlechtes Gewissen dir gegenüber habe ich erleichtert. Ich habe das Schicksal herausgefordert, es hat mich mit dir zusammengeführt und dafür bin ich dankbar. Etwas Besseres hätte mir nicht passieren können."

KAPITEL 10

Herrliche Urlaubstage verbrachten Julia und Bernhard in der nun folgenden Zeit gemeinsam. Erfüllt mit langen Spaziergängen und sportlichen Aktivitäten. An den Abenden genossen sie die Showprogramme und tanzten danach immer auf der Terrasse des Hotels zur Musik der täglich wechselnden Kapellen.

Julia war eine Augenweide, die sich zu kleiden und zu bewegen wusste, ohne zu aufreizend zu wirken. Bernhard genoss ihre Gesellschaft voller Stolz. Niemals hätte er sich erträumt, mit einer so attraktiven jungen Frau einen Teil seines Urlaubes verbringen zu dürfen. Er war eigentlich immer kontaktfreudig. Auch in allen bisherigen Urlauben hatte er schnell Anschluss gefunden. Aber das jetzt war etwas völlig anderes. Tag und Nacht Seite an Seite mit Julia zusammen. Sie verstanden sich mit und ohne Worte. Die Interessen waren ähnlich. Niemals kam Langeweile auf. Immer fielen ihnen Unternehmungen ein, für die der jeweils Andere auch zu begeistern war. Beide konnten erzählen und sich des uneingeschränkten Interesses und des Einfühlungsvermögens des Anderen völlig sicher sein. Er spürte eine starke Zuneigung und war dem Schicksal, das sie zusammen geführt hatte, dankbar. So manches Mal fragte er sich eingehend, ob es nur an den Umständen lag, durch die sie sich gefunden hatten, dass er so viel für sie empfand. Wäre er jünger, würde er keine Sekunde zögern, sie zu heiraten. Mit ihr sein Leben zu verbringen, stellte er sich traumhaft vor. Nach dem Urlaub würden sich jedoch ihre Wege wieder trennen. Ihre gemeinsamen Erlebnisse würden jedoch für immer unvergesslich bleiben. Die könnte ihm niemand mehr nehmen.

Es war deutlich zu sehen und zu spüren, dass das ungleiche Paar auch das Interesse der anderen Hotelgäste weckte. Wie meist bei jüngeren Frauen und älteren Männern wurde spekuliert, wie die beiden wohl zusammengehören. War Julia eine Nutznießerin, der es um finanzielle Absicherung ging? War sie eine gekaufte Begleitung, oder war sie die Geliebte, oder ... oder... oder...? Die Tochter konnte sie bei ihrem Verhalten sicher nicht sein. Ihre Zuneigung zu Bernhard war so echt und die ablehnende Haltung gegenüber jungen Männern so bestimmt. Sie merkten beide, dass des Öfteren über sie getuschelt wurde und amüsierten sich köstlich darüber. Julia machte sich sogar einen Spaß daraus, Bernhard in aller Öffentlichkeit zu umarmen und leidenschaftlich zu küssen.

An einem der wöchentlichen Galaabende war die Stimmung besonders überschwänglich. Bis zum allerletzten Klang der Musik tanzten sie ganz eng umschlungen. Erst spät in der Nacht gingen sie auf ihr mittlerweile gemeinsames Zimmer. Julia hatte darauf bestanden. Dem Hotel kam es sehr entgegen, über noch ein weiteres freies Zimmer zu verfügen. Es war fast durchgehend ausgebucht.

Julia tanzte noch auf dem Heimweg weiter und auch auf dem Zimmer fand sie noch kein Ende. Diese Nacht war ihre. Sie war in Hochstimmung.

Als sie zu Bett gingen, kuschelte sie sich völlig nackt eng an Bernhard und liebkoste ihn bis er nicht mehr widerstehen konnte. Eine Liebesnacht war die unausbleibliche Folge davon. Bernhard kämpfte zunächst ein wenig mit seinem Gewissen. Aber Altersunterschied hin oder her, schließlich war er auch nur ein Mann. Ausnutzen wollte er ihre momentane Abhängigkeit keineswegs, die Initiative war aber von ihr ausgegangen. Warum sollte er sich dann noch wehren? Er musste an den Ausspruch eines guten alten Freundes denken, der einmal zu ihm sagte:

„Wir sind schon viel zu alt um Gelegenheiten auslassen zu können. Wer weiß, ob sie noch jemals in unserem Leben wiederkommen."

Wohl niemals mehr in seinem Leben würde er ein solches Erlebnis haben. Einen wohlgeformten Körper berühren und besitzen zu können, war nur allenfalls in Wunschträumen möglich. Die erotisch ausgewogenen Rundungen, die straffe feste Haut erregten ihn über alle Maßen. Zärtlich streichelte er ihre festen Brüste. Spitze Knospen zeigten ihm ihre Erregung. Die Körper schmolzen zu einer Einheit. Volle Leidenschaft, die alles rundherum vergessen ließ. So ungefähr musste sich wohl der sogenannte siebte Himmel anfühlen. Genieße es, so etwas wird dir nie mehr widerfahren, sagte er sich immer wieder. Alles an ihr gehörte in diesen Momenten ihm alleine. Jedes Teil ihres Körpers fühlte und liebte er.

Für eine solche Nacht würde er sogar einige Lebensjahre eintauschen, wenn dies möglich wäre.

Eigentlich konnte er nicht fassen, was ihm widerfuhr. Bei so einer innigen Umarmung zu sterben, wäre ein Abschied, den er sich wünschen würde. Jede Sekunde galt es auszukosten. Hoffentlich geht das nie vorbei, wünschte er sich.

Erschöpft sanken beide erst in später Nacht in einen friedlichen Schlaf.

Bernhard fragte sich immer wieder, was Julia dazu veranlasste, sich so an ihn zu hängen. Für sie müsste er ein alter Mann sein. Sie könnte doch genügend jüngere haben. War es die Dankbarkeit für ihre Rettung? Aber die tiefe Zärtlichkeit war zweifelsfrei so natürlich echt, dass er die ständigen Liebesbekundungen glauben musste. Sie ist noch so jung, ihre nächste Liebe würde ganz bestimmt irgendwann kommen und ihn ablösen.

Falls er erwartet haben sollte, für Julia wäre das gemeinsame Erwachen nach dieser heißen Nacht vielleicht unangenehm, hatte er sich ganz gewaltig getäuscht. Am Morgen kam sie erneut in sein Bett gekrochen und schien unersättlich. Immer wieder bekundete sie ihm ihre Liebe.

„Natürlich liebe ich dich auch", erwiderte er auf ihr Drängen und ihre wiederholten Fragen.

„Aber ich liebe dich realistischer..., anders als du mich. Du bist für mich die begehrenswerteste Frau die ich je kennengelernt habe. Ich genieße jeden einzelnen Augenblick den ich mit dir zusammen verbringen darf. Aber ich vergesse dabei niemals unseren großen Altersunterschied. Meine Liebe schwankt halt zwischen der männlichen und einer rein freundschaftlichen, fürsorglichen Liebe.

Du bist mir schon so sehr ans Herz gewachsen. Ohne dich wäre mein Leben wieder leerer und langweilig. Aber du bist noch so jung, unsere Liebe wird auf Dauer sicher keinen Bestand haben. Du wirst bestimmt irgendwann einen viel jüngeren Mann kennen und lieben lernen, mit dem du dein Leben verbringen willst."

„Warum hast du Probleme mit deinem Alter, wenn ich damit keine habe? Mir macht der Altersunterschied absolut nichts aus, ich bin glücklich mit dir. Ist es nicht schön so mit uns, können wir es nicht einfach nur genießen?"

Dabei strich sie ihm zärtlich über den nur mäßig behaarten Kopf und schaute ihm tief in die Augen.

„Wenn du das so siehst, stimme ich dir gerne zu. Du erfüllst ja meine kühnsten Träume. Aber du musst mir versprechen, dass du deinen Gefühlen freien Lauf lässt, sobald du dir mal wieder deiner Jugend bewusst wirst. Sicher willst du auch einmal Kinder haben. Du hast noch die meiste Lebenszeit vor dir, ich habe das Meiste bereits hinter mir. Nach hinten wird es immer enger. Ich kann dich auch als väterlicher Freund lieben."

Schweigend sahen sie sich eine Weile an, bevor Julia ihn abrupt vom Bett zog.

„Komm, wir wollen das ‚jetzt' ausnützen. Was interessiert uns denn die Zukunft, lasse uns in der Gegenwart leben."

Die nächsten drei Tage verlebten sie wie ein frisch vermähltes Paar in den Flitterwochen.

Leider trübte ein Tag ihre Urlaubsstimmung. Das Wetter war nicht so angenehm wie bisher.

Starker böiger Wind und einzelne Regenschauer nötigte die allermeisten Hotelgäste zu Aktivitäten im Hotelgelände. Andere wiederum nutzten die Zeit, um mit Taxen in die nahe gelegenen Dörfer und Städte zu fahren. Dort bevölkerten sie, zur Freude der einheimischen Bevölkerung, Museen, Märkte, Souvenirläden und Geschäfte.

Bernhard und Julia ließen sich vom Wetter nicht abschrecken. Sie hatten beschlossen, einen bisher noch unbekannten Strandabschnitt abzuwandern. Ohne festes Ziel, außer die Freiheit und Einsamkeit gemeinsam zu genießen. Wetterfest ausgerüstet machten sie sich auf den Weg. Kein Mensch war außerhalb des Hotelstrandes zu sehen. Gegen den Wind gestemmt kämpften sie sich durch den Sand. Julia sammelte dabei Muscheln und interessierte sich für alles, was das aufgewühlte Meer angespült hatte. Ein angeschwemmter Tierkadaver stieß sie etwas ab, konnte aber ihrer weiteren Wanderung kein größeres Hindernis bieten.

In einem kleinen Restaurant im nächsten Ort machten sie Rast. Sie waren die einzigen Gäste und der Wirt bemühte sich dementsprechend rege, sie besonders zu verwöhnen. Bei fangfrischen Fischen und einigen Gläsern Wein genossen sie die Ruhe.

Nach dem obligatorischen Ouzo, den die Wirte in Griechenland meistens zusammen mit der Rechnung servieren, machten sie sich gestärkt auf den Rückweg. Das Wetter hatte sich gebessert, so dass sie sich von ihrer lästigen Regenbekleidung befreiten. Als sich für kurze Zeit die Sonne zeigte, gingen sie eine kleine Runde im Meer schwimmen.

Sie ließen sich von den Wellen auf und ab treiben. Der kühle Wind zwang sie aber bald aus dem Wasser. Eilig trockneten sie sich ab und zogen sich wieder an, um die Wanderung fortzusetzen.

Etwa auf halbem Wege erstreckte sich hinter dem Strand eine ausgedehnte Dünenlandschaft mit recht spärlichem Bewuchs. Dort waren jetzt vier Halbwüchsige mit ihren geländegängigen Motorrädern ziemlich wild unterwegs. Mit einem höllischen Lärm rasten sie unentwegt durch das Gelände. Manchmal fuhren sie frontal aufeinander los, um erst im allerletzten Moment abzubremsen oder auszuweichen. Sie trugen keine Helme. Beim Zuschauen stockte Julia und Bernhard so manches Mal der Atem. Einem der jungen Leute, sie riefen ihn Carlos, schien das Ganze dann etwas zu wild zu werden. Die anderen hetzten ihn immer wieder auf und trieben ihn ständig an. Sein Name schallte mehrmals laut durch die Dünen.

Nach einiger Zeit fiel ihnen offenbar ein neues Spiel ein. Sie kamen an den Strand gerast und schnitten Julia und Bernhard den Weg ab. Ständig kurvten sie knapp an ihnen vorbei und im Kreis um sie herum. Der Sand spritzte dabei weit durch die Luft. Anfangs versuchten beide, die jungen Burschen zu ignorieren und es als Spaß anzusehen. Als einer von ihnen aber Julia touchierte und fast umwarf und dann Bernhard über den linken Fuß fuhr, riss diesem der Geduldsfaden.

„Jetzt reicht es. Haut ab ihr Banausen, der Spaß ist jetzt zu Ende. Seht zu, dass ihr Land gewinnt", schrie er sie laut an und ging drohend auf sie zu.

Er glaubte jedoch nicht, dass sie ihn in deutscher Sprache verstanden. Aber vielleicht reichten die Lautstärke und seine resolute Gestik schon aus, um sie ein wenig einzuschüchtern.

Anstatt aber zu verschwinden, stellte sich einer von ihnen scharf bremsend quer vor Bernhard in den Weg. Provozierend sah er ihn an und redete in der Landessprache auf ihn ein. Bernhard verstand natürlich kein Wort. Dass er ihn herausfordernd beschimpfte war jedoch klar erkennbar.

Bernhard steckte sich zunächst in aller Ruhe eine Zigarette an. Sofort gab ihm der junge Mann durch Gesten zu verstehen, dass er auch rauchen wollte. Von der hingehaltenen Zigarettenschachtel nahm er sich gleich mehrere heraus. Zwei seiner Kumpane bekamen dann auch Lust auf Zigaretten und kamen näher. Statt sich nur zu bedienen, nahmen sie gleich die ganze Schachtel an sich. Bernhard blieb ganz ruhig. Er dachte, vielleicht geben sie sich damit zufrieden und verschwinden endlich. Allerdings hatte er sich erneut getäuscht. Den jungen Kerlen war offensichtlich nach Streit zumute. Zunächst schubsten sie ihn von Einem zum Anderen. Immer stärker und immer rabiater schoben sie ihn hin und her, wobei sie schallend lachten und sich gegenseitig weiter anstachelten.

Unvermittelt fand dann einer der Jugendlichen an Bernhards Armbanduhr Interesse. Da sie sich in griechischer Sprache unterhielten, war nur an den Gesten sein Ansinnen zu erkennen. Der aktivste und wildeste von ihnen riss ihm schließlich die Uhr von seinem Handgelenk und begutachtete sie.

Eingehend betrachtete er sein Beutegut von allen Seiten, bevor er sie selbst anlegte und an seinem eigenen Arm bewunderte.

Julia redete währenddessen ununterbrochen auf Deutsch und Englisch auf die wilden Burschen ein, wurde von ihnen aber immer brutal weggestoßen. Da sich kein Ende abzeichnete, und das Schieben und Stoßen noch kräftigere Ausmaße annahm, entschloss sich Bernhard zwangsläufig zu einer Gegenwehr. Gegen die vier Gegner waren seine Chancen nur denkbar gering. Bereits seine ersten Gegenstöße wurden mit harten Rückschlägen und brutalen Fußtritten quittiert.

Zwei von den Jungen nahmen ihn anschließend zwischen sich in die Zange, während ein Dritter auf ihn einschlug. Mit aller Kraft versuchte er, sich aus der strammen Umklammerung zu befreien und zurückzuweichen. Bei einem harten Schlag, dem er nicht ausweichen konnte, ging er zu Boden. Unglücklicherweise fiel er dabei auf eines der im Sand hinter ihm liegenden Motorräder. Der wildeste der Burschen trat ihm abschließend noch mit aller Wucht in die Seite. Mit schmerzverzerrtem Gesicht lag er leicht benommen im weichen Sand. Julia hatte während der ganzen Zeit vergeblich versucht, die Burschen von ihm wegzuziehen und sie dabei wütend angebrüllt.

Da Bernhard im Moment außer Gefecht gesetzt war, fanden sie jetzt an der jungen Frau Gefallen. Drei von ihnen fingen an sie zu bedrängen und am ganzen Körper zu betatschen. Als ihnen das nicht genügte, zerrten sie ihr die Bluse auseinander und fummelten mit offensichtlich sehr anzüglichen Bemerkungen an ihren Brüsten herum. Die jungen Burschen stachelten sich dabei stets gegenseitig an. Sie zerrten immer stärker an Julias Kleidung und wollten anscheinend noch viel mehr. Die Situation eskalierte zusehends und wurde immer ernster. Nur der eine, den sie vorher Carlos gerufen hatten, wartete abseits und schaute unschlüssig zu. Ihm gefiel das Verhalten seiner Freunde offenbar nicht.

Bernhard sammelte, als er wieder einigermaßen klar sehen konnte, alle Kräfte. Die Schmerzen und die Pein des machtlosen Zuschauens mobilisierten zusätzliche Reserven. Er konnte es nicht ertragen wie Julia gedemütigt wurde. Mit aller, aus der Wut heraus gesteigerten Energie sprang er blitzschnell auf. Beide Hände fest zusammengeballt, stürmte er auf die überraschten Jugendlichen zu. Mit aller Kraft machte er einen Rundschlag über die Köpfe der drei jungen Burschen. Man hörte ein leises Knirschen und Schmerzenslaute, als die Fäuste die Gesichter trafen. Gleichzeitig brüllte er den nicht beteiligten, etwas abseits wartenden Jungen an:

„Carlos, was wird wohl dein Vater zu eurem üblen Verhalten sagen?"

Die plötzliche Nennung des Namens und der Überfall machten die Angreifer stutzig. Schlagartig erstarrten sie. War es die Überraschung, dass er den Namen wusste, oder war es der Rundschlag? Unschlüssig debattierten sie heftig miteinander. Der angesprochene Carlos redete auf sie ein und gestikulierte wild. Sie stürzten plötzlich zu den Motorrädern und verschwanden in den Dünen.

Erstaunt über die plötzliche Wendung wandte sich Julia schnell dem malträtierten Bernhard zu.

„Bist du schwer verletzt, haben sie dir etwas gebrochen?", fragte sie besorgt. Beschwichtigend hob er eine Hand um sie zu beruhigen.

„Es ist vorbei, und außer meinem Stolz ist wohl nichts gebrochen. Einige blaue Flecken werden mir sicher ein paar Tage bleiben. Es tut mir leid, dass ich nicht früher eingreifen konnte", antwortete er und lächelte schon wieder. Der Schmerz von dem erhaltenen Tritt war ihm aber deutlich anzusehen.

„Lass uns dieses leidige Erlebnis abhaken, es ist ja glücklicherweise noch einmal gut gegangen."

„Du warst sehr mutig, es alleine mit den vier Kerlen aufzunehmen", meinte Julia bewundernd.

„Deine Chancen waren nicht besonders groß."

„Das war mehr die pure Verzweiflung als Mut", entgegnete er bescheiden.

Sie setzten ihren Rückweg fort und bald hatten sie den Vorgang in den Hintergrund gedrängt.

Im Hotel begutachteten sie nochmals detailliert ihre Blessuren. Bernhard hatte über seinem linken Auge einen kleinen Riss. Die Körperseite, an der ihn der Fußtritt erwischt hatte, und sein Rücken, wiesen blaue und rotschattierte Verfärbungen auf. Seine Rippen waren augenscheinlich unversehrt geblieben. Julia hatte, außer der zerrissenen Bluse, nur ein paar kleine harmlose Kratzer an beiden Armen davongetragen.

„Wir sollten den Überfall der Polizei melden", meinte Julia nach einiger Zeit. Bernhard dachte kurz nach bevor er antwortete.

„Ich glaube, wir tun uns damit keinen Gefallen. Denk an die Scherereien und an die kostbare Zeit die wir damit vergeuden würden. Was meinst du, was das für einen Formularkrieg nach sich zieht. Einen Dolmetscher bräuchten wir auch noch dazu. Wer weiß, ob die Burschen überhaupt aufzugreifen sind. Wenn ja, stehen vier Aussagen gegen unsere Angaben. Die werden bestimmt versuchen, sich herauszureden. Da bleibt vielleicht kaum etwas übrig, was man ihnen zweifelsfrei anlasten kann. Jugendlicher Übermut war das halt."

Julia meinte am Abend scherzhaft:

„Jetzt hast du mich zum zweiten Mal gerettet."

Ansonsten erinnerten nur die blauen Flecken und ein wenig Druckschmerz an die unliebsame Begebenheit. So war der Vorfall schon bald wieder vergessen. Sie machten zunächst weiter Urlaub und ließen es sich gut gehen.

KAPITEL 11

Zwei Tage nach dem Überfall der Jugendlichen auf sie, überbrachte ihnen der Hotelchef persönlich die Einladung in ein Restaurant in einem kleinen Ort in der Nähe. Auf ihre erstaunte Frage, was diese Ehre bedeuten soll, oder wo der Haken dabei ist, antwortete er ausweichend.

„Der Inhaber ist mir persönlich gut bekannt und absolut vertrauenswürdig. Außerdem ist es das beste Restaurant auf der ganzen Insel und eines der renommiertesten in Griechenland. Eine gute Gelegenheit für sie, einmal die einheimische Küche abseits der Touristenströme kennenzulernen."
Er bat sie, die für den nächsten Abend geltende Einladung unbedingt anzunehmen.

Die Versorgung im Hotel ließ kaum Wünsche offen, aber ein Tapetenwechsel war auch einmal ganz reizvoll. Also nahmen sie dankend an.

Das etwas abseits gelegene Lokal entpuppte sich als ein Sternerestaurant, wie man es auf dieser Insel kaum erwarten konnte. Alle Tische waren belegt oder bereits reserviert. Ihre nahe liegende Vermutung, dass es sich nur um einen Event für Touristen handelte, bestätigte sich nicht. Nur gut situierte Geschäftsleute, die zum größten Teil eine weite Anfahrt in Kauf genommen hatten um hier zu speisen, bevölkerten das vornehme Lokal.

Ohne eine Legitimation und ohne Vorlage der Einladung wurden sie sofort vom Wirt persönlich in Empfang genommen. Er begrüßte sie mit ihren Namen und brachte sie an den reservierten Tisch.

Noch bevor sie ihm einige Fragen stellen konnten verschwand er in die Küche. Ein diensteifriger, überaus freundlicher Kellner schenkte von dem bereitstehenden Champagner ein. Wieso man sie erwartet hatte konnten sie sich nicht erklären.

Zügig, aber ohne jegliche Hektik wurde ein mehrgängiges Menü in absoluter Spitzenqualität serviert. Speisen- und Getränkekarten bekamen sie nicht zu Gesicht. Lediglich die Frage, ob Rotwein oder Weißwein zum Essen gewünscht wird, wurde ihnen gestellt. Serviert wurde dann ein erlesenes Edelgewächs, das sie sich auf ihre eigenen Kosten niemals leisten würden. Mit Staunen ließen sie den Ablauf über sich ergehen.

„Das kann doch keine normale Einladung sein, das hast du doch eingefädelt", behauptete Julia nach dem zweiten Gang.

„Du musst verrückt sein, das kostet dich doch bestimmt ein kleines Vermögen", stellte sie noch fest. Bernhard widersprach ihr.

„Ich schwöre dir, ich habe damit nichts zu tun. Erklären kann ich mir aber auch nicht, wie wir zu diesem Vergnügen kommen. Lass es uns einfach genießen, wir werden es schon noch erfahren."

Julia glaubte ihm zwar kein Wort, gab sich aber bereitwillig weiter den Gaumenfreuden hin.

Drei Stunden verbrachten sie mit dem Verzehr der vielen Gänge. Als der Ober ihre Wünsche nach Kaffee, Grappa oder Cognac entgegen nahm, kam der Wirt zielstrebig auf ihren Tisch zu.

„Entschuldigen sie bitte, dürfte ich mich einen Moment zu ihnen setzen?"

„Selbstverständlich, bitte, es ist uns ein großes Vergnügen", antwortete Bernhard sofort und auch Julia zeigte ihm eine Geste der Zustimmung.

Es folgte die erwartete Frage, wie es geschmeckt hat und wie sie mit dem Service zufrieden waren. Nach einigen überschwänglichen Lobeshymnen verstrickten sie sich in den Details zu Qualität, Zutaten und dem Geschmack des Essens. Beiden waren gehobene Restaurants durchaus geläufig. Ganz besonders Bernhard war, durch seine lange Berufstätigkeit, bereits in vielen Sternerestaurants zu Gast. Er behauptete von sich immer gerne, dass er besser essen könne, als der beste Koch kochen würde. Niemand konnte das bisher widerlegen. Erst als diese Themen ausführlich abgearbeitet waren, schaute sie der Wirt einen Moment lang nachdenklich an. Es war ihm anzusehen, dass er etwas auf dem Herzen hatte, und es ihm nicht leicht fiel darüber zu reden.

„Sie haben sich sicher schon gefragt, warum sie von mir hierher eingeladen wurden. Es ist jetzt an der Zeit, dass ich mich für meinen Übereifer und die Ungewissheit, in der ich sie so lange gelassen habe, in aller Form entschuldige. Darf ich ihnen nun meine Gründe nennen?"

Ohne eine Antwort abzuwarten, fuhr er fort.

„Ich habe, neben einer zwanzigjährigen Tochter aus meiner ersten Ehe, noch einen Sohn im Alter von sechzehn Jahren. Seine Mutter ist vor zwei Jahren gestorben, so dass ich mich alleine um seine Erziehung kümmern muss. Das ist nicht einfach. Wie sie sehen, habe ich im Lokal genug zu tun.

Dass es im Moment in unserem Land sehr schwer ist, sich zu behaupten und Geld zu verdienen, ist ja in aller Welt hinreichend bekannt. Nun, mein Sohn Carlos ist auf dem Festland im Internat und war in seinen Ferien gerade für ein paar Tage hier bei mir. Heute Morgen musste er wieder zurück."

Bei dem Namen Carlos hatten sich Bernhard und Julia erstaunt angeschaut und sie ahnten um wen es sich handeln würde. Aber sie unterbrachen nicht und hörten ihm geduldig weiter zu.

„Der Zugang zu Jugendlichen in diesem Alter ist manchmal schwer. Oftmals geraten sie auch mit ihren Bekanntschaften in die falschen Kreise. Die hohe Jugendarbeitslosigkeit sorgt leider zusätzlich dafür, dass vielen die Perspektive fehlt. Sie rasten dann gerne mal aus oder werden sogar kriminell. Ich habe das große Glück, dass ich mir das Internat für Carlos leisten kann, viele andere können das leider nicht. Vorgestern habe ich bei meinem Sohn eine Veränderung wahrgenommen, die ihn sehr nachhaltig geprägt hat. Bisher war es selten, dass er sich mir offenbart hat und dankbar um meinen Rat gebeten hat. Um es kurz zu machen, er hat ganz plötzlich gemerkt, wie schnell aus einem vermeintlichen Spaß bitterer Ernst mit schlimmen Folgen werden kann. Noch nie habe ich eine solche Angst bei ihm gespürt. Ihm ist klar geworden, wie schnell man seine ganze Zukunft zerstören kann. Welche unliebsame Begebenheit das verursacht hat, wissen sie jetzt sicherlich."

Julia und Bernhard nickten zustimmend und er schickte sich an, seine Ausführungen fortzusetzen.

„Nachdem er mir ausführlich berichtet hatte, was sich am Strand zugetragen hatte, haben wir erwartet, dass die Polizei bald bei uns auftaucht. Es wäre nicht schwer herauszufinden gewesen wer die vier Rowdys waren. Sehr groß ist die Anzahl junger Männer mit Motorrädern nicht. Um dem zuvorzukommen, habe ich mich vorab erkundigt, ob eine Anzeige vorliegt. Zum Glück kenne ich ja sehr viele Leute hier in dieser Gegend. Auch zu den Hotels habe ich gute Kontakte. Es war deshalb auch kein Problem, sie beide gleich zu finden. Ich hoffe, sie verzeihen mir mein Vorgehen. Aber ich musste etwas unternehmen, zu sehr hat uns das Ganze belastet. Meine Einladung soll keineswegs eine Bestechung sein, um sie von einer Anzeige abzubringen. Obwohl es für meinen Sohn von großem Vorteil wäre. Betrachten sie es als Versuch einer Wiedergutmachung und vor allen Dingen als eine Entschuldigung für diese Untat."

Zur Unterstreichung seiner Erklärung zog er Bernhards Uhr aus der Tasche und reichte sie ihm.

„Mit den Eltern der anderen Jungs habe ich auch sofort geredet, sie werden entsprechende Maßnahmen einleiten. Ich hoffe, dass sie Erfolg haben und ihnen den Blödsinn austreiben. Bei meinem Jungen bin ich mir sicher, dass dieser Lernprozess ihn vorteilhaft beeinflusst hat. Er ist in diesen Tagen erwachsener geworden. Ungeachtet dessen, ob eine Anzeige erfolgt oder nicht, bin ich ihnen dafür sehr dankbar. Weil mein Sohn zurück ins Internat musste, kann er sich im Moment nicht persönlich entschuldigen. Er hat mich gebeten, dass ich bei ihnen stellvertretend um Verzeihung bitte und einen Brief hinterlassen."

Schweigend ließen sie die Erklärung auf sich wirken und nahmen den Brief in Empfang. Carlos bat darin, in sehr schlechtem Englisch aber mit freundlichen Worten, um Verzeihung.

Bernhard beendete das zunächst folgende lange nachdenkliche Schweigen.

„Gut, es war zwar schon sehr hart und kriminell was sich die Burschen da geleistet haben. Es hätte in der Tat noch schlimmer ausgehen können. Wir müssen gestehen, dass es nur reiner Egoismus war, keine Anzeige zu erstatten. Den Umständen und dem Zeitverlust wollten wir aus dem Wege gehen. Nach ihrer Erzählung sehen wir das Ganze jetzt aber mit anderen Augen."

Julia pflichtete ihm mit einem zustimmenden Kopfnicken bei und ergänzte gleich noch:

„Für ihren Sohn wäre eine Anzeige besonders ungünstig gewesen, er war noch vergleichsweise zurückhaltend. Wir hatten bereits vorher gemerkt, dass er von den drei anderen immer mitgezogen wurde. Wir wollen nicht die ganze Zukunft eines jungen Menschen beeinträchtigen, wegen eines Ausrutschers in jugendlichem Übermut."

„Sie nehmen also die Entschuldigung an und es kommt zu keiner Anzeige?" fragte der Wirt erfreut und schaute sie erleichtert fragend an.

„Ja, so wollen wir es gerne verstanden wissen", antwortete Bernhard und fügte hinzu:

„Wir haben den Vorgang abgeschlossen, weil wir uns den Urlaub nicht verderben lassen."

Der Wirt ließ es sich nicht nehmen, noch eine weitere Flasche Champagner zu spendieren. Zu groß war seine Erleichterung.

Nun folgte noch eine lebhafte und sehr lange Unterhaltung. Im Wesentlichen ging es um das Verhältnis Deutschland zu Griechenland und die miserable aktuelle wirtschaftliche Situation.

Man war sich einhellig darüber klar, dass es in der politischen Vergangenheit Griechenlands sehr große Versäumnisse gegeben hat, die in kurzer Zeit nicht auszubügeln waren. Die finanziellen Unterstützungen des Landes nützten leider bisher den kleinen Leuten überhaupt nicht. Wie immer waren die Banken die ersten Gewinner. Dafür sind aber alle Auflagen und Sparmaßnahmen bei den Schwächsten am meisten spürbar.

Bei der folgenden Diskussion um Korruption, Steuergerechtigkeit und Selbstbereicherung stellte sich heraus, wie gut die Griechen augenscheinlich über Details beider Länder im Bilde sind. Letztendlich wäre ja auch in Deutschland die Situation in dieser Beziehung nicht viel besser. Nur die gute Wirtschaftslage erfordere einen etwas geringeren Handlungsbedarf und täusche darüber hinweg. Die höhere Besteuerung der Superreichen, die man von Griechenland verlangt, könnte man auch im eigenen Land nicht durchsetzen. Die große Angst vor einer massiven Kapitalflucht ist dabei in beiden Ländern die beliebteste Ausrede.

Einhellig waren alle der Meinung, dass das Klima zwischen den Griechen und den Deutschen keineswegs so gestört ist wie einige behaupten.

Die bekannten Ausrutscher, die sicher auch in den Medien aufgebauscht wurden, möge man als nicht repräsentativ ansehen und verzeihen.

Weit nach Mitternacht ging man freundschaftlich verbunden auseinander. Der Wirt konnte sich nicht oft genug bedanken für die Rücksichtnahme auf die Zukunft seines Sohnes. Er ließ sie noch von einem seiner Mitarbeiter zurück ins Hotel bringen.

So hatte das abenteuerliche Erlebnis noch ein versöhnliches Ende genommen. Die Einladung und die unterhaltsamen Gespräche waren eine interessante Abwechslung und Entschädigung.

Im Rückblick waren sie beide froh, dass sie auf die Anzeige verzichtet hatten.

KAPITEL 12

Bernhard hatte seinen Urlaub um ein paar Tage verlängert, um am gleichen Tag wie Julia, mit etwa zwei Stunden Abstand, zurückzufliegen. Er wollte die gemeinsame Zeit mit ihr so lange wie irgend möglich genießen. Sein Flug ging nach München, Julias Flug nach Hamburg. Bisher hatten sie noch keinen Gedanken an das näher kommende Ende ihres gemeinsamen Urlaubes verschwendet.

Zwei Tage vor der festgelegten Rückreise kam jedoch für Julia das böse Erwachen.

Bernhard hatte wieder mit drei anderen Gästen Tennis gespielt. Die eingespielten Herren-Doppel waren jedes Mal eine sportliche Herausforderung. Die anderen Spieler waren ein bis fünf Jahre jünger als er. Mit seinem Ehrgeiz und seiner Laufstärke konnte er sie dennoch beeindrucken. Viele Male verbuchten die Gegner bereits den Punkt und staunten, wenn der vermeintlich unerreichbare Ball wieder platziert zurückkam. Er gewann mit wechselnden Partnern alle Spiele, wenn auch nur knapp. Aber das gab den Matches den besonderen Reiz und entsprechende Spannung bis zum Ende. Alle vier lobten das schöne Spiel mit herrlichen Ballwechseln. Abgekämpft, aber recht euphorisch, kam er, nach dem üblichen Bier danach, ins Zimmer zurück. Seine Stimmung schlug aber sofort um, als er Julia erblickte. Zitternd und heulend stand sie vor ihm. Ihr Make-up war verschmiert, die Haare zerzaust. So kannte er sie nur von der ersten Begegnung, an die er ungern zurückdachte.

Auf seinen erschrockenen und fragenden Blick deutete sie auf die Abreise-Benachrichtigung der Reiseleitung, die auf dem Tisch lag.

„Ich kann nicht alleine nach Hause fliegen, das schaffe ich nicht, dann möchte ich lieber sterben", jammerte sie unter Tränen.

Schon wieder ‚sterben‘, dachte Bernhard, das hatte er jetzt aber schon oft genug gehört.

„Jetzt übertreibst du. So schlimm kann es doch nicht sein. In deiner gewohnten Umgebung wirst du dich schnell wieder eingliedern. Außerdem, wenn du mich wirklich brauchst, bin ich ja nicht aus der Welt. Ich habe genügend Zeit, dich hin und wieder zu besuchen. Gerne kannst du auch jederzeit zu mir nach München kommen."

„Nein, das halte ich nicht durch. Warum kommst du nicht mit mir nach Hamburg? Meine Wohnung ist groß genug für uns beide. Hamburg ist eine schöne Stadt. Was hält dich in München? Natürlich, ich weiß schon, die Berge, die Seen, das Skifahren, aber das kannst du auch im Urlaub."

Nach einer kurzen Pause fügte sie hinzu:

„Oder bedeute ich dir gar nichts? Bin ich für dich nur eine kurze Urlaubsepisode, die nach der Heimreise abgehakt ist und vergessen wird?"

„Natürlich bist du das nicht und das weißt du auch. Aber ich bin Realist und kein Träumer."

„Jetzt fang nicht schon wieder die alte Leier mit dem Altersunterschied an. Ich meine es bitter ernst, oder muss ich das erst wieder beweisen?"

Nachdenklich schwiegen beide eine Weile. Bernhard ergriff anschließend wieder das Wort.

„In Ordnung, lass uns nach Hause fliegen. Ich werde das Notwendigste erledigen und komme umgehend zu dir nach Hamburg. Danach können wir weitersehen. Es stimmt, ich habe eigentlich nichts zu versäumen, auch wenn ich mich an den Gedanken, plötzlich in Hamburg zu wohnen und zu leben, erst gewöhnen muss. Sehr gerne würde ich mein restliches Leben mit dir oder in deiner Nähe verbringen."

„Komm bitte gleich mit, ich habe Angst zu verzweifeln in der Ungewissheit, ob du tatsächlich kommst oder es dir vielleicht anders überlegst."

Schweigend sahen sie sich lange an. An die Zeit danach hatten sie beide bisher noch nicht gedacht. Zu schön waren die erlebnisreichen gemeinsamen Tage, die langen Abende und die Nächte.

Bernhard erhob sich plötzlich. Er nahm seine Papiere und blickte auf seine Uhr. Julia schnell bei der Hand nehmend, zog er sie mit sich.

„Komm, die Reiseleitung müsste um diese Zeit zu sprechen sein. In drei Tagen musst du wieder arbeiten. Falls es gehen sollte, fliegst du mit mir nach München. Nach Regelung der wichtigsten Angelegenheiten, fahren wir dann mit dem Wagen weiter nach Hamburg. Immerhin bin ich durch die Urlaubsverlängerung schon überfällig, und ein paar Verpflichtungen habe ich als Rentner auch. Außerdem muss ich mich von einigen Freunden verabschieden und einige meiner Habseligkeiten einpacken und mitnehmen."

Julia umarmte ihn ganz fest und schluchzte. Aber dieses Mal waren es reine Freudentränen.

Einige Telefonate und Formalitäten musste die erstaunte Reiseleitung auf sich nehmen. Aber sie hatten Glück, wenn auch der Flug auf dem sie noch zwei Plätze bekamen, einen Tag früher als ursprünglich geplant startete. Das nahmen sie aber gerne in Kauf. Was war ein Tag gegenüber der Hoffnung auf ein dauerhaftes Zusammenbleiben. Entspannt flogen sie nach München.

Bernhard erledigte seine Angelegenheiten. Er verabschiedete sich von seinen Freunden und dem Bekanntenkreis. Seinen Sportkameraden stattete er auch noch einen Besuch ab. Sie mussten sich jetzt einen Ersatz für ihn suchen und bedauerten seinen Umzug. Julia, die ihn ständig begleitete, schlugen überall Wellen der Sympathie entgegen und sie wurde von allen ins Herz geschlossen. Bernhard wurde beglückwünscht für seine Errungenschaft und alle hofften, dass der Kontakt aufrechterhalten bleibt. Seine Freunde beneideten ihn um diese schöne junge Frau. Sollten irgendwelche Zweifel an der Beständigkeit des sehr ungleichen Paares aufgekommen sein, so wurden sie zumindest nicht gezeigt. In der verbleibenden Zeit führte Bernhard Julia durch München und zeigte ihr einen Teil der vielen Sehenswürdigkeiten. Für das Umland, mit den Bergen und Seen zu erkunden, reichte die Zeit nicht mehr. Das wollten sie im nächsten Urlaub unbedingt nachholen. Julia, die von Bayern nicht viel kannte, war von dem wenigen was sie sah schon hellauf begeistert und wollte mehr sehen.

Mit Wehmut schaute Bernhard bei der Abfahrt noch einmal über die bayerischen Landschaften.

Der gerade wieder einmal herrschende Fön zeigte die Alpen ganz nahe in ihrer ganzen Schönheit. Bayern kannte er ja mittlerweile gut. Seit mehr als 30 Jahren lebte er schon hier, nachdem ihn sein Beruf nach München verschlagen hatte. Mit seiner verstorbenen Frau hatte er hier eine sehr schöne Zeit verbracht. Auch Hamburg interessierte ihn aber schon immer. Den Norden Deutschlands, besonders die Nordsee und die Ostsee von dort aus detaillierter zu erkunden, reizte ihn. Seine Wohnung gab er noch nicht auf. Vielleicht würde er ja wieder zurückkommen. Ansonsten hätten sie damit einen sehr guten Ausgangspunkt für ihren nächsten Urlaub. Ein unsicheres Gefühl hatte er noch, schließlich hatte sein Leben jetzt eine völlig unerwartete Wendung genommen. Aber was konnte ihm schon passieren, er war unabhängig und beweglich. Der Weg zurück war ja offen.

Julia war die ganze Zeit über in bester Laune. Für sie bekam das Leben wieder einen Sinn, an den sie sich festklammerte. Etwas Besseres, als das Zusammenleben mit Bernhard, konnte sie sich überhaupt nicht vorstellen. Er war zur Erfüllung ihres sehnlichsten Wunsches geworden.

In Hamburg richteten sie sich in der Wohnung von Julia so ein, dass beiden ein Zimmer zum Rückzug blieb, was aber in der Folge nie nötig wurde. Sie lebten sich sehr schnell ein, gerade so, als wäre es nie anders gewesen. Julia ging wieder mit großer Freude und neuem Elan ihrer Arbeit nach und kam immer gerne und freudestrahlend nach Hause. Der Fehler aus der Vergangenheit war zur besten Zufriedenheit der betroffenen Firmen ausgemerzt und hatte keinerlei schlimme Folgen. Ein neuer, verantwortungsvoller Aufgabenbereich befriedigte sie vollkommen. Er war mit einigen kürzeren Reisen verbunden, die sie gerne in Kauf nahm. Manchmal begleitete Bernhard sie dabei und machte von den jeweiligen Standorten aus Exkursionen ins Umland, während sie arbeiten musste. Die noch verbleibende Freizeit nutzten sie wie bei einem Kurzurlaub.

Bei der Hausarbeit wurde Julia von Bernhard tatkräftig unterstützt. Er überraschte sie mit seinen hauswirtschaftlichen Fähigkeiten. Die meisten Einkäufe erledigte er. Ansonsten widmete er sich seiner Freizeit. Es gab so viel Neues zu erkunden. Ständig war er mit seinem Fahrrad in der Region unterwegs. Langeweile kam bei ihm niemals auf. Er besaß ausreichend Phantasie und Energie, um sich sinnvoll zu beschäftigen.

KAPITEL 13

Claudia Randstedt, Julias Mutter, hatte eigentlich gute Voraussetzungen für ein angenehmes, sorgenfreies Leben. Eine unerwartete Erbschaft hatte ihr vor einigen Jahren das finanzielle Polster verschafft, frühzeitig ihre Arbeit aufzugeben und in den vorzeitigen Ruhestand zu gehen. Das neu erworbene, kleine aber sehr schmucke Haus in einer Kleinstadt nahe Hamburg, richtete sie mit viel Liebe zum Detail sehr gemütlich ein. Für Julia kaufte sie in Hamburg eine kleine Stadtwohnung und half ihr beim Umzug und bei der Einrichtung.

Um danach wieder eine sinnvolle Aufgabe zu haben, legte sie ihr restliches Kapital weitgehend in weiteren Immobilien an. Ein Ferienhäuschen an der Ostsee und eine kleine Wohnung in Spanien, sollten als Zufluchtsstätten aus dem Alltag dienen. Auch diese richtete sie mit sehr viel Hingabe und erheblichem finanziellen Aufwand selbst ein.

Einige Zeit fand sie noch in der Unterhaltung und Pflege der Immobilien an den verschiedenen Orten, als Ergänzung zu Sport, Reisen und allen anderen Freizeitaktivitäten, ihre Erfüllung. Es gab immer etwas zu tun und viel Neues zu erkunden. Zwei, manchmal auch drei Wochen verbrachte sie mehrmals im Jahr mal da und mal dort. Wenn ihr das Wetter an einem Ort nicht gefiel, wechselte sie ihren Wohnort. In den letzten beiden Jahren war aber alles zur Routine geworden. Bald stellten sich Langeweile und Einsamkeit ein. Ihr fehlte eine Aufgabe und der familiäre Rückhalt.

Als begeisterte Tennisspielerin bekam sie immer mehr Probleme Mitspielerinnen ihrer Altersklasse und Stärke zu finden. Zum einen als Resultat der biologischen Auslese, weil die Knochen bei einigen nicht mehr so wollten, zum anderen widmeten sich viele im etwa gleichen Alter lieber mehr der Familie und ganz besonders den Enkelkindern. Dadurch wurde ihr diese Freizeitbeschäftigung nur noch sehr begrenzt ermöglicht.

Bei ihrem kleinen Freundes- und Bekanntenkreis verhielt es sich sehr ähnlich.

Auch die Gesprächsthemen wurden einseitiger und eintöniger. Meistens ging es bei vielen um Krankheiten und Wehwehchen. Andere wiederum hatten nur noch ihre Kinder und Enkel und deren Entwicklung als Thema. Eine dritte Kategorie, zu der sie selbst früher als ‚Neureiche' auch lange Zeit gehört hatte, wollte nur immer mit der neuesten Mode und mit ihren großzügigen Anschaffungen prahlen. Das konnte und wollte sie nicht mehr ertragen. Sie hatte alles, was sie sich wünschte. Etwas Zeit zur Pflege der Bekanntschaften oder Freundschaften nahmen sich die meisten nicht. Immer waren andere Verpflichtungen vordringlich oder sie wurden nur als Ausrede vorgeschoben.

Zu ihren Verwandten hatte Claudia auch keinen guten Draht, man hatte sich auseinander gelebt. Sie hatte durch die Erbschaft eine vollkommen andere Lebensauffassung und ein anderes Niveau erreicht. Ihre großspurigen Ansprüche konnte man nicht mehr erfüllen. Natürlich spielten auch Neid und Missgunst eine Rolle.

Männern gegenüber war sie, nachdem ihr Mann sie vor Jahren verlassen hatte, sehr misstrauisch. Niemals hatte eine neue Beziehung eine Chance zu einem dauerhaften Zustand zu werden.

Zu ihrer einzigen Tochter hatte sie seit einiger Zeit auch kein gutes Verhältnis mehr. Früher war sie, nach ihren turnusmäßigen Shoppingtouren in Hamburg, meist bei Julia über Nacht geblieben. Manchmal hatten sie sich auch zu gemeinsamen Unternehmungen verabredet.

Natürlich hatte sie Julia zu sehr bevormundet, das wurde ihr im Nachhinein erst klar. Bei einer Auseinandersetzung über ihre unterschiedlichen Auffassungen, gerieten sie in einen heftigen Streit. Ein Wort ergab das Andere. Beide steigerten sich so sehr in Erregung, dass es zu einer Redeschlacht ausartete. Versäumnisse und Vernachlässigungen aus der Vergangenheit wurden ausgegraben und sich gegenseitig vorgeworfen. Sie trennten sich im Streit, keine steckte zurück. Einen Versöhnungsversuch machte dann keine mehr. Clemens, Julias Verlobter, hatte auch Anteil an der Entfremdung. Er sorgte für ständige Aktivitäten. Dadurch blieb überhaupt keine Zeit mehr für Claudia übrig. Das Mutter-Tochter-Verhältnis war völlig eingefroren. Die noch verbleibenden, sehr seltenen Kontakte begrenzten sich auf die knappen Telefonate bei familiären Angelegenheiten. Meist handelte es sich um Nachrichten von Todesfällen bei Verwandten. Seit mehreren Monaten hatte sie von ihrer Tochter keinerlei Lebenszeichen mehr. Es schien ihr jetzt an der Zeit, sich wieder mit ihr zu versöhnen.

Nach einigen erfolglosen Versuchen mit ihr zu telefonieren, hatte sie an ihrer Arbeitsstelle dann erfahren, dass Julia in Urlaub außer Landes war, und wann sie zurückkommen würde.

Sie war doch ihre Mutter, warum wurde sie so schändlich alleine gelassen und nicht informiert, fragte sie sich voller Selbstmitleid. Mehrere Tage quälte sie sich, bevor sie einen Entschluss fasste.

Um Julia einmal zur Rede zu stellen und eine Aussprache einzuleiten, beschloss sie einen ganz spontanen Besuch. Dadurch entging sie plötzlichen Ausreden. Sie würde sie sicher nicht abweisen, aber zur Not könnte sie auch wieder zurückfahren oder sich ein Hotel zur Übernachtung suchen.

Dass gerade auch ihre Überraschungsbesuche in der Vergangenheit zur Entfremdung beigetragen hatten, wollte sie nicht wahrhaben.

Gewappnet mit kleinem Handgepäck, für einen Aufenthalt von zwei Tagen, kam sie in Hamburg an. Es war bereits kurz nach 19 Uhr, als Claudia Randstedt an Julias Tür klingelte. Um diese Zeit war ihre Tochter normalerweise immer zu Hause anzutreffen. So war es jedenfalls früher gewesen, weil sie ihre Wohnung und den Haushalt noch zu versorgen hatte. Darin war sie sehr gewissenhaft und berechenbar.

Bernhard Harms öffnete sofort, ohne erst an der Sprechanlage zu fragen, wer an der Tür ist.

„Wer sind denn sie und was machen sie hier", schallte es ihm sofort grußlos entgegen.

Der übermäßig laute und resolute Ton ließ ihn erschrocken ein Stück zurückweichen.

Wenn Abneigung einen Körper und auch ein Gesicht hat, dann steht sie direkt vor dir, dachte er kurz. Also brauche ich auch nicht höflich zu sein.

„Zu ihrer ersten Frage: Das Gleiche könnte ich sie fragen - aber - ich glaube sicher zu wissen wer sie sind. Kommen sie bitte herein Frau Randstedt. Zu ihrer zweiten Frage: Mein Name ist Bernhard Harms und ich wohne hier bei Julia."

Die Abneigung hatte optisch noch eine, vorher nicht für möglich gehaltene Steigerung zu bieten. Nach kurzem Zögern kam sie aber doch seiner Aufforderung nach und trat in den Flur.

„Wo ist Julia und woher glauben sie denn zu wissen wer ich bin? Ich. kenne sie doch gar nicht."

„Julia ist geschäftlich unterwegs und wird erst morgen am Nachmittag zurück sein. Sie wusste meines Wissens nichts von ihrem Besuch."

Absichtlich ließ er sich lange Zeit, bevor er sich ihr wieder zuwandte.

„Zu ihrer wiederum zweiten Frage: Ich erkenne sie nach den Bildern in der Wohnung und auch von Julias Beschreibungen. Außerdem ist eine Ähnlichkeit mit ihrer Tochter unverkennbar. So etwa habe ich sie mir nach Julias Erzählungen auch vorgestellt."

Claudia Randstedt stand fassungslos mitten im Zimmer. Damit hatte sie nicht gerechnet. Was suchte denn dieser ältere Mann während Julias Abwesenheit alleine in ihrer Wohnung? Was hatte das zu bedeuten?

Bernhard versuchte die knisternde Spannung, die in der Luft lag, etwas zu lockern.

„Nehmen sie doch bitte Platz, Frau Randstedt. Kann ich Ihnen vielleicht etwas anbieten? Wasser, Kaffee, Tee oder lieber etwas alkoholisches?"

„Nein, ich möchte nichts. Sagen sie mir nur, wieso sie hier wohnen und was das bedeutet", herrschte sie ihn an.

Das war keine Bitte, das war ein Befehl, dachte Bernhard. Er machte sich bereit zurückzuschlagen. Seine Höflichkeit kannte Grenzen, wenn er sie auch selten überschreiten konnte. Ganz bewusst wartete er wieder lange mit seiner Antwort.

„Ich wohne hier, weil Julia mich nachdrücklich darum gebeten hat", antwortete er und machte erneut absichtlich eine längere Pause.

„Das bedeutet nur, dass sie dringend jemanden gebraucht hat. Dabei ist sie dann an mir hängen geblieben, weil sie sonst niemand hatte."

Die letzten Sätze saßen wie ein stacheliger Dorn in einer offenen Wunde und hinterließen deutliche Spuren. Die Abneigung in Person, errötete heftig und bebte am ganzen Körper vor Zorn.

Bernhard stand auf und ging wortlos nebenan in die Küche. Seine Aussage sollte etwas wirken. Erinnert an Julias Erzählungen, musste diese Frau erst aus der Reserve gelockt werden.

Schade eigentlich, dachte er. Sie war optisch eine recht ansprechende Erscheinung. Schlank, mit einem ausgesprochen hübschen Gesicht und guter Figur. Durch ihre Ähnlichkeit mit Julia konnte er sich vorstellen, dass Julia später auch so aussehen würde. Gekleidet war sie sportlich elegant, ohne dabei zu sehr Jugendlichkeit heucheln zu wollen.

Wäre sie nicht so kratzbürstig, hätte er an ihr durchaus Interesse finden können. In etwa seinem Alter dürfte sie auch sein, schätzte er.

Bestückt mit Saft, Mineralwasser, einer Flasche Grappa und Gläsern dazu, kam er zurück. Ohne zu fragen schenkte er zwei Gläser Grappa ein.

Claudia Randstedt hatte mittlerweile eine seltsame Wandlung hinter sich. Vor ihm saß jetzt eine zusammengesunkene Mutter. Von der resoluten Frau von vorhin war nicht mehr viel übrig. Ihre Augen waren wässrig, offensichtlich kämpfte sie mit Tränen. Plötzlich hatte Bernhard Mitleid mit dieser Frau. Was musste in einer Mutter vorgehen, wenn sie erfuhr, dass sie nicht da war, als sie von ihrem einzigen Kind dringend gebraucht wurde.

Schweigend leerten beide zunächst ihre Gläser.

„Bitte erklären sie mir, was das zu bedeuten hat", bat Claudia Randstedt anschließend in einem sehr versöhnlichen Ton. Sie hatte offensichtlich das Wort ‚bitte' wieder in ihrem Wortschatz gefunden und bemerkt, dass sie am kürzeren Hebel saß.

Bernhard schaute sie zunächst nachdenklich an und kämpfte gegen sein Mitleid. Vergessen war die grobe Art, wie sie ihn behandelt hatte. Was sollte er ihr aber jetzt erklären? Dass Julia versucht hatte sich das Leben zu nehmen, weil sie nicht mehr weiter wusste? Dass sie niemanden hatte, dem sie sich anvertrauen konnte als sie mit dem Leben nicht mehr klar kam? Nein, das hielt er nicht für seine Angelegenheit.

„Hören sie, ich kann und will ihnen das nicht erklären, das ist einzig und allein nur Julias Sache.

Das werden sie bestimmt verstehen. Aber ich bitte sie eindringlich, sprechen sie sich einmal mit ihr aus und versöhnen sie sich wieder."

Nach kurzer Pause fügte er hinzu:

„Julia braucht sie unbedingt, und sie, glaube ich zu erkennen, bräuchten auch ihre Tochter."

Die Frau, die vorher noch so selbstbewusst, um nicht zu sagen richtig herrschsüchtig war, heulte mittlerweile hemmungslos.

„Was habe ich nur verkehrt gemacht, wie kann ich das jemals wieder gut machen", stammelte sie. Bernhard setzte sich neben sie und legte tröstend und einfühlsam den Arm um ihre Schultern.

„Der erste Schritt ist ja bereits getan, sie sind jetzt schon mal hier. Bleiben sie, bis Julia zurück ist und sprechen sie sich mit ihr aus. Ich bin sicher, alles wird wieder gut zwischen ihnen. Und noch einmal, glauben sie mir, Julia braucht sie."

„Hat sie ihnen das gesagt?", fragte sie bittend.

„Das braucht sie mir nicht extra zu sagen, das weiß ich auch so und das spürt man", war seine selbstsichere Antwort. Schweigend saßen sie nun nebeneinander.

Das Klingeln des Telefons riss beide aus ihren Gedanken. Es war Julia. Sie erzählte freudig von ihrem Geschäftserfolg, erkundigte sich nach seinen Aktivitäten und wie er alleine zurechtkommt.

„Ich freue mich schon auf das Wochenende", schloss sie. Damit wollte sie schon das Gespräch beenden. Bernhard bremste sie jedoch schnell.

„Moment bitte, ich muss dir noch etwas sagen. Ich habe morgen Nachmittag leider einen Termin.

Aber deine Mutter ist hier, sie bleibt bis du zurück bist, da könnt ihr beide etwas unternehmen."

Julia hatte es wohl die Sprache verschlagen, erst nach einer Weile kam die Antwort.

„Ja, ja, sehr gerne. Grüße sie von mir, ich freue mich sehr. Bis morgen Nachmittag, ich werde mich beeilen so gut es geht."

Tränen hatten ihre letzten Worte fast erstickt, ergriffene Freude hatte Julia wohl übermannt.

Alle beiden, Julia und ihre Mutter, hatten die fadenscheinige Lüge mit dem wichtigen Termin bemerkt, aber dankbar hingenommen.

Julias Mutter legte keinen Widerspruch ein, dass er seinen Vorschlag zu bleiben, einfach als bereits fest vereinbart ausgelegt hatte.

Bernhard versuchte anschließend Claudia zu überreden, mit ihm in ein Restaurant in der Nähe zu gehen. Er konnte sich zwar eine angenehmere Begleitung vorstellen, aber aus der momentanen Situation heraus blieb ihm nichts anderes übrig. Sie war zu aufgeregt und wollte nicht aus dem Haus. Außerdem würde sie keinen Bissen hinunter kriegen. Also kochte er, bevor ihn der Hunger zu sehr übermannte. Weil es schnell gehen sollte, machte er Spaghetti Bolognese und Salat. Eine gute Flasche Rotwein stellte er auch bereit.

Nachdem er für zwei Personen gedeckt hatte und mit einer Geste auf den zweiten Platz deutete, nahm Claudia dankbar an und aß mit Genuss.

Zwischendurch bemerkte Bernhard, wie sie ihn immer wieder gründlich musterte. Ihre abweisende Kälte hatte sie aber noch keineswegs abgelegt.

Ich weiß was du denkst, dachte er, aber ich kann dir leider nicht helfen, du musst auf deine Tochter warten. Sie wird dir sagen, was sie für richtig hält.

Einige Zeit aßen und tranken sie schweigend. Mit dem Austausch von Belanglosigkeiten bahnte sich dann später doch wieder ein Gespräch an. Mehrmals versuchte Claudia ihn noch über seine Verbindung zu Julia, und auch wie er sie kennen gelernt hatte, auszufragen. Obwohl sie es geschickt einfädelte, blieb er standhaft. Auch als sie nach dem Verbleib von Clemens fragte, verweigerte er achselzuckend die Auskunft darüber.

Das Schlafzimmer richtete er her, überzog die Betten neu und überließ es ihr großzügig als Nachtlager. Er selbst begnügte sich mit der Couch im Fremdenzimmer. Dass Bernhard und Julia ganz offensichtlich zusammen in einem Schlafzimmer schliefen, war unverkennbar und machte Claudia sicher noch mehr Kopfzerbrechen.

Am Morgen hatte Bernhard bereits den Tisch fertig gedeckt und ein umfangreiches Frühstück aufgetischt, als Claudia nach recht langer Zeit aus dem Bad kam. Ihre sehr mühevollen kosmetischen Vertuschungsversuche waren aber ohne Erfolg geblieben. Die übermäßigen Anstreicharbeiten, die nicht zu übersehen waren, hätte sie sich ersparen können. Sie sah um einige Jahre gealtert und total übernächtigt aus. Freundlichkeit war anscheinend auch an diesem Tag nicht gerade ihre Stärke. Wortkarg frühstückten sie. Bernhard sehnte sich Julias Ankunft herbei. Erlöse mich von diesem Übel, dachte er immer wieder.

Erstaunt war er, als sie ihm nach dem Frühstück bereitwillig beim Abräumen half. Danach richtete sie die Betten wieder her und spülte das Geschirr.

Bereits lange vor der geplanten Zeit kam Julia zu Hause an. Sie hatte alle Hebel in Bewegung gesetzt, um so früh wie möglich abzureisen. Die Geschäftsfreunde hätten gerne noch ein Weilchen mit ihr geplaudert. Selbst wenn sie ihr das jetzt verübeln würden, sie hatte Wichtigeres im Sinn. Die Sehnsucht nach ihrer Mutter trieb sie heim.

Bernhard wurde noch viel herzlicher begrüßt als sonst immer. Mit einem ungewöhnlichen Schwall von Fragen und Erzählungen hielt sie sich lange an ihm fest. Offensichtlich hatte sie noch etwas Scheu, ihrer Mutter nach langer Zeit wieder einmal entgegenzutreten. Zögernd gingen dann endlich die beiden Frauen aufeinander zu. Schlagartig lagen sie sich in den Armen und heulten und schluchzten um die Wette.

Bernhard konnte es nicht mehr länger ertragen. Er spürte, dass er nur störte. Mit der Sporttasche in der Hand und einer Geste auf sein Handy verzog er sich. Sollten die beiden sich einmal aussprechen und wieder versöhnen. Letzteres wünschte er Julia sehr. Er wusste aus ihren Gesprächen nur zu gut, wie sie unter dem Zerwürfnis mit ihrer Mutter litt. Für ihn selbst, und sein weiteres Zusammenleben mit Julia, könnte diese Versöhnung aber negative Folgen haben. Eigentlich wusste er von Anfang an, dass ihre Wege sich irgendwann trennen würden. Trotzdem wäre es schmerzhaft. Zu schön war die gemeinsame Zeit. Jede Stunde hatte er genossen.

Zuerst ging er in die Sauna, das hatte er schon seit einiger Zeit vor gehabt und immer vor sich her geschoben. Julia würde ihn ganz sicher anrufen, wenn die Zeit für seine Heimkehr gewünscht war. Anschließend könnte er noch ins Kino gehen.

Der Anruf kam nach knapp vier Stunden. Julia bat ihn bald nach Hause zu kommen. Sie würden gerade gemeinsam kochen und hätten auch mit ihm einiges zu besprechen.

„Komm, sobald du kannst, bitte", hauchte sie liebevoll ins Telefon. Es klang überaus zärtlich.

„Wir warten beide auf dich", fügte sie noch leise hinzu, wobei sie das ‚beide' besonders betonte.

Die Begrüßung durch Julia bei seiner Rückkehr war übermäßig herzlich. Er war doch nur ungefähr vier Stunden weg und nicht jahrelang, dachte er sich. Sie strahlte in bisher unbekanntem Glanz. Also war ihnen die Versöhnung wohl gelungen.

Claudia kam dann anschließend langsam aus dem Wohnzimmer geschlichen. Ihre Bewegungen waren so schwerfällig, als hätte sie eine besonders schwere Last zu tragen. Wie demütigend musste diese Begegnung wohl für sie sein? Sie streckte ihm ihre Hand entgegen und schaute ihn mit wässrigen verweinten Augen an.

„Ich habe mich ihnen gegenüber so schändlich benommen. Ich kann nur hoffen, dass sie meine Entschuldigung dafür annehmen? Julia hat mir alles erzählt. Wie können wir ihnen das je danken. Sie haben meiner Tochter das Leben gerettet und sie mir wieder zurückgegeben. Und ich als Mutter habe nichts davon gewusst."

Mit gesenktem Kopf fügte sie noch leise hinzu:

„Sie ist doch das Wichtigste in meinem Leben, ich liebe sie über alles, auch wenn ich das offensichtlich bisher nicht ausreichend gezeigt habe."

Wieder ging ein Heulen und Schluchzen durch den Raum. Eigentlich reichte es schon für diesen Tag. Versöhnlich nahm er Claudia in die Arme.

„Schon gut, ich war zufällig der einzige Mensch in ihrer Nähe, der ihr helfen konnte."

Es folgte ein Abendessen in sehr harmonischer Atmosphäre. Claudia hatte sich von der grantigen Furie in eine samtweiche Mutter verwandelt. Eine solche Wende hätte ihr Bernhard nie und nimmer zugetraut. Julia sorgte dann alsbald dafür, dass sich die beiden ab sofort duzten. Eine unerwartete Freundschaft schien sich anzubahnen. Nach und nach entwickelte sich zwischen ihnen sogar immer mehr Verständnis und gegenseitige Sympathie.

Es wurde kein ganz normales Abendessen, die beiden Frauen hatten mehrere aufwändige Gänge zubereitet, es war eine richtige Wiedersehensfeier.

Im Laufe des Abends wurde Bernhard davon in Kenntnis gesetzt, dass sie beschlossen hatten, das restliche Wochenende ‚auf dem Lande' bei Claudia zu verbringen. Widerspruch war zwecklos.

In den folgenden Wochen wurden sie zu einer festen Gemeinschaft. Familienzusammenführung mit einem Fremdkörper, resümierte Bernhard für sich. Viele gemeinsame Unternehmungen und ständige wechselseitige Besuche waren nun die Folge. Die Wochenenden wurden meistens bei Claudia auf dem Lande verbracht.

Da jetzt mit Bernhard ein Mann in der Familie war, wurden seine handwerklichen Fähigkeiten häufig gebraucht und beansprucht. Oft besuchte er Claudia auch während der Woche, um im Garten zu helfen oder Reparaturen am Haus auszuführen. Manchmal verabredeten sie sich auch zum Tennis. Eine enge kameradschaftliche Freundschaft hatte sich entwickelt. Aus der giftigen, resoluten Frau war eine sehr warmherzige und einfühlsame gute Freundin geworden.

Julia ging inzwischen ganz in ihrer Arbeit auf. Sie hatte einen großen Karrieresprung gemacht und war froh, dass Bernhard ihr den benötigten Spielraum dafür ließ. Ihr Selbstvertrauen und Durchsetzungsvermögen hatte sie wieder zurückgewonnen und beeindruckend gesteigert.

Die Jahre vergingen wie im Fluge. Keine einzige Krankheit, kein Streit, nur immer gleichbleibende Harmonie prägte das Familienleben. Gemeinsame Urlaube, auch manchmal mit Claudia zusammen, und viele Unternehmungen sorgten für ständige Kurzweil. Oft saßen sie auch nur zusammen und verstrickten sich in uferlosen Diskussionen. Über die Politik und alle anderen Unzulänglichkeiten dieser Welt. Vorherrschende Ungerechtigkeiten gegen die man offensichtlich völlig machtlos war. Die weit auseinanderklaffenden Einkommen in den oberen und unteren Gesellschaftsschichten. Die Krisen und Kriege in der Welt, das Flüchtlingsdrama und viele andere Themen bewegten sie gleichermaßen. Besonders aber auch die Tatsache, dass nicht die Regierungen, sondern die Banken und die Industrie es sind, die das Weltgeschehen entscheidend beeinflussen, beunruhigte sie sehr. Spekulationen, sogar mit den Nahrungsmitteln, während in vielen Entwicklungsländern Menschen Hunger leiden müssen, sowie die fortwährende Zerstörung der Natur, bereiteten ihnen Sorgen. Diskussionsgrundlagen hatten sie immer genug. Bernhard und Claudia, die etwa gleich alt waren, vermerkten dann immer, dass beide keine so lange Zukunft mehr vor sich hatten. Ihre Restlaufzeit würden sie noch leidlich über die Runden bringen. Bernhard erinnerte dann gerne an Carl Valentins Ausspruch, der gerade jetzt zutreffend war.

„Früher war die Zukunft auch besser!"

Julia und die gesamte junge Generation wurden um das, was noch alles auf sie zukommen könnte, nicht beneidet. Immer wenn es wieder um solche Themen ging, erinnerte Bernhard Julia auch daran, endlich einmal für eine Familie zu sorgen, statt sich nur an ihre Mutter und ihn zu hängen. Noch war sie dazu jung genug.

„So gerne ich mit dir zusammenlebe, du musst in erster Linie an dich denken. Hast du denn noch niemanden kennengelernt mit dem du dir eine gemeinsame Zukunft vorstellen und aufbauen kannst? Bald läuft dir sonst die Zeit davon, auch du wirst nicht jünger. Unsere längste Zeit haben wir hinter uns", bemerkte dann Bernhard.

Claudia wunderte sich anfangs sehr über diese Offenheit. Nachdem sie ihn aber länger kannte und mittlerweile viel besser einschätzen konnte, pflichtete sie ihm sogar bei.

143

„Im Prinzip hat er ja vollkommen recht, wir müssen dich zwangsläufig irgendwann einmal alleine lassen, ob wir wollen oder nicht. So hart das jetzt für dich klingen mag."

Julia verdrängte das Thema aber immer wieder, sie wollte nur weiterhin das ‚JETZT' genießen, so lange es geht und nicht an die Eventualitäten in der fernen Zukunft denken.

„Lasst mich mit eurer Schwarzmalerei in Ruhe, ich will davon nichts mehr hören", war immer ihr abschließender Kommentar.

Bei allen ihren gemeinsamen Unternehmungen wurde sie aber von beiden immer auf interessante Männer aufmerksam gemacht. Alle Versuche, sie mit ihnen zusammen zu bringen, scheiterten aber kläglich. Es war keiner dabei, der ihren Wünschen auch nur annähernd entsprach. Stur klammerte sie sich an Bernhard. Es gab für sie keinen anderen.

KAPITEL 14

Klaus Behrens war spät dran. Die Wichtigkeit seines anstehenden Termins vor Augen, war er extra rechtzeitig gestartet. Ein schwerer Unfall auf der Autobahn und der daraus resultierende schier endlose Stau, kosteten ihn aber sehr viel Zeit und strapazierten seine ohnehin angespannten Nerven. Mit hoher Geschwindigkeit versuchte er trotzdem noch rechtzeitig anzukommen.

Es blieben nur noch wenige Minuten bis zum Termin, als er auf den großen Parkplatz vor dem Veranstaltungszentrum einbog. Weit und breit war keine freie Lücke in Sicht. Genervt kurvte er durch die langen Reihen. Endlich erspähte er am Ende der Parkfläche einen freien Platz und hielt schnell darauf zu. Gerade als er einbiegen wollte, schoss ein kleiner Sportwagen, von der anderen Seite kommend, in die Parklücke. Wütend hupend und wild gestikulierend fuhr er dahinter. Als er schnell aussteigen wollte um den Fahrer zur Rede zu stellen, entstieg dem Auto eine junge hübsche Frau. Sie zuckte nur entschuldigend mit der Schulter und machte sich mit ihren Akten unter dem Arm eilig auf den Weg zum Eingang des Gebäudes. Wahrscheinlich wollte sie auch zu der gleichen Veranstaltung wie er.

„Freche Zicke", rief er noch hinterher, aber sie war wahrscheinlich schon außer Rufweite. Nach weiteren langen Minuten fand er doch noch einen freien Platz. Er parkte ein und rannte sofort los, um noch einigermaßen pünktlich zu erscheinen.

Die Präsentation hatte erfreulicherweise noch nicht begonnen. Wahrscheinlich waren mehrere Gäste im Stau stecken geblieben und überfällig. Man wartete anscheinend auf sie.

Nach kurzer Einführungsrede des Veranstalters, betrat eine junge Frau die Bühne. Ihr Gang und ihr sicheres Auftreten zogen die Aufmerksamkeit, der überwiegend aus Männern bestehenden Teilnehmer, sofort auf sich. Auch Klaus Behrens starrte erstaunt und gebannt auf das Rednerpult. Es war niemand anderes als die ‚Zicke' vom Parkplatz.

War allein schon das Aussehen der Frau eine Augenweide, so zogen ihre Kleidung und auch ihr Gang alle zusätzlich in Bann. Elegant gekleidet in einem perfekt sitzenden, recht eng anliegenden Kostüm, das eine makellose Figur erahnen ließ, schwebte sie geradezu über die Bühne. Ihre leise Stimme, die anschließend die Beamer-Projektion erläuternd begleitete, klang trotz aller Sachlichkeit warmherzig und anregend. Je mehr sie ausführte, umso mehr staunten alle auch über die fachliche Kompetenz. Ihr Gespür für alle noch eventuell interessanten Details ließ kaum Fragen offen. Diese Frau verstand ohne Zweifel ihr Handwerk bestens.

Klaus Behrens bereute jetzt seinen Wutausbruch auf dem Parkplatz. Wahrscheinlich hatte sie ihn in der Eile nicht zur Kenntnis genommen, hoffte er.

Er war nach mehreren kurzlebigen Beziehungen gerade wieder alleinstehend. Warum, fragte er sich, lerne ich eigentlich nie solche Frauen kennen. Mit seinen mittlerweile schon 36 Jahren sollte er einmal an die Gründung einer Familie denken.

Der Wille allein genügte aber nicht, die passende Partnerin war ihm bisher noch nicht über den Weg gelaufen. Vielleicht bin ich etwas zu wählerisch, dachte er sich, während er die Referentin nicht aus den Augen ließ.

Die gleich an die Präsentation anschließende Frage- und Diskussionsrunde wurde auch genau so professionell abgespult, wie alles davor.

Klaus Behrens konnte nicht umhin, sich bei den vielen Fragen und der lebhaften Diskussion eifrig mit einzubringen. Er wollte Eindruck schinden und auf sich aufmerksam machen. Unter großem Beifall aller Anwesenden lobte er dann ausführlich die Veranstaltung und ganz besonders die perfekte Referentin. Diese Frau wollte, ja musste er näher kennen lernen. Daran würde er alles setzen.

Eine anschließende Kaffeepause an Stehtischen im Foyer hielt leider keinerlei Gelegenheit für ihn parat. Menschentrauben umringten sein Zielobjekt ständig. Viele Männer biederten sich bei ihr an. So konnte er nur hoffen, beim geplanten abendlichen Arbeitsessen noch eine Möglichkeit zu finden mit ihr in Kontakt zu kommen.

Seine guten geschäftlichen Beziehungen halfen ihm zum Glück. Da er zur engeren Auswahl für die Realisierung des gerade vorgestellten Projektes gehörte, bat ihn der Organisator der Veranstaltung mit an seinen Tisch. Natürlich würde dort auch die Referentin sitzen. Julia Randstedt kam als letzte der Runde. Der Reihe nach wurden ihr dann alle Tischnachbarn vorgestellt. Meistens handelte es sich um die Investoren und Vertreter der Banken.

Julia wurde von Einem zum Anderen geführt. Als dann Klaus Behrens an der Reihe war, machte der Organisator auf die guten Aussichten aufmerksam, das hier zur Disposition stehende Projekt unter Umständen realisieren zu dürfen.

„Darf ich ihnen unseren sehr geschätzten Herrn Behrens vorstellen. Herr Behrens ist einer unserer favorisierten Bauträger. Wir arbeiten mit ihm schon seit vielen Jahren erfolgreich zusammen und haben so manche Schlacht gemeinsam geschlagen. Natürlich müssen die Konditionen stimmen", fügte er hinzu und ergänzte nach einer kurzen Pause:

„Wir sind aber sehr zuversichtlich, dass wir uns auch dieses Mal einigen werden."

Julia spürte seinen festen Händedruck und sah in seinen Augen eine Spur Verlegenheit.

„Sie dürfen mich natürlich gerne einfach Klaus nennen. Vielleicht arbeiten wir ja bald zusammen", preschte er vor und strahlte sie an.

„Ja gerne, ich heiße aber nicht Zicke, sondern Julia", antwortete sie spontan, sie lächelte dazu aber freundlich. Klaus Behrens konnte es nicht verhindern, dass er rot anlief.

„Ich bitte sie aufrichtig um Entschuldigung, meine unverschuldete Verspätung hat mich völlig aus der Fassung gebracht. Die Vorstellung des Projektes ist für mich, wie sie sich sicher denken können, besonders wichtig."

Klaus gelang es, neben Julia Platz nehmen zu dürfen. Den ganzen Abend unterhielten sie sich, soweit es die allgemeine Konversation am Tisch zuließ, sehr angeregt miteinander.

Schon recht bald merkten beide, dass die Chemie zwischen ihnen stimmte. Bei den Einzelheiten zu dem geplanten Projekt zeigte sich Einigkeit bei fast allen Planungsabläufen. Ihre privaten Interessen hatten auch einige Parallelen. In der Hoffnung auf ein baldiges Wiedersehen verabschiedeten sie sich sehr herzlich am Ende der Veranstaltung. Klaus hätte sehr gerne den Abschied hinausgezögert, aber sowohl Julias Termine, als auch seine eigenen, ließen dazu keinen Spielraum.

Die Firma von Klaus Behrens erhielt bereits nach vier Wochen Bearbeitungszeit den Zuschlag zur Ausführung der Baumaßnahmen. Mehr noch als über den großen Auftrag freute er sich darauf, Julia wieder zu sehen. Geradezu überstürzt plante er die Termine. Bei der telefonischen Sondierung über die Vorgehensweise, glaubte er auch bei Julia etwas Wiedersehensfreude zu spüren.

Sie trafen sich in ihrem Büro. Die Begrüßung war freundschaftlich herzlich. So, als würden sie sich schon sehr lange kennen. Sofort begannen sie mit den Planungen. Mit Freude stellten beide fest, wie harmonisch sie zusammen arbeiten konnten. Die Vertiefung in ihr gemeinsames Projekt ließ sie dabei die Zeit völlig vergessen. Erst nach Stunden und sehr vielen Tassen Kaffee merkte Klaus an, dass es jetzt wohl angebracht wäre, einmal etwas Essbares zu sich zu nehmen. Julia nahm daraufhin seine Einladung in ein nahe gelegenes Restaurant sehr gerne an. Sicherheitshalber verständigte sie noch Bernhard, dass es später werden könnte. Er sollte nicht mit dem Abendessen auf sie warten.

Falls er enttäuscht gewesen sein sollte, so ließ er es sich nicht anmerken. Wie immer gewährte er ihr den nötigen Spielraum nach eigenem Ermessen.

Zunächst fachsimpelten Julia und Klaus noch eine Weile über die bevorstehenden Maßnahmen.

„Julia, sie glauben gar nicht wie froh ich bin, sie endlich wiederzusehen", eröffnete Klaus nach dem Essen den privaten Dialog.

„Ich habe in den letzten Wochen sehr oft an sie gedacht. Sie haben mich sowohl als Frau, als auch geschäftlich ungemein beeindruckt."

Als vorsichtige Frage betonte er den nächsten Satz und hoffte auf eine positive Antwort.

„Leider muss ich annehmen, dass sie bestimmt bereits gebunden sind? Eine Frau wie sie bleibt doch nicht lange alleine."

Julia zögerte lange mit ihrer Antwort, um etwas Zeit zu gewinnen. Sie musste sich erst überlegen was sie ihm antworten könnte, ohne diese neue Freundschaft, an der ihr viel lag, zu gefährden. Anlügen wollte sie ihn aber auch nicht.

„Ich habe mich auch riesig darüber gefreut als ich erfahren habe, dass sie den Zuschlag erhalten haben", überbrückte sie zunächst.

„Wir sind bestimmt ein sehr gutes Team, es hat bereits heute hervorragende Fortschritte gegeben", fügte sie ergänzend hinzu.

Der fragende, geradezu flehende Blick von Klaus ließ sie den zweiten Satz sehr diplomatisch beantworten.

„Ich bin nicht verheiratet, Kinder habe ich auch nicht, wenn ich auch nicht ganz alleine lebe."

„Dann darf ich also hoffen, dass ich sie auch über unsere geschäftliche Verbindung hinaus noch näher kennen lernen darf?"

Julia wich ihm aus, sie war völlig unverhofft in einen großen Zwiespalt geraten. Klaus merkte es, wertete es aber zunächst positiv. Immerhin war er nicht auf eine hoffnungslose Ablehnung gestoßen.

Bei der angeregten weiteren Unterhaltung über unterschiedliche Themen vergaßen beide die Zeit. Zu vorgerückter Stunde tranken sie Bruderschaft und redeten sich nicht nur mit dem Vornamen, sondern auch mit ‚DU' an. Mit freundschaftlichen Wangenküssen verabschiedeten sie sich erst lange nach Mitternacht.

Die geschäftlichen Termine folgten in immer kürzeren Abständen. Mit jedem Treffen wurden sie vertrauter. Auch Julia musste feststellen, dass ihr Klaus keineswegs gleichgültig war. Bisher hatte sie geglaubt, außer Bernhard, keinem anderen Mann mehr vertrauen zu können. Jetzt glaubte sie sogar in Klaus verliebt zu sein. Das nagte etwas an ihrem Gewissen gegenüber Bernhard. Ihre Mutter, und insbesondere Bernhard, hatten sie aber immer wieder bedrängt, sich anderweitig zu orientieren und Männern nicht zu verschließen. Jetzt schien es tatsächlich so weit zu sein. Ein Leben mit Klaus schien ihr denkbar. Er war ein Mann, mit dem sie sich ihre Zukunft gut vorstellen könnte.

Es konnte in der Folgezeit nicht ausbleiben, dass neben den gemeinsamen Abendessen nach getaner Arbeit, auch Einladungen zum Wochenende die Folge waren. Julia sträubte sich zwar immer etwas, aber als Klaus zu seiner eigenen Geburtstagsfeier einlud, konnte sie schlecht ablehnen. Insgeheim war sie für jedes Treffen mit ihm dankbar und sehnte es geradezu herbei. Niemals jedoch, ohne immer wieder an Bernhard und ihr Leben mit ihm zu denken, das bisher noch keinerlei Wünsche offen gelassen hatte. Obwohl sie genau wusste, wie er darüber dachte, hatte sie Gewissensbisse ihn so oft alleine zu lassen.

Es wurde eine großartige Party. Klaus hatte etwa fünfzig Gäste dazu eingeladen. In seinem sehr weitläufigen Haus, in dem er alleine lebte, herrschte an diesem Tag ein fröhliches Treiben.

Eine Catering-Firma hatte Haus und Garten für eine festliche Feier ausgestattet. Zur Unterhaltung spielte eine Band von mittags bis nach Mitternacht. Julia wurde von allen Verwandten und Freunden liebevoll aufgenommen. Unumwunden gaben ihr alle zu verstehen dass es an der Zeit wäre, Klaus endlich unter die Haube zu bekommen. Sie hielten sie für die richtige Frau für ihn.

Sie blieb, bis alle Gäste gegangen waren, um noch beim Aufräumen zu helfen. Klaus hatte dazu jedoch nicht mehr die geringste Lust. Das sollte lieber alles seine Reinemachefrau am nächsten Tag übernehmen. Er zog Julia, ohne einen Widerspruch zuzulassen mit, und ließ sich mit ihr gemütlich in der Gartenlaube nieder.

„Es war eine schöne Geburtstagsfeier, findest du das nicht auch? Trotzdem hätte ich lieber das Wochenende mit dir alleine verbracht", begann er, nachdem sie jetzt endlich ganz alleine waren.

„Mir hat es auch sehr gut gefallen. Du hast dir das ganz schön was kosten lassen, dabei hast du nicht mal einen runden Geburtstag. Alle scheinen dich sehr zu mögen", pflichtete ihm Julia bei.

Klaus schaute nachdenklich, bevor er erwiderte:

„Eigentlich habe ich diese Feier nur wegen dir veranstaltet. Ich suchte eine passende Gelegenheit dich hierher zu lotsen. Lange genug kenne ich dich jetzt, um mir ein Bild von dir zu machen. Ich weiß, dass du anscheinend noch eine Bindung hast, aber ich weiß leider nicht wie fest die ist. Irgendwann muss ich darüber endlich einmal Klarheit haben. Kannst du dir vorstellen meine Frau zu werden? Du musst nicht sofort antworten, wenn du nicht willst, es sei denn es ist ein endgültiges NEIN."

Julia strahlte ihn überglücklich an und dachte angestrengt nach, bevor sie ihm leise antwortete.

„Ist es nicht etwas zu früh für einen Antrag? Aber ja, ich kann es mir vorstellen, aber leider noch nicht jetzt." Kleinlaut fügte sie hinzu:

„Ich weiß noch nicht, wie ich dir das erklären soll. Ich lebe in einer sehr glücklichen Beziehung mit einem Mann der alles daran setzt, dass ich mir einen anderen suche. Gib mir etwas Zeit bis ich es dir erklären kann, soweit bin ich noch nicht."

Klaus schaute sie überaus erstaunt an.

„Den Mann der dich loslassen will, kann ich mir beim besten Willen nicht vorstellen. Ich werde dich nicht drängen, obwohl jeder Tag des Wartens fur mich ein verlorener Tag ist und es mir sehr schwer fällt. Wenn ich hoffen darf, nehme ich aber alle notwendige Zeit in Kauf. Das bist du mir wert."

Dankbar schmiegte sich Julia danach fest an ihn und betrachtete dieses Thema für den Moment als erledigt. Die passende Gelegenheit, ihn über ihre eheähnliche Verbindung mit Bernhard aufzuklären würde sich bestimmt irgendwann finden. Sich von Bernhard jemals zu trennen hatte sie noch nie in Erwägung gezogen, und sie wusste noch nicht ob sie das überhaupt könnte. Zu sehr hing sie an ihm.

Sie blieb bis zum nächsten Morgen bei Klaus.

KAPITEL 15

Bernhard hatte wieder mal das Kochen geübt. In den letzten Monaten hatte er sich darin recht beachtliche Fähigkeiten angeeignet. Wenn er Zeit dazu hatte, machte es ihm sogar richtig Spaß. Da er fast immer die Einkäufe erledigte, konnte er auf den Märkten und in den Geschäften auswählen, was ihm gerade in den Sinn kam. Julia war sehr dankbar für diese Entlastung. Oftmals überraschte er sie mit ziemlich ausgefallenen Kreationen. Was ihm an Erfahrung und Routine fehlte, überbrückte er mit geschickter Improvisation. Das führte dazu, dass kein Gericht genau nachvollziehbar war. Ein gleiches Essen wiederholt gekocht, wurde jedes Mal etwas vollkommen Neues. Auch zeigte sich manchmal der Mangel an Routine immer kurz vor dem Servieren. Die verschiedenen Bestandteile der Mahlzeiten gleichzeitig fertig zu stellen, brachte ihn immer wieder ins Schwitzen. War das Fleisch oder der Fisch fertig, waren die Kartoffeln oder die Nudeln noch nicht gar oder umgekehrt. Aber auch das gelang ihm immer gut zu überbrücken.

Heute hatte er sich besondere Mühe gegeben. Eine schöne, fangfrische Lotte hatte er auf dem Fischmarkt erstanden. Garniert mit Garnelen, Speckwürfeln und frischen Pilzen, zart gebraten in etwas Olivenöl. Dazu gab es in Bouillon gekochte Kartoffeln und frischen Blattspinat. Das normale Abendessen versprach ein vorzügliches Mahl zu werden. Einen sehr edlen, aber trotzdem noch recht preisgünstigen Weißwein servierte er dazu.

Julia genoss das Abendessen in vollen Zügen und konnte ihn gar nicht genug loben. Trotzdem bemerkte Bernhard eine spürbare Veränderung an ihr. Sie war in den letzten Wochen ruhiger und nachdenklicher als zuvor. Trotz der vielen Arbeit und den erheblicher Überstunden wirkte sie aber optisch wie neu aufgeblüht. Er fand sie hübscher und begehrenswerter als je zuvor. Vielleicht war sie nur reifer und fraulicher geworden. Jedenfalls war es zu ihren Gunsten. Die übermäßig vielen Besprechungen und Arbeitsessen an den Abenden hatte Bernhard registriert. Da er oft unterwegs war und viel Zeit bei Claudia verbrachte, hatten sie ihre Beziehung und ihre gemeinsamen Aktivitäten nicht wesentlich eingeschränkt und auch nicht belastet. Nach dem Abräumen und gemeinsamen Abwasch setzten sie sich wie so oft, noch zu einem Glas Wein zusammen um zu plaudern und den Tag Revue passieren zu lassen.

Julia war an diesem Abend außergewöhnlich wortkarg. Sonst berichtete sie über alle Aktivitäten des Tages und fragte auch oft um Rat. Bernhard schaute sie eine Weile prüfend an. Nachdem sie nun schon einige Zeit zusammenlebten, merkte er jede Veränderung an ihr. Er war ein sehr aufmerksamer Beobachter und ihr Wohlbefinden und jede Gemütswandlung registrierte er.

„Julia, du weißt, dass du mit mir immer über alles reden kannst. Wenn ich sage ‚alles‘, meine ich wirklich ‚alles‘. Es ist dir anzusehen, dass du etwas auf dem Herzen hast, das dich sehr beschäftigt. So schlimm kann es nicht sein, lass es raus, bitte."

„Es ist nichts", waren zunächst ihre einzigen ausweichenden Worte, die aber nicht überzeugend klangen. Bernhard setzte sich neben sie und nahm sie zärtlich in den Arm.

„Lass nur, wenn du nicht kannst oder willst." Julia schüttelte verlegen den Kopf und überlegte angestrengt eine Weile, bevor sie antwortete.

„Doch, ich muss einfach mit dir reden, meine Zweifel zermürben mich sonst. Hilf mir bitte, ich weiß sonst nicht mehr, was ich tun soll." Tränen erstickten fast ihre Stimme.

Bernhard zog sie noch fester an sich und ließ ihr Zeit sich zu sammeln, bevor er fragte:

„Du hast jemanden kennen gelernt, vermute ich. Du bist in ihn verliebt und weißt nicht, wie du es mir beibringen sollst. Meine Zeit mit dir ist doch viel zu kurz für dein noch vor dir liegendes Leben. Haben wir nicht oft genug darüber gesprochen, dass du an eine Familie denken sollst. Also, wo ist dein Problem? Ich habe früher oder später damit gerechnet", spekulierte er. Dankbar schaute sie ihn an, ihre Tränen liefen dabei munter weiter. Er hatte richtig geraten, zu gut kannte er sie bereits.

„Kann man zwei Männer gleichzeitig lieben? Ich habe solche Angst dich zu verlieren. Eigentlich fehlt mir gar nichts, ich bin vollkommen glücklich mit dir und unserem gemeinsamen Leben. Warum musste mir jetzt dieser Mann über den Weg laufen und mich vor eine solche Gewissensfrage stellen?", platzte es plötzlich aus ihr heraus.

„Man kann durchaus zwei Männer gleichzeitig lieben. Warum nicht", erwiderte ihr Bernhard.

„Natürlich muss es dabei für einen von beiden Grenzen geben, zum Beispiel an der Schlafzimmertür. Du musst mich deshalb nicht ganz verlieren. Solange ich lebe werde ich da sein, wenn du mich brauchst. Du solltest wissen, dass mir dein Glück und deine Zukunft mehr am Herzen liegen als alle meine eigenen Wünsche. Ich habe zwar jetzt keine eigene Wohnung mehr zur Verfügung, aber sobald du das willst, ziehe ich aus. Ich werde sicher eine praktikable Lösung finden."

„Nein Bernie, bitte nicht ausziehen. Ich könnte es nicht ertragen abends in die leere Wohnung zu kommen. Außerdem ist es noch nicht so weit, oder besser gesagt, ich bin noch nicht so weit. Eigentlich wollte ich dir nur sagen, dass ich jemanden kennen gelernt habe. Ich habe mich in ihn verliebt und ich habe ein schlechtes Gewissen dir gegenüber. Aber ich weiß noch nicht, wie es mit uns weitergehen soll. Er lebt allein in einem großen Haus. Mit dem Gedanken bei ihm einzuziehen, kann ich mich noch nicht so richtig anfreunden. Meine Wohnung, und insbesondere dich aufzugeben, kann ich mich nicht überwinden. Außerdem weiß ich noch nicht, was ich ihm erklären soll... und wie."

„Wenn du ihn liebst und er dich liebt, wird er das alles verstehen, sonst hätte eure Beziehung sowieso keinen Bestand. Erzähl ihm alles über dich und baue euer Verhältnis nur auf Ehrlichkeit und Vertrauen auf, nur dann kann es von Dauer sein."

Julia lächelte ihn sichtlich erleichtert an. Seit der Geburtstagsparty von Klaus und seinem Antrag, hatte sie sich mit der Sorge um Bernhard gequält.

Jetzt war es endlich heraus und es war gar nicht so schlimm wie befürchtet. Wieder einmal stellte sie fest, wie verständnisvoll er war und wie er immer ihr Wohlbefinden in den Vordergrund stellte. Das würde ihr die Trennung noch schwerer machen.

Bernhard schien ihre Gedanken zu erraten.

"Wann immer ich dir helfen kann, lasse es mich bitte wissen. Du weißt, wie ich dazu stehe, und dass ich damit irgendwann gerechnet habe. Schon seit einigen Wochen warte ich auf deine Erklärung. Ich habe gemerkt, dass dein Geschäftspartner, mit dem du zusammen arbeitest, dir etwas bedeutet. Nur drängen wollte ich dich nicht, du hast die Zeit zur Prüfung gebraucht. Es freut mich für dich und ich hoffe sehr, dass du mit ihm glücklich wirst."

Ein wenig Wehmut war seiner Aussage schon zu entnehmen. Seine Beziehung zu Julia war mehr, als er in seinem Alter vom Leben erwarten konnte. Nie hätte er sich träumen lassen, ein harmonisches Zusammenleben und ein erfülltes Liebesleben mit einer so viel jüngeren Frau noch erleben zu dürfen. Warum war er zum falschen Zeitpunkt geboren? Dass es zu irgendeinem Zeitpunkt zur Trennung kommen würde, hatte er immer befürchtet. Leider tat es ihm trotzdem weh, er zeigte es aber nicht.

Julia war froh, dass sie diese Aussprache hinter sich hatte. Trotzdem wusste sie noch nicht, wie sie Klaus ihr Verhältnis zu Bernhard beibringen sollte. Das war jetzt ihre nächste große Sorge.

Bereits am nächsten Abend hatte Bernhard sich im Fremdenzimmer eingerichtet. Julia protestierte sofort energisch, aber er bestand fest darauf.

„Lass es gut sein, wir leben jetzt einfach in einer Wohngemeinschaft, das macht es sicher leichter", versuchte er sie zu überzeugen.

Nachts kam sie wieder in sein Bett gekrochen.

„Ich kann so ganz alleine nicht schlafen, das ist noch zu ungewohnt für mich. Lass mich bitte bei dir bleiben heute Nacht." Er ließ sie gewähren, als wäre nichts anders als sonst.

Bernhard bemerkte am nächsten Morgen beim gemeinsamen Frühstück beiläufig:

„Es wäre schön, wenn ich deinen neuen Freund bald einmal kennen lernen könnte."

Schmunzelnd fügte er hinzu:

„Ich muss ja auch wissen, dass ich dich in gute Hände abgebe. Er sollte in jedem Fall wissen, dass er es mit mir zu tun kriegt, falls er unangemessen mit dir umgehen sollte."

Julia lächelte ihn wieder dankbar an.

Ausführlich erzählte sie ihm, wie sie ihn kennen gelernt hatte. Die Zusammenarbeit und ihr Besuch in seinem Haus bei seinem Geburtstag hatten sie zusammengeschweißt. Sie war sich sicher in ihrer Wahl und ihren Gefühlen. Bernhard loszulassen konnte sie sich schwer vorstellen. Am allerliebsten würde sie beide Männer behalten. Dass etwas noch besser werden könnte als mit Bernhard, schloss sie vollkommen aus. Aber Klaus zu verlieren würde ihr auch wehtun, sie war Hals über Kopf verliebt.

„Ich werde gleich heute Abend mit Klaus reden. Wenn es dir recht ist, möchte ich ihn möglichst bald einmal zum Abendessen zu uns einladen. Dann kannst du ihn kennenlernen."

Bernhard war sofort damit einverstanden.

„Warum nicht, ich würde mich sehr freuen."

Dann fügte er ergänzend hinzu:

„Julia, bitte denke rechtzeitig daran auch deine Mutter einzuweihen. Sie hat als erste ein Recht auf diese erfreuliche Neuigkeit."

Bereits am darauf folgenden Wochenende kam Klaus zu Besuch. Julias Vergangenheit kannte er jetzt ausführlich. Sie hatte Bernhards Rat befolgt. Anstatt sich noch länger damit zu quälen, hatte sie umgehend reinen Tisch gemacht. Dabei wurden keine Details aus ihrer Vergangenheit beschönigt oder verschwiegen. Klaus hatte es verständnisvoll aufgenommen. Er schwor ihr, so etwas wie mit Clemens würde mit ihm niemals vorkommen. Er würde sie nicht enttäuschen. Die ungewöhnlichen Umstände, wie es zu dem Zusammenleben mit Bernhard kam, hatten ihn tief berührt.

Schon bei der Begrüßung war spürbar, dass die Chemie zwischen den beiden Männern trotz dem großen Altersunterschied stimmte. Sie unterhielten sich stundenlang angeregt. Julia befürchtete schon, dass sie überhaupt nicht mehr wahrgenommen wird. Andererseits war es für sie eine Erlösung, dass die beiden sich so gut verstanden. Keinerlei Eifersucht oder Missgunst gab es zwischen ihnen.

Dass Bernhard sie so einfach freigeben würde, rechnete sie ihm hoch an, obwohl er es von Anfang ihrer Beziehung an immer wieder betont hatte. Es war immer leicht gewesen darüber zu reden, aber es jetzt tatsächlich, nur im Sinne ihrer Zukunft tun zu müssen, würde bestimmt schwer für ihn sein.

Bernhard war erstaunt, wie konkret und stabil die Beziehung für Klaus schon zu sein schien. Schnellstens wollte er Claudia kennen lernen und die Hochzeit planen. Sein Wunsch war auch, dass Julia so bald wie möglich zu ihm zieht. Er war froh, dass Bernhard dagegen nichts einzuwenden hatte. Jetzt verstand er Julias Aussage, dass sie mit einem Mann zusammenlebte, der sie loswerden wollte. Er wertete es als edle, uneigennützige Tat. Das es Julia sehr schwer fiel, sich von Bernhard zu trennen, leuchtete ihm vollkommen ein. Er war ihr Retter und Beschützer, der sie zum Leben zurückgeführt hatte. Geduldig wollte er es ihr nachsehen und auf sie warten, so lange sie wollte.

Zwei Wochen später waren Julia, ihre Mutter, sowie Bernhard, von Klaus eingeladen in sein Haus. Da es um das erste Beschnuppern von Klaus und Claudia ging, hatte Bernhard sich hartnäckig dagegen ausgesprochen, mit dabei zu sein. Alle Beteiligten bestanden jedoch darauf. Er gehörte fest zur Familie, meinten sie einhellig und er ließ sich letztendlich doch überreden.

Claudia war von Klaus sofort sehr angetan. Sein Anwesen, seine Firma und damit auch die soziale Absicherung für ihre Tochter konnte sie sich nicht besser vorstellen. Natürlich gefiel ihr auch rein optisch der gut aussehende, solide Geschäftsmann. Anders als damals bei Clemens, hatte sie bereits von Anfang an ein gutes Gefühl.

Als im Laufe des Abends die Rede auf einen baldigen Umzug von Julia in das Haus von Klaus kam, schlug für Claudia ihre große Stunde.

162

Auf Bernhard hatte sie gleich nach ihrer ersten Auseinandersetzung und der daran anschließenden Versöhnung ein Auge geworfen. Wieso hatte Julia einen so sympathischen Mann in etwa ihrem Alter und sie nicht. Die wieder neu erwachten Muttergefühle hielten sie damals davon ab, ihn Julia abspenstig zu machen. Insgeheim war sie aber eifersüchtig. Das zu unterdrücken fiel ihr in letzter Zeit immer schwerer. Je besser sie Bernhard mit der Zeit kennen gelernt hatte, umso mehr mochte sie ihn. Obwohl sie nicht geglaubt hatte, jemals noch einem Mann vertrauen zu können, fühlte sie sich stark zu ihm hingezogen. Blendend verstanden sie sich. Spannungen gab es zwischen ihnen nie. Selbst die unterschiedlichsten Auffassungen konnten sie sachlich diskutieren. Nichts wäre ihr jetzt angenehmer, als mit diesem Mann zusammenzuleben. Sein Einfühlungsvermögen und seine kameradschaftliche Fürsorge ließen sie immer besser verstehen, weshalb Julia so sehr von ihm gefesselt war und ihn nicht mehr loslassen wollte. Durch die erfreuliche neue Entwicklung durfte sie jetzt hoffen. Sie würde einiges darum geben, ihn für sich zu gewinnen.

„Wenn du zu Klaus ziehst, könnte Bernhard doch bei mir wohnen?", eröffnete sie.

„Platz habe ich genug und wir wären beide nicht allein. In unserem Alter wäre das vorteilhaft. Ein Mann im Haus könnte auch nicht schaden."

Um nicht den Eindruck zu hinterlassen sich zu sehr anzubiedern, hatte sie diesem Angebot einen leicht scherzhaften Unterton gegeben.

Damit hatte bisher keiner gerechnet, was sich in allgemeinem langen Schweigen und Nachdenken deutlich widerspiegelte.

Julia beendete schließlich die Pause.

„Das ist doch eine großartige Idee. Wir könnten euch dann immer beide gleichzeitig in eurer WG besuchen. Was meinst du dazu Bernhard?"

„Ich meine zunächst, dass es gut ist, dass ich als eine der Hauptpersonen dazu auch gefragt werde. Ich werde darüber nachdenken. Euch sollte aber bewusst sein, was das für ein Gerede bei eurer Verwandtschaft zur Folge haben dürfte. Denen war meine Beziehung zu Julia schon nicht suspekt. Und jetzt noch Frauentausch, von der Tochter zur Mutter. Wollt ihr euch das wirklich antun?"

Claudia antwortete darauf erstaunlich prompt.

„Mir wäre das vollkommen egal. Es ist ja mein, respektive unser Leben."

Fragend schaute sie dabei Julia an.

„Ich finde, unsere Verwandtschaft hat uns Jahre lang ignoriert, deren Meinung und Gerede würde mir sonst wo vorbei gehen. Wichtig ist mir nur, was ihr beide wollt. Ich fände es jedenfalls prima."

„Die Wohnung lässt sich sicher leicht und gut vermieten, oder braucht ihr einen Zweitwohnsitz, falls ihr euch einmal aus dem Wege gehen wollt?", fügte Claudia geschäftstüchtig hinzu.

„Das wird bestimmt so schnell nicht passieren, ich verspreche es", schaltete sich jetzt Klaus mit ein, der die ganze Zeit interessiert zugehört hatte. Mit dem Gesprächsverlauf war er hoch zufrieden.

KAPITEL 16

Die folgenden Wochen waren mit stressigen beruflichen Belastungen, sowohl bei Julia, als auch bei Klaus behaftet. Trotz ihrem sehnsüchtigen Wunsch nun bald zusammenzuziehen, mussten sie zunächst den geschäftlichen Dingen den Vorrang geben. Für Umzug und Hochzeitsplanungen blieb ihnen keine Zeit. Aber sie hatten auch keine Eile damit. Schließlich waren sie, wann immer sie es gerade wollten und einrichten konnten zusammen. Julia war, je nachdem was gerade praktisch war, manchmal in ihrer Wohnung und manchmal bei Klaus. Sie befand sich oft im Zwiespalt mit ihren Gefühlen. Wie schön war ihre Zeit mit Bernhard. Eigentlich hatte sie überhaupt keine Sehnsüchte oder unerfüllten Wünsche gehabt. Sie hatte nur das Zusammenleben genossen. Warum konnte es nicht so weitergehen? Hoffentlich würde es mit Klaus auch so schön werden? Sie liebte ihn sehr, und fühlte sich innig zu ihm hingezogen. Also hoffte sie und träumte von der Zukunft.

Claudias großer Stolz auf ihre Tochter, deren berufliche Erfolge und jetzt insbesondere ihre neue Verbindung mit Klaus, brauchten dringend eine Verbreitungsform. Bis zur Hochzeit wollte sie nicht warten. Die Nachricht musste umgehend an die Verwandten, die Freunde und alle Bekannten weitergegeben werden. Sie war ganz wild darauf, es zu verbreiten. Sie plante eine Verlobungsfeier. Gleichzeitig sollte dieser Anlass auch einer neuen Annäherung an die ganze Verwandtschaft dienen.

Obwohl sie nur im kleinen Kreise feiern wollte kam sie nicht umhin, einige Personen einzuladen. Lange überlegte sie sich, wen sie überhaupt dabei haben wollte. Bei manchen musste sie sich sehr überwinden, gab ihrem Herzen aber doch einen Stoß. Zu ,lieb gewonnen' hatte sie einige davon. Andererseits wird man mit zunehmendem Alter, insbesondere bei solchen Anlässen sentimentaler, stellte sie fest und entschied großzügig.

Die beiden Brüder von ihr mit ihren Frauen waren unstrittig. Deren Kinder wollte sie erst bei der Hochzeit mit einbeziehen. Ein recht vergreister Großonkel von Julia, der abgeschieden auf einem riesigen Landsitz lebte, wurde nur der Form halber mit einbezogen. Sicher würde er absagen, meinte sie. Dazu kamen die Eltern und die Schwester von Klaus, sowie zwei gute Freunde von ihm.

Die Feier fand im Nebenzimmer eines noblen Hotels statt. Wie bei solchen Feiern meist üblich, waren zunächst Essen und Trinken die wichtigsten Beschäftigungen, denen man sich sehr ausgiebig und lange hingab.

Bernhard fand in den Freunden von Klaus sehr angenehme und interessante Gesprächspartner.

Die Verwandten hatten sich zusammengeschart. Die Onkels von Julia labten sich besonders an allen alkoholischen Getränken. Beiden war es sehr bald bereits anzumerken. Insbesondere Werner Hinze hatte ziemliche Unebenheiten in der Aussprache. Seine Frau Gerlinde versuchte zwar ständig, ihn etwas zur Zurückhaltung zu bewegen. Gerade das konnte er wiederum überhaupt nicht vertragen.

Lauthals übertönte er oft mit Trinksprüchen und anzüglichen Witzen die Gesellschaft. Je weiter ihm der Alkohol noch ins Gehirn stieg, umso vulgärer wurde er dann. Die allgemeine Meinung, die alle Eingeweihten vorher von ihm hatten, unterstrich er in aller Deutlichkeit. Derb und großspurig galt für ihn keine Meinung, außer seiner eigenen. Als Metzgermeister hatte er eingeheiratet in das sehr gut eingeführte Geschäft seiner Schwiegereltern. Böswillig wurde behauptet, er hätte eigentlich nur die Metzgerei geheiratet und musste seine Frau Gerlinde zwangsläufig mit dazu nehmen. Obwohl er sich ins gemachte Nest begeben hatte, stellte er alles als seinen eigenen, persönlichen Erfolg dar. Brutal setzte er, sowohl privat, als auch geschäftlich, seine eigenen Vorstellungen durch. Einige seiner Mitbewerber hatte er bereits erfolgreich vom Markt gefegt, wie er immer zu sagen pflegte. Zu Hause spielte er sich als Regent auf, dem keiner aus der Familie zu widersprechen wagte.

Herbert Hinze, Julias anderer Onkel war eher kleinlaut. Nur beim näheren Kennenlernen konnte man durchschauen, was er für ein scheinheiliger Schleimer war. Er schmierte jedem, von dem er sich einen Vorteil erhoffte, Brei ums Maul. Er ließ keine List aus, anderen zu schaden. Böse Stimmen gaben oft den scherzhaften Rat, man sollte lieber seine Finger nachzählen, wenn man ihm die Hand gereicht hatte. Nach außen war er immer ganz der Biedermann. Sonntäglich zählte er zu den ersten, die die Kirche betraten, und ging als letzter. Er war meistens der lauteste Sänger und übertönte alle.

Mit seiner Frau Monika und den beiden Kindern spielte er immer harmonisches Familienleben vor. Mindestens einmal im Monat jedoch nahm er eine geschäftliche Unterredung in Hamburg als Alibi, um sich richtig auszuleben. Seine Frau war zwar skeptisch, traute ihm aber keine schlimmen Taten zu. Dass er an diesen Tagen beachtliche Summen bei verschiedenen Frauen liegen ließ, die davon bestimmt keine Sozialabgaben abführten und auch zumindest nicht alles versteuerten, ahnte sie nicht.

Julias Großonkel Adalbert Hinze, ein Greis, der über 93 Jahre auf dem Buckel (Anm.: und auch auf dem Bauch) hatte, war zunächst nur über Herbert Hinze ansprechbar. Der hatte ihn fest in Beschlag genommen, natürlich auf der Suche nach seinen persönlichen Vorteilen. Eigentlich hatte niemand erwartet dass Adalbert die Einladung annimmt, aber er hatte umgehend ganz erfreut zugesagt. Als selbstverständlich hatte er sogleich mitgeteilt, dass seine Haushälterin mitkommen würde, die ihn ja chauffieren müsste. In einem weitläufigen Park mit einem riesigen Anwesen lebend, vermutete man ein großes Vermögen bei ihm. Kein Wunder war es, dass Herbert besonders an ihm interessiert war. Erst als er hoffnungslos abblitzte, weil Adalbert geistig noch voll auf der Höhe war und über eine gute Menschenkenntnis verfügte, hatte er sich zu Werner und dem Alkohol gesellen müssen.

Adalbert hielt man allgemein, weil er sich schon viele Jahre zurückgezogen hatte, für einen alten verschrobenen Greis. Seine Gespräche und seine offenherzige Ausstrahlung widerlegten das jedoch.

An Julia fand er ein geradezu liebevolles Interesse. Lange hielt er sie in Beschlag und als sie endlich einmal frei kam, um sich auch den anderen Gästen widmen zu können, verabschiedete er sie noch mit einem anzüglichen Klaps auf ihr Hinterteil. Das Erstaunen der anderen Gäste war ihm gewiss.

Julias Tanten, Gerlinde und Monika tuschelten den ganzen Abend über die anderen Gäste. Julia nannte sie heimlich ‚die Heimchen vom Herd', weil sie voll unter der strengen Regentschaft ihrer Ehemänner standen. Keinesfalls verwunderlich war es dann auch, dass Bernhard besonders ins Visier genommen wurde. Seine Einordnung in den familiären Kreis war für sie überhaupt nicht durchschaubar und gab ihnen Rätsel auf. Nach einiger Zeit klinkten sich auch ihre Männer in ihre Gespräche ein. Wilde Spekulationen nahmen ihren Lauf. Von Heiratsschwindler bis zu Erbschleicher gingen ihre bösartigen Vermutungen.

Auch für Claudia und Julia blieben die große Verachtung und Voreingenommenheit, die man Bernhard entgegenbrachte, nicht lange verborgen. Um dem ein baldiges Ende zu bereiten entschloss sich Julia, ihre eigentlich später geplante Tischrede zeitlich vorzuziehen. Kurz schilderte sie zuerst ihr Verhältnis zu Klaus und wie sie sich kennen und sehr schnell lieben gelernt hatten. Ihren baldigen Hochzeitstermin stellte sie schon in Aussicht. Die Einladung dazu würde rechtzeitig erfolgen. Am Schluss ihrer kurzen Rede wandte sie sich dann direkt an ihre Verwandten, wobei sie ihre Tanten und Onkel gezielt anschaute und die Stimme hob.

„Wir freuen uns sehr, dass unsere Verlobung uns wieder etwas näher zusammengebracht hat. Mit meinem zukünftigen Ehemann und natürlich auch mit meiner Mutter zusammen hoffe ich, dass die familiären Bande auch in der Zukunft wieder dauerhaft gepflegt werden."

Spontaner Beifall unterbrach ihre Rede kurz.

„Vielen herzlichen Dank, dass ihr alle unserer Einladung gefolgt seid. Wir würden uns freuen, euch bei unserer Hochzeit willkommen heißen zu dürfen. Herzlich bedanken will ich mich, natürlich auch im Namen von Klaus, bei meiner Mutter. Sie hat uns die Organisation abgenommen und diese schöne Feier arrangiert."

Wieder applaudierten alle Anwesenden lange.

„Einen weiteren Menschen muss ich besonders erwähnen. Ihm habe ich es zu verdanken, dass ich dieses Fest noch erleben darf. Meinem geliebten...", hier machte sie eine Pause, bevor sie fortfuhr, „...guten Freund und Lebensabschnittsgefährten Bernhard, ohne ihn gebe es mich nicht mehr."

Allgemeines Raunen begleitete den verhaltenen Beifall. Julia wollte damit der boshaften Ignoranz gegenüber Bernhard ein Ende bereiten. Provokativ hatte sie nun den Grundstein gelegt für weitere Spekulationen. Näheres sollten alle von ihr nie erfahren. Sie sollten über ihre voreiligen Schlüsse nachdenken und weiterhin rätseln.

Der Abend ging mit freundlichen Gesprächen noch lange weiter. Auch Bernhard wurde in die Unterhaltungen einbezogen. Es war ihnen offensichtlich peinlich, die Situation verkannt zu haben.

Natürlich waren alle in erster Linie bestrebt, doch etwas Näheres über Julias denkwürdige Aussage zu erfahren. Sie wurden aber enttäuscht.

In der folgenden Woche wurde Bernhard von Claudia bedrängt. Er sollte bei verschiedenen Problemen und Arbeiten an ihrem Anwesen in Spanien behilflich sein. Sie planten deshalb einige Wochen dort zu verbringen, um alles Notwendige abzuwickeln und Reparaturen auszuführen oder ausführen zu lassen. Natürlich in angemessener Ruhe, so dass auch die Erholung nicht zu kurz kommen sollte. Beide waren Rentner, die sich nicht zu Vollzeitbeschäftigung bringen lassen wollten und alles sehr gemächlich angingen. Aber vorher musste Julias Umzug noch über die Bühne gehen.

Als die Arbeiten in Spanien keinen Aufschub mehr duldeten, nahmen Claudia und Bernhard die Umquartierung in die Hand. Nach nur kurzer Zeit hatten sie Julia bereits zu Klaus verfrachtet. Durch die beachtliche Größe seines Hauses, konnte sie von ihrem Mobiliar mitnehmen was sie wollte. Gleich darauf zog Bernhard schon bei Claudia ein. Er stellte keine großen Ansprüche und gab sich mit ihrem Fremdenzimmer zufrieden. Sie verstanden sich so gut, dass die gemeinschaftliche Benutzung aller Räume kein Problem darstellen sollte.

Die Wohnung von Julia wurde renoviert und einem Makler zur Vermietung übergeben.

Als alles geregelt war, verabschiedete sich die neue Zweckgemeinschaft zu einem mehrwöchigen Spanienaufenthalt. Sehr schnell hatte Claudia Bernhard schon gänzlich für sich eingenommen.

Da er ein gutmütiger und hilfsbereiter Mensch war, ergänzten sie sich blendend. Bernhard musste aber seine Trauer über das nun zu Ende gegangene Verhältnis mit Julia noch überwinden. Zwar war Claudia kein gleichwertiger Ersatz dafür, aber sie verstand es gut, ihm darüber hinweg zu helfen. Das plötzliche Alleinsein hätte er nur sehr schwer ertragen können.

Für das angehende Brautpaar, Julia und Klaus, sollte die Abwesenheit der beiden eine Testphase sein, um das Zusammenleben ohne einen fremden Einfluss zu üben und zu bewältigen.

KAPITEL 17

Clemens Trieber war nicht bereit, Julia einfach kampflos aufzugeben und zu vergessen. Sie war immer noch die Frau seiner Träume. In gewohnter Macho-Manier bildete er sich ein, sie würde wieder zu ihm zurückkommen. Seinen Ausrutscher würde sie ihm schon noch verzeihen. Sie hatten sich zwar die Ehe versprochen, aber noch waren sie nicht verheiratet gewesen. Letztlich redete er sich ein, dass es Julias eigene Schuld war. Warum konnte sie nicht ihre Ankunft in Dubai telefonisch vorher anmelden, anstatt ohne Vorankündigung überraschend bei ihm aufzutauchen.

Nach dem Eklat versuchte er immer wieder, mit ihr Kontakt aufzunehmen. Seine E-Mails blieben aber unbeantwortet. Alle Versuche sie per SMS oder telefonisch zu erreichen, waren erfolglos. Vielleicht würde auch die Zeit die Wunden wieder heilen, hoffte er schließlich.

Ohne sie zu vergessen, gab er sich einem sehr ausschweifenden Leben hin. Allein im Ausland lebend, nutzte er die sich ergebenden, zahlreichen Gelegenheiten sich zu vergnügen. Keine Bar und keine Vergnügungsstätte in der Umgebung waren ihm unbekannt. Kein weibliches Wesen war vor ihm sicher. Besonders wählerisch war er nicht. Er nahm was sich erobern ließ und das waren viele. Die Nächte waren meistens sehr anstrengend und lang, was zur Folge hatte, dass er morgens nicht gerade fit war. Seinen beruflichen Verpflichtungen kam er dennoch am Anfang immer sorgfältig nach.

Im Laufe der Zeit hinterließ sein Lebenswandel aber logischerweise doch Spuren. Unpünktlichkeit und Unzuverlässigkeit häuften sich zu sehr. Seine Vorgesetzten fühlten sich jetzt bestätigt in ihrer ursprünglich geäußerten Auffassung, dass nur die verheirateten Mitarbeiter eine dauerhafte und solide Zusammenarbeit in solchen verantwortlichen Positionen gewährleisten würden.

Es vergingen nur wenige Monate bis man ihm eröffnete, dass man nicht weiter gewillt war, seine Eskapaden hinzunehmen. Einen neuen Kollegen, den man ihm zunächst zur Seite stellte, versuchte er hinaus zu mobben. Dieser überstand aber seine Bestrebungen und brillierte durch seine Loyalität. Er war nicht angreifbar. Nach und nach übernahm er weitreichendere Kompetenzen und wurde er zu einer starken Konkurrenz für Clemens.

Nach einigen harten Auseinandersetzungen mit seinem Kollegen und den Vorgesetzten stellte man Clemens schließlich anheim, nach Deutschland zur Hauptverwaltung zurückzukehren. Dort sollte er einen neuen Verantwortungsbereich übernehmen. Nur seine langjährige und bisher sehr erfolgreiche Mitarbeit rettete ihn vor einer Entlassung.

So kam es, dass Clemens Trieber unbeabsichtigt wieder vorzeitig nach Hamburg zurückkehrte, respektive zurückkehren musste.

Die Baubranche, in der sowohl Clemens, als auch Julia und Klaus tätig sind, ist vergleichbar mit einer großen Familie. Viele kennen sich gut untereinander und wissen um die Arbeitsbereiche und die Leistungsfähigkeit des jeweils anderen.

Die Angebotsanfragen und Aufträge überkreuzen sich oft und alle beobachten ständig die Preise der Mitbewerber, um dagegen reagieren zu können.

Da für Clemens der berufliche Abstieg dazu führte, dass er jetzt mit etwas kleineren Projekten beschäftigt wurde, war es leicht abzusehen, dass er öfter mit Klaus in direktem Konkurrenzkampf stand. Während für das große Unternehmen, für das er arbeitete, diese Objekte nur als Ergänzung bei größeren Baumaßnahmen mitliefen, war dieser Markt für Klaus existenziell.

Als Clemens, über gemeinsame Bekannte aus früheren Zeiten, von Julias Verhältnis mit Klaus Behrens erfuhr, machte sich bei ihm Eifersucht und Missgunst breit. Wenn er Julia nicht zurückerobern konnte, gönnte er sie auch keinem anderen. Wo immer er konnte, versuchte er Klaus auszubooten. Er konnte es sich erlauben, Projekte so knapp zu kalkulieren, dass seine Preise weit unter der Schmerzgrenze lagen, die Klaus sich leisten konnte. Falls Klaus dennoch an diese Aufträge kam, was seinen guten Kontakten zuzusprechen war, wurde er des Öfteren genötigt, seine Offerten den günstigeren Vergleichsangeboten anzupassen. Sein Ertrag schmolz immer weiter dahin und nahm existenzbedrohende Ausmaße an. Er kämpfte um den Erhalt seiner Firma.

Weil Clemens im Hintergrund agierte, waren die Zusammenhänge und die Absicht für Klaus nicht erkennbar. Immer mehr wunderte er sich über die urplötzliche Veränderung des Marktes, ohne eine schlüssige Begründung dafür zu finden.

175

Julia wollte er damit zunächst nicht belasten. Sie bekam aber, durch seine längeren Arbeitszeiten und seinen Gemütszustand, zu spüren, dass die Geschäfte nicht rund liefen.

Ein größeres Bauobjekt wurde Klaus dann zum Verhängnis. Wieder hatte er so knapp kalkulieren müssen, dass für die zusätzlichen Erschwernisse kein Spielraum mehr blieb. Unter allen Umständen wollte er aber seine Firma erhalten und alle seine Mitarbeiter weiter beschäftigen.

Clemens hatte seine Möglichkeiten voll und ganz ausgeschöpft und freute sich, dass Klaus an den günstigen Festpreis gebunden war, und es keine Nachfinanzierungsmöglichkeiten gab.

Auch bei allen bisherigen Baumaßnahmen gab es hin und wieder nicht vorhersehbare Umstände, deren Bewältigung Klaus bravourös gemeistert hatte. Probleme zu lösen war nichts Neues für ihn, sondern sein Tagesgeschäft. Bei diesem Projekt ging aber alles schief, was irgendwie schief gehen konnte. Durch schlechte Witterungsverhältnisse verzögerte sich zunächst schon der Baubeginn. Das Aufholen der verlorenen Zeit hatte teure Überstunden der Mitarbeiter zur Folge. Da bei Terminverzögerung saftige Konventionalstrafen festgelegt waren, blieb keine andere Möglichkeit. Hinzu kam als nächstes noch ein Wassereinbruch im Tiefgaragen- und Kellerbereich. Ohne die Hilfe von kostenintensiven Spezialfirmen war diese Miesere nicht zu beseitigen. Außer der dadurch entstandenen weiteren Verzögerung, verschlangen auch diese Arbeiten nicht eingeplante Unsummen.

Alle Reserven waren bald aufgebraucht. Als dann auch noch ein sechsköpfiger Bautrupp kündigte, war Klaus der Verzweiflung nahe. Wie sollte er ohne sie die Termine einhalten können, Ersatz war nicht so leicht zu bekommen und schon gar nicht so kurzfristig. So viel Pech in so kurzer Zeit konnte man doch eigentlich nicht haben.

Natürlich steckte hinter der Kündigung der Mitarbeiter niemand anderes als Clemens Trieber. Seine Firma hatte dem Team ein Angebot unterbreitet, bei dem Klaus nicht mithalten, geschweige denn, es überbieten konnte. Aber es sollte noch schlimmer kommen.

Die Umstände hatten stark an der Liquidität der Firma gezehrt. Die Kreditlinie bei der Hausbank war bereits voll ausgeschöpft und ließ sich nicht mehr wesentlich erhöhen. Alle Banken gehen ja bekanntlich in solchen Fällen kein Risiko ein. Das hatte zur Folge, dass die Konditionen nicht gerade die Besten waren. Die erhebliche Zinsbelastung des Dispositionskredites brachte ihn immer tiefer in die Krise. Handwerker, Materiallieferanten und Subunternehmer scheinen einen Riecher zu haben, wann das Geld knapp wird. Die Kreditwürdigkeit von Klaus hatte auch bei ihnen erheblich gelitten. Einzelne Firmen lieferten oder arbeiteten nur noch bei sofortiger Bezahlung oder auf Vorkasse. Zur Vermeidung unabwendbarer Zahlungsengpässe, blieb Klaus als letzte Rettung nur die Beleihung seines privaten Anwesens übrig. Mit Hilfe dieser zusätzlichen Geldeinlage konnten alle Mitarbeiter zunächst einige Zeit weiterbeschäftigt werden.

Julia musste jetzt zwangsläufig auch involviert werden. Sie trug es mit Fassung, und versicherte Klaus, dass sie es gemeinsam bestimmt überstehen würden. Ihre Ansprüche mussten sie den neuen finanziellen Verhältnissen anpassen. Sie konnten ja auch etwas bescheidener leben. Für ihre Beziehung war es eine erste große Bewährungsprobe.

Claudia und Bernhard hatten inzwischen einige sehr schöne Urlaubswochen in Spanien verbracht. Braungebrannt und gut erholt kehrten sie zurück. Dank Bernhards Hilfe waren alle Reparaturen und Erledigungen sehr zügig und reibungslos über die Bühne gegangen. Viel Zeit verblieb ihnen dadurch für andere Urlaubsaktivitäten. Das ganze Umland hatten sie bei ihren Rundfahrten ausgiebig kennen gelernt. Dabei waren sie sich immer näher gekommen. Aus ihrer Freundschaft war eine enge Beziehung geworden. Es war wohl hauptsächlich Claudias Verdienst. Sie hatte Bernhard ständig umgarnt und so letztendlich überzeugt, dass er frei war und niemanden mehr Rechenschaft schulden würde. Nun lebten sie in einer eheähnlichen und harmonischen Partnerschaft

Das Wiedersehen mit Julia und Klaus wurde ausgiebig gefeiert. Immerhin waren mittlerweile einige Wochen vergangen, es gab viel zu erzählen.

Als nächstes standen die Hochzeitsplanungen an. Claudia hatte in der Zwischenzeit schon allerlei hochtrabende Pläne geschmiedet, die sie ihnen in allen Details unterbreitete. Als Brautmutter hatte sie schon bestimmt, dass sie alle Feierlichkeiten vorbereiten und organisieren würde.

Bei den zu erwartenden erheblichen Kosten von Claudias Vorstellungen kam Klaus nicht umhin, über seine schlechte Geschäftslage zu sprechen. Bernhard und Claudia beschwichtigten ihn. Zum einen würden sie ja nur einmal heiraten und das sollte für sie ein unvergessliches Erlebnis werden, zum anderen hatte Claudia zugesagt, die Kosten komplett zu übernehmen.

„Ihr seid ja nicht ganz alleine auf der Welt, wann immer wir etwas für euch tun können, sind wir für euch da. Also habt bitte keine Scheu in aller Offenheit mit uns zu reden", versicherte Bernhard.

Claudia pflichtete ihm sofort bei.

„Wir haben den innigen Wunsch, euer Leben in bestmögliche Bahnen zu lenken. Unsere Reserven stehen euch zur Verfügung. Julia wird außerdem einiges von meinen Hinterlassenschaften erben. Meine Restlaufzeit wird nicht ganz reichen alles zu verleben, es bleibt noch einiges übrig."

So begannen alle Planungen zügig. Bereits nach wenigen Tagen war das Aufgebot bestellt und der Termin fixiert. Eine kleine romantische Kirche und ein Lokal für die Feier waren schon bald gefunden. Drucksachen für Einladungen und die Menükarten waren schnell gestaltet und in Auftrag gegeben. Wer alles eingeladen würde stand auch fest. Die Hochzeit sollte neun Wochen später stattfinden.

Bernhard bot sich an, Klaus, soweit er konnte, mit Rat und Tat in seiner Firma zu unterstützen. Er hatte wieder Zeit genug, und die neue Aufgabe reizte ihn. Er war ja, während seiner beruflichen Laufbahn, sehr lange Zeit selbstständig gewesen.

Mit der Leitung eines kleinen Unternehmens war er dadurch auch bestens vertraut. Er verbrachte ab und zu einige Stunden im Büro von Klaus, schaute sich zunächst alle Geschäftsabläufe und die dazu gehörenden Kalkulationen genau an. Er kannte sich zwar im Baugewerbe nicht sonderlich aus, aber Einnahmen und Verpflichtungen konnte er gut interpretieren und einordnen. Die Lage war alles andere als rosig. Die Kosten und der Ertrag klafften zu weit auseinander. Über einen längeren Zeitraum würde die Firma das nicht durchstehen können. Ganz besonders stutzig machten ihn die Auftragserteilungen der vergangenen Monate, zu utopisch niedrigen Konditionen. Das konnte nicht an besserer Ausstattung oder am Management bei den anderen mit anbietenden Unternehmen liegen. Dieses Preisdumping konnte sich keiner leisten.

Wie bei einem Puzzle bekam er Zug um Zug einige der ebenfalls betroffenen Firmen heraus. Mit ihnen setzte er sich zusammen, um näher an die Ursachen des Preisverfalls zu kommen. Der Kreis verdichtete sich zusehends. Alle litten unter dem gleichen Problem. Um an Aufträge zu kommen, mussten sie ihre Kosten an ein Vergleichsangebot anpassen. Oft weit unter den realen Kosten. Immer aber weit unter dem sonst üblichen Preisniveau.

Es dauerte nicht sehr lange, bis die schuldige Firma gefunden wurde. Bernhard begann sofort den Verantwortlichen zu suchen. Clemens Trieber war immer im Hintergrund geblieben, deshalb musste er noch einige Hindernisse überwinden, um ihn als den Verursacher entlarven zu können.

Als er den Namen erfahren hatte, der ihm noch aus Julias Erzählungen geläufig war, wurde ihm die Absicht die dahinter stand, sehr bald klar. Er wollte sicher mit aller Gewalt und mit dem Einsatz aller seiner Möglichkeiten, die Existenz von Klaus zerstören, oder zumindest die Beziehung zu Julia.

In mühevoller und zeitaufwendiger Kleinarbeit sammelte Bernhard einige Kalkulationen bei den betroffenen Firmen. Alle waren in ihrem eigenen Interesse sehr kooperativ. Bald verfügte er über aufschlussreiche Unterlagen, um zum Angriff überzugehen. Bei fünf Ausschreibungen, an denen jeweils, außer dem Unternehmen von Clemens, noch zwei bis vier andere Firmen beteiligt waren, war das Preisdumping offensichtlich. Das dürfte ihm genügen, um Clemens Trieber zu überführen. Da ihm in erster Linie an der Beseitigung dieser unlauteren Wettbewerbssituation gelegen war, suchte er zuerst das Gespräch mit ihm.

Telefonisch war es ausgesprochen schwierig an Clemens heranzukommen. Immer wieder wurde er von seinem Sekretariat abgeschirmt. Erst als Bernhard sich nicht mehr abweisen ließ und hartnäckig auf einem umgehenden Gesprächstermin beharrte und dabei andeutete, dass die Wichtigkeit seines Anliegens keinen Aufschub mehr duldete, wurde er endlich mit einem äußerst mürrischen Clemens Trieber verbunden.

„Wer sind sie und was wollen sie von mir? Bitte reden sie Klartext. Ich habe weder Zeit noch Lust, mich mit irgendwelchen Vertretern auseinanderzusetzen", herrschte er Bernhard gleich barsch an.

Der ließ sich aber von ihm nicht einschüchtern, sondern antwortete ihm herausfordernd.

„Mein Name ist Bernhard Harms und sie kennen mich nicht..., beziehungsweise noch nicht. Ich recherchiere im Auftrag von mehreren Firmen, die ihnen alle bekannt sein dürften. Es geht um eine, auch für ihr Unternehmen heikle Angelegenheit, über die ich dringend mit ihnen sprechen muss", entgegnete er ruhig und besonnen. Ein kurzes Schweigen folgte am anderen Ende der Leitung.

„Das ist mir zu vage, sie sprechen in Rätseln, was soll das bitte sein?", war die knappe Antwort.

„Wie ich soeben schon sagte, ist die Sache zu heikel und nicht am Telefon zu klären. Ich kann nur betonen, dass es in ihrem eigenen Interesse und auch im Interesse ihrer Firma sein sollte, mich anzuhören", antwortete Bernhard und ergänzte:

„Das müsste umgehend sein, am besten bereits gleich heute oder spätestens morgen."

Unwillig gab ihm Clemens einen Termin für den darauf folgenden Nachmittag. Er wusste zu gut, dass sein Geschäftsgebaren nicht immer ganz sauber war, wenn er sich auch auf der sicheren Seite fühlte. Niemand in der Firma hatte einen so genauen Einblick in seine Arbeit, um ihm einen Strick daraus drehen zu können, meinte er. Aber seine Neugierde war geweckt. Dem Termin sah er recht sorglos entgegen.

Bernhard war ziemlich erstaunt als er Clemens gegenüber stand. Erwartet hatte er einen Mann, dem man den Macho schon ansah, und der sich dementsprechend auch äußerlich so präsentierte.

Wie auch immer das aussehen würde. Das was er vorfand, war ein adrett gekleideter, jugendlich wirkender Geschäftsmann, dem man es durchaus zutraut, dass er seine Geschäfte immer souverän meistert. Seine blauen Augen strahlten eine solche Ehrlichkeit aus, die nach allem was er bisher von ihm wusste, nicht zu den Geschichten passte. Er ließ sich jedoch nicht täuschen. Die Unterlagen die er mühevoll gesammelt hatte, waren eindeutig. Dieser Mann war auch noch bestechend attraktiv. Leicht müsste er jede Frau um die Finger wickeln können. Jetzt konnte er erst Julias Verhältnis und ihre Liebe zu ihm einordnen.

„Herr Harms, nehmen sie Platz. Ich wäre ihnen sehr verbunden, wenn sie gleich zur Sache kommen könnten, meine Zeit ist knapp bemessen", waren seine einleitenden Worte. Es klang zwar freundlich, aber bestimmt und kompromisslos. Dabei schob er die Berechnungen, mit denen er gerade beschäftigt war, sorgfältig zur Seite. Es war wieder eine von den Ausschreibungen, mit der er allen Mitbewerbern eins auswischen konnte. Das Bauvorhaben lag in der unmittelbaren Nähe eines größeren Bauprojektes, mit dem sein Unternehmen beauftragt war. Wenn es ihm gelingen würde, den Fertigstellungstermin nach hinten zu verlagern, wäre er in der Lage, ein Angebot abzugeben, bei dem wieder keine andere Firma mithalten könnte. Der Bau wäre ein Mitläufer mit dem Großobjekt. Das Angebot von Klaus und zwei Offerten von weiteren Firmen, hatte ihm ein Geschäftsfreund zugespielt, der ihm eine Gefälligkeit schuldete.

Wieder einmal könnte er zuschlagen, um unter anderem und im Wesentlichen, die Firma von Klaus zu treffen. Er betrachtete es schon wie einen Sport, bei dem der Gewinner aber vorab bereits feststand. Seine Rechtfertigung gegenüber dem eigenen Unternehmen lag ja auf der Hand.

Bernhard hatte sich in aller Ruhe niedergelassen und legte sich mehrere der mitgebrachten Mappen nebeneinander bereit, bevor er ruhig begann.

„Wir haben eine gemeinsame Bekannte, die mit ihnen privat, in der Vergangenheit, einmal sehr schlechte Erfahrungen gemacht hat. Ihr Name ist Julia Randstedt. Bereits seit einiger Zeit ist sie, wie sie wahrscheinlich bereits wissen, mit einem ihrer Mitbewerber, namens Klaus Behrens, verlobt. Die beiden werden in Kürze heiraten."

Bei der Erwähnung von Julias Namen zuckte Clemens Trieber kaum merklich zusammen, bevor er in sehr scharfem Ton antwortete.

„Was geht mich das noch an, das ist vorbei und worauf wollen sie damit eigentlich hinaus?"

Bernhard ließ sich mit seiner Antwort viel Zeit und schaute Clemens nachdenklich in die Augen, bis dieser seinem Blick betreten auswich.

„Seit einiger Zeit versuchen sie, die Firma von Klaus Behrens und einige andere Unternehmen zu schädigen, in dem sie alle ihre Angebote soweit unterbieten, dass jeder Andere nur verlieren kann. Ihr Ansinnen ist nicht nur ganz offensichtlich, sondern auch sehr detailliert belegbar. Dass sie die Firmen in den Ruin treiben könnten, nehmen sie dabei wohl billigend in Kauf?"

Clemens lachte gekünstelt, aber seinem Gesicht war anzusehen, dass ihn diese Aussage getroffen hatte. Trotzdem versuchte er einen Gegenangriff.

„Lieber Herr Harms, woher auch immer sie in diese Branche gespült wurden, wir haben immer noch eine freie Marktwirtschaft. Das zumindest sollte ihnen hinreichend bekannt sein. Unterlassen sie gefälligst diese haltlosen Anschuldigungen. Ich bin ihnen gegenüber keinerlei Rechenschaft über unsere Kalkulationen schuldig. Woher wollen sie überhaupt wissen wie und was wir planen, und wie wollen sie mir etwas beweisen?"

Dabei machte er sehr deutliche Anstalten das Gespräch sofort zu beenden.

Bei Bernhard prallte dieser Angriff wirkungslos ab. Er legte die vorbereiteten Unterlagen der Reihe nach vor Clemens auf dem Schreibtisch aus.

„Hier finden sie Angebote von verschiedenen Firmen und zum Vergleich auch das von ihnen. Bei einem Teil davon haben sie nachträglich neu kalkuliert und das erste höhere zurückgezogen. Beachten sie das jeweilige Datum. Wie wollen sie das rechtfertigen? Das kann doch nur bedeuten, dass sie Informationen bekommen haben, dass die Mitbewerber sie unterboten haben. Nur um denen den Auftrag wegzuschnappen, haben sie schnell nachgebessert. Es ist augenscheinlich, welchem Zweck das dienen sollte. Bei allen Objekten hatte jeweils die Firma von Klaus Behrens, aufgrund der technischen Ausstattung beste Voraussetzungen. Falls ihnen das noch nicht genügen sollte, habe ich die einzelnen Materialkosten bei ihren eigenen

Lieferanten recherchiert. Die liegen alle über den von ihnen zugrunde gelegten Kosten. Damit lässt sich leicht eine Schädigung ihres Unternehmens belegen. Ich habe alle Unterlagen für sie kopiert und lasse sie ihnen gerne hier. Schauen sie sich diese in aller Ruhe an."

Ohne eine Antwort abzuwarten stand Bernhard auf und machte sich bereit zu gehen. Er besann sich aber doch noch kurz.

„Ich werde es nicht zulassen, dass sie jetzt zum zweiten Mal Julias Leben umstürzen. Reicht es ihnen nicht, dass sie die Affäre mit ihnen damals gerade noch lebend überstanden hat? Wie viel Hass muss wohl in ihnen stecken, so zu handeln? Oder ist es nur ihre Eitelkeit? Haben sie damals nichts für sie empfunden und das Gerede um ihre gemeinsame Zukunft niemals ernst gemeint?"

Bernhard war bereits fast an der Tür, als ihn die betroffen klingende Stimme von Clemens aufhielt.

„Warten sie, was wollen sie damit sagen? Julia hat mich verlassen und nicht umgekehrt. Ich habe ihr nichts zuleide getan. Durch ihre Schuld, und durch die Trennung, habe ich sogar meine Stellung in Dubai verloren. Wer ist denn der Geschädigte?"

Gezwungenermaßen ließ sich Bernhard zu einer Erwiderung hinreißen.

„Sie haben ihr zwar körperlich nichts zugefügt, aber seelisch haben sie Julia fast umgebracht. Sie wollte sich das Leben nehmen. Sie konnte gerade noch in letzter Sekunde gerettet werden. So, jetzt wissen sie das auch. Hören sie endlich damit auf, ihrem Leben weitere Steine in den Weg zu legen.

Lesen sie diese Unterlagen durch und versichern sie mir dann bis spätestens übermorgen, dass sie diese Spielchen in Zukunft unterlassen werden. Meine Adresse und die Telefonnummer stehen auf den Unterlagen. Ich höre von ihnen."

„Sonst?", fragte Clemens provokativ.

„Sonst werde ich mich zuerst einmal mit ihrer Geschäftsführung in Verbindung setzen. Glauben sie mir, die werden sich für ihre Machenschaften brennend heiß interessieren. Parallel dazu habe ich gute Kontakte zur Presse, und auch die Kammern und Behörden werden dafür ein Ohr haben. Ich werde alles daran setzen, ihnen das Handwerk zu legen. Sie sollten sich dann schon einmal einen Job im Ausland suchen. In Deutschland werde ich sie fertig machen, so wahr mir Gott helfe."

Ohne sich noch einmal umzusehen, verließ er grußlos das Büro. Einen perplex dreinschauenden Clemens Trieber ließ er zurück. Der Macho war sichtlich eingeknickt.

Bereits am nächsten Tag erhielt Bernhard einen Anruf mit der Bitte um ein erneutes Treffen. Dieses Mal lud ihn Clemens in ein Restaurant ein. Sicher wollte er in der Firma kein Aufsehen erregen. Da es Bernhards momentan wichtigstes Anliegen war, stimmte er erleichtert zu.

Clemens begrüßte ihn verbindlich freundlich. Bernhard blieb trotzdem distanziert in sachlicher Haltung. Zu sehr hatte ihn der Vorgang geärgert. Einige Stunden hatte er für seine sehr detaillierten Recherchen gebraucht. Manchmal hatte er bis in die Nacht die umfangreichen Unterlagen studiert.

Mehrmals musste er einige andere Mitbewerber von Klaus aufsuchen. Stapelweise Papiere galt es dann nachzurechnen und zu kopieren. Er war zwar Rentner, aber seine Zeit konnte er wesentlich sinnvoller verbringen. Claudia fühlte sich anfänglich vernachlässigt. Erst als er ihr berichtet hatte womit er sich gerade intensiv beschäftigte, zeigte sie großes Verständnis und bot sogar ihre Hilfe an.

Gleich nachdem sie dem Kellner ihre Bestellung für die Speisen und Getränke aufgetragen hatten, begann Clemens ohne Umschweife.

„Ich verspreche ihnen heute, den Angeboten von Klaus Behrens in Zukunft kein besonderes Augenmerk zu schenken. Er ist für mich ein Mitbewerber wie jeder andere. Sollte ich jemals den Eindruck erweckte haben, ich habe bewusst gegen ihn gehandelt, so muss ich dem aber entschieden widersprechen. Sind sie damit einverstanden, habe ich ihrem Ultimatum genüge getan?"

Der letzte Satz klang süffisant und überheblich. Bernhard schaute ihn angewidert an. Langsam und bedächtig antwortete er in leisem Tonfall.

„Meinem Ultimatum haben sie vielleicht damit genüge getan. Aber als Mensch haben sie sich jetzt gerade als ein feiger Schlappschwanz bloß gestellt. Sind sie nicht einmal in der Lage zu ihrer miesen Handlung zu stehen? Können sie nicht einmal um Verzeihung bitten? Sie haben einige Unternehmen fast in den Konkurs getrieben. Damit kann man sehr leicht mehrere Menschenleben zerstören, oder zumindest wirtschaftlich ruinieren. Ich hoffe, dass sie sich immer noch im Spiegel ansehen können, ohne dass ihr Gewissen ihnen den Garaus macht. Wie konnte Julia nur auf sie hereinfallen?"

Damit wollte er erbost aufstehen und gehen, aber Clemens hielt ihn flehend zurück.

„Bleiben sie doch bitte." Er weinte fast.

Aus dem Schlappschwanz ist auf einmal ein Jammerlappen geworden, dachte sich Bernhard. Schweigend setzte er sich und ließ sich zunächst das mittlerweile aufgetischte Essen schmecken. Clemens hatte offensichtlich keinen Appetit mehr. Sein Essen blieb fast unberührt. Erst langsam fand er die Fassung wieder.

„Verstehen sie mich doch bitte. Mein Leben wurde auch beinahe zerstört. In Dubai war ich nahe daran Alkoholiker zu werden. Ohne Julia hatte ich keinen Halt mehr. Die aussichtsreiche Position dort habe ich aufgeben müssen. Genauer gesagt, hat man sie mir sogar entzogen und mich versetzt. Hier in Hamburg hatte ich nichts mehr zu verlieren. Lange habe ich gehofft, Julia zurück zu gewinnen. Meinen damaligen Ausrutscher habe ich bitter bereut. Ich sehe jetzt ein, dass es keinen Zweck mehr hat. Ich habe wohl keine Chance mehr. Alles was in meiner Macht steht werde ich in Zukunft tun, um den entstandenen Schaden wieder gut zu machen. Ich will Julias Glück nicht im Wege stehen. Glauben sie mir das bitte."

„Lassen sie ihren Worten einmal Taten folgen. Alle betroffenen Firmen sind ständig mit mir in Kontakt. Jeden ihrer Schritte werde ich genau im Auge behalten. Und..., viel Zeit lasse ich ihnen für ihre Wiedergutmachung nicht."

Damit erhob sich Bernhard wieder, den Dank für die Einladung blieb er ihm schuldig.

Bereits nach wenigen Tagen bekam Klaus den Zuschlag für den Auftrag, den Clemens wohl als Ausschreibung auf dem Tisch hatte, als Bernhard bei ihm auftauchte. Klaus hatte ganz normal mit der üblichen Verdienstspanne unter Berücksichtigung aller Risiken kalkuliert. Demzufolge hatte er sich keinerlei Hoffnung gemacht, diesen Auftrag zu erhalten. Von Bernhards Aktivitäten wusste er nichts Genaues. Ihn hatte nur gewundert, wie er sich laufend in Unterlagen vertiefte und Mengen von Kopien herstellte. Manchmal telefonierte er auch lange und fuhr danach spontan weg.

Mit diesem Objekt war die Firma zunächst für einige Monate beschäftigt, wenn auch noch lange nicht ausgelastet. Er war erfreut und verwundert.

Nach weiteren zwei Wochen folgte erneut eine rätselhafte Überraschung. Der größte Konkurrent in seinem Markt bot ihm ein für seine Verhältnisse großes Teilgewerke an. Die Firma selbst könnte es wegen starker Überlastung nicht termingerecht bewältigen. Er sollte als Subunternehmer für sie tätig werden. Die ihm angebotenen Vergütungen waren unverhältnismäßig hoch. Wie konnte das plötzlich sein, wunderte er sich? Die ganze Zeit der ständige Preisdruck, und nun auf einmal solche lukrativen Aufträge. Spielte der Markt jetzt total verrückt oder gab es vielleicht doch noch Wunder? Noch mehr als über den Auftrag selbst, wunderte sich Klaus dann allerdings beim zweiten Blick auf das Schreiben. Die Anschrift auf dem Brief lautete auf seinen Firmennamen und seine Adresse, aber zu Händen Herrn Bernhard Harms. Wieso hatte Bernhard plötzlich Kontakte zu Bauunternehmen? Bei dem schon zwei Tage später stattfindenden turnusmäßigen Wochenendbesuch bei Claudia und Bernhard konnte er es kaum erwarten, mit ihm darüber zu reden. Als dieser ihn aufklärte und dann seine Unterlagen mit allen Ausarbeitungen und den Berechnungen unterbreitete, kam er nicht mehr aus dem Staunen heraus. Anfänglich wollte er sich sträuben, unter diesen Voraussetzungen tätig zu werden. Bernhard überzeugte ihn jedoch, dass es letztendlich nur eine Wiedergutmachung für die vorher erzeugten Verluste war, und dass er sich ein Ablehnen gar nicht erlauben konnte.

Als Lehre aus dieser Geschichte sollte Claus den Schluss ziehen, sich zukünftig besser mit seinen anderen Mitbewerbern zu vernetzen und immer gegenseitig auszutauschen.

Julia erfuhr erst später von dem ganzen Vorfall. Bernhard wurde von ihr stürmisch umarmt.

„Für was muss ich mich in diesem Leben noch alles bei dir bedanken", fragte sie überglücklich.

Er winkte nur bescheiden ab.

„Wie alles im Leben, ist auch das Negative, wenn es gut ausgegangen ist, eine Bereicherung. Rentner brauchen auch ab und zu mal ein kleines Erfolgserlebnis", antwortete er philosophisch.

Von nun an liefen die Geschäfte von Klaus ganz normal. Die Konkurrenten meldeten sich bei ihm, um sich für die Wiederherstellung des normalen Zustandes zu bedanken. Klaus verwies jedes Mal auf Bernhard, als Retter in der Not. Die Kontakte unter den einzelnen Firmen wurden jetzt gepflegt. Jeder versuchte selbstverständlich sein Möglichstes um die Aufträge für die eigene Firma zu erhalten, aber man ging immer sehr fair und freundschaftlich miteinander um. Wann immer es erforderlich war, half man sich gegenseitig mit Mensch und Material. Von Bernhards Bereinigung des Marktes konnten jetzt alle dauerhaft profitieren.

Klaus hatte Bernhard danach sofort zu einem seiner besten Freunde erkoren, für Julia war er es ja sowieso.

KAPITEL 18

Viel schneller als von allen erwartet verging die Zeit. Die Hochzeit stand kurz bevor. Natürlich musste Klaus den üblichen Junggesellenabschied feiern. Seine besten Freunde bestanden fest darauf. Kurzerhand hatten sie bereits als ein vorgezogenes Hochzeitsgeschenk einen dreitägigen Kurztrip in ein nobles Hotel auf Mallorca gebucht. Sie ließen keinen Widerspruch zu.

Zu viert gingen sie auf die Reise. Bereits am Flughafen und auch im Flugzeug ließen sie die Korken knallen. Klaus sollte mit ihnen zusammen einen unvergesslichen Abschied vom Singledasein erleben. Mit allerlei Anekdoten und Prognosen wurde er darauf vorbereitet, was so alles auf ihn zukommen könnte. Natürlich wurde vieles extrem überzogen dargestellt. Er ließ sich nicht beirren, sein Entschluss war felsenfest. Lange genug war er auf der Suche nach der richtigen Frau gewesen. In Julia hatte er die Erfüllung aller Träume gefunden. Endlich war er nicht mehr alleine. Sein Wunsch war, die Familie noch um mindestens zwei bis drei Kinder zu erweitern. Die Warnungen, dass er seine Freiheit verlieren würde, prallten an ihm ab. Was ihn erwartete wiegte schwerer und er freute sich darauf, mit Julia, als seine Ehefrau, aufzutreten. Voller Stolz war er auf diese Eroberung.

Beim Trinkgelage musste er wohl oder übel mitmachen, sie stießen letztendlich ja immer auf sein Wohl an. Gemessen daran, wie oft sie auf ihn anstießen, müsste es ihm ein Leben lang gut gehen.

Bei der Ankunft in Palma hatten alle vier schon einen hohen Alkoholpegel erreicht. Sebastian, ein guter Freund von Klaus, scherzte, sie würden so lange weiter trinken, bis das Verhältnis Blut und Alkohol umgekehrt wäre.

Feuchtfröhlich, ließen sie sich nicht sehr viel Zeit zum Einchecken und Auspacken im Hotel. Sofort drängten sie weiter zum nahen Meer. Die Strandbar sollte vier umsatzstarke Gäste erhalten.

Alle vier waren sie ansprechend aussehende Männer, die mit beiden Beinen im Leben standen. Auch wenn ihre Stimmung stark überschwappte, verloren sie nie den Überblick und bewegten sich immer auf einem gesitteten Niveau. Es dauerte deshalb nicht lange, bis sie Kontakt gefunden, und einige Mädels in die Runde einbezogen hatten. Wie an vielen Stränden Mallorcas üblich, wurde getanzt und viel gelacht. Laute Stimmungsmusik half dabei, sie kräftig aufzuputschen. Zahlreiche spendierte Getränke brachten die Mädchen bald zu ausschweifenden Einlagen. Die angenehmen Temperaturen sorgten für einen gleichbleibend starken Durst.

Natürlich war bald das Hauptanliegen seiner Freunde, Klaus mit einem der Mädchen zu verkuppeln. Immer wieder erinnerten sie ihn daran, dass er sich bald nur noch mit ein und derselben Frau vergnügen dürfte. Wahrscheinlich sogar ein ganzes Leben lang. Jetzt hätte er vielleicht zum letzten Mal in seinem Leben die Gelegenheit, als freier Mann noch etwas anderes zur Abwechslung mitzunehmen.

Das älteste und hübscheste von den Mädchen wurde ausgewählt und ständig auf Klaus gehetzt. Bis zu einem gewissen Punkt spielte er zunächst lustig mit. Als sie ihn immer weiter bedrängten, wehrte er sich aber energisch.

„Was soll ich mit dem unreifen jungen Gemüse, wo ich doch zu Hause etwas viel besseres habe", wimmelte er die Bestrebungen seiner Freunde schließlich erfolgreich ab.

Der hohe Alkoholspiegel und die verbrauchte Energie sorgten dafür, dass die vielen für den Abend vorgesehenen Aktivitäten nicht besonders spektakulär ausfielen. Sie hatten sich viel zu viel zugemutet und mussten es gemächlicher angehen. Nach einem gemütlichen Abendessen mit einem allerletzten Umtrunk hatten sie ihr Pensum für den ersten Tag mehr als erfüllt.

Der nächste Morgen begann für alle erst kurz vor Mittag. Die äußerlich sichtbaren Spuren des Vortages sprachen noch Bände. Nach ausgiebigem Frühstück, mussten erst lange Spaziergänge und mehrmaliges Schwimmen im Meer, die Körper für den Abend wieder regenerieren.

Erst bei Einbruch der Dunkelheit zogen sie los. Stimmungslokale gab es ausreichend. Aber erst beim Dritten entschlossen sie sich zum Eintreten. Ohne einen besonderen Anlass hätten sie Lokale dieser Art sicher gemieden. Sie wollten ausgiebig feiern, deshalb ließen sie die meistens sehr plumpe und primitive Stimmungsmache doch über sich ergehen. Mit einem langsam wieder steigenden Alkoholpegel wurde es einigermaßen erträglich.

Wie die lustige Damen-Kegelrunde aus dem Ruhrgebiet, die ihre Gemeinschaftskasse auf der Insel verjubeln wollte, zu ihnen gekommen war, wusste keiner mehr so genau. Jedenfalls war sie auf einmal fester Bestandteil ihrer Gemeinschaft. Sehr gerne ließen sich die Damen zu so manchem Drink einladen. Wahrscheinlich machten sie sich insgeheim über die allseits bekannte Einfältigkeit und Großzügigkeit der Männergruppen in dieser Beziehung lustig.

Zusammen mit der Damenrunde verbrachten sie einen stimmungsvollen Abend. Blödeleien jeder Art waren in der neuen erweiterten Gruppe nach entsprechend hohem Alkoholkonsum etwas tolerierbarer geworden. Zu vorgerückter Stunde wechselten sie gemeinsam das Lokal. Eine Bar mit dezenter Tanzmusik brachte sie näher zusammen. Hier war auch eine Unterhaltung möglich, ohne dass man sich ständig anschreien musste. Die schwungvollen Melodien regten zum Tanzen an. Selbst Klaus, als ausgesprochener Tanzmuffel, hopste einige Male mit einer der Damen umher. Da eine der Frauen unpässlich war, verblieben noch vier davon zur Verteilung übrig. Diese ergab sich im Laufe des Abends, manipuliert nur durch die von Sebastian vorgenommene Sitzordnung. Er spielte den Entertainer und heizte meistens die Gruppe an. Für Klaus verblieb eine gut gebaute Blondine, mit einem üppigen Busen.

Spät in der Nacht gingen alle mit den Damen am Arm gemeinsam ins Hotel. Da seine Freunde ihr Hauptanliegen keineswegs aufgegeben hatten, gelang es ihnen, Blondi, wie man sie mittlerweile getauft hatte, in sein Hotelzimmer einzuschleusen. Demonstrativ versperrten sie von außen die Tür und setzten sich davor. Wie sie es geschafft hatten, Blondi dazu zu überreden, und ob sie eventuell finanziell nachgeholfen hatten, blieb ungewiss. Was hinter der verschlossenen Tür passierte, und ob Klaus noch standhaft geblieben war, blieb ein Geheimnis und war nicht herauszubekommen.

Erlebnisreich für die Sinne und anstrengend für die Leber ging der kurze Trip zu Ende. Wieder mit einem erheblichen Alkoholkonsum beim Rückflug und der Heimfahrt. Lange würden sie noch gerne davon erzählen.

Julia konterte mit einem Paralleltrip. Warum sollten denn nur die Männer feiern, auch ihre Zeit als unverheiratete Frau ging ja schließlich zu Ende. Ein Geschäftsfreund von Klaus hatte schon oft sein Ferienhaus auf Sylt zur kostenneutralen Nutzung angeboten. Zusammen mit einer gut befreundeten Kollegin und ihrer Mutter, wollte sie dort die drei Tage in gemütlicher Frauenrunde verbringen.

Unglückliche Umstände brachten aber Julias Planung durcheinander. Das Kind ihrer Freundin brachte die Masern aus der Kindertagesstätte mit nach Hause. Sie musste zwangsläufig absagen. Claudia hatte bisher alle Vorbereitungen für die Hochzeit bestens im Griff gehabt. Ausgerechnet jetzt gab es plötzlich Probleme mit dem bestellten Cateringunternehmen. Die Zeit drängte und viel Spielraum blieb ihr nicht mehr. Notgedrungen musste sie sich zuerst um eine Lösung kümmern.

Julia hatte sich so sehr auf den Kurzurlaub gefreut, wie konnte man das jetzt noch retten. Um sie nicht zu enttäuschen, fand Claudia eine Ersatzlösung. Bernhard wurde als Opfer auserkoren. Er musste einspringen und mit Julia voraus fahren. Zeit und Lust dazu hatte er. Sie würde nach Lösung des Problems schnellstens nachkommen. Ein halber Tag würde ihr sehr wahrscheinlich vollkommen genügen, um alles zu regeln.

Julia war sofort einverstanden. Bernhard war ihr wesentlich lieber, als ihre ausgesprochen nette, aber auch sehr langweilige Freundin. Nachdem sie mit Bernhard jahrelang zusammengelebt hatte, warum sollte sie nicht auch ihren Abschied mit ihm gemeinsam begehen, meinte Claudia noch scherzhaft und ohne Bedenken.

Das Ferienhaus entpuppte sich als kleines, aber feudal eingerichtetes Häuschen in Strandnähe. Etwas weit abseits gelegen, war man zwar immer auf ein Fortbewegungsmittel angewiesen, aber der berauschende Blick über die Dünen und das Meer entschädigte sie dafür.

Gleich nach der Ankunft erkundeten die beiden die nähere Umgebung und planten, was sie in den nächsten beiden Tagen alles unternehmen und besichtigen könnten.

Bereits in der Frühe des folgenden Tages wurde Bernhard aus dem Bett gescheucht. Der Tatendrang von Julia erinnerte ihn an die gemeinsame Zeit in Griechenland. Sie strotzte vor Energie und Lebensfreude. Eine Wattwanderung war ihr Wunsch. Da es ein sehr warmer Tag werden sollte, machten sie sich in leichter Freizeitkleidung auf den Weg. Schon seit über einer Stunde war Ebbe. Das Watt war trittfest und es war angenehm, barfuß darauf zu gehen. Ihre notwendigen Utensilien und die Schuhe hatten sie in einem wasserfesten Rucksack geschultert. Soweit das Auge reichte war kein Wasser zu sehen. Plaudernd marschierten sie in Richtung See. Zur sicheren Orientierung für den Rückweg, hatten sie sich einige markante Punkte an Land eingeprägt.

Nach einem langen Marsch drängte Bernhard zur Umkehr. Sie waren zwar noch gut in der Zeit, aber alleine in dem unbekannten Terrain wollte er sicherheitshalber rechtzeitig umkehren. Die dunklen Wolken am fernen Horizont schienen ihnen nicht bedrohlich. Julia hatte aber noch keine Lust zur Umkehr. Wie ein störrisches kleines Kind strebte sie immer weiter dem Meer zu.

„Ich will sehen, wo das Wasser geblieben ist", war ihre Antwort. Eine ganze Weile marschierte Bernhard mit, dann blieb er aber hartnäckig stehen und sie kehrten um.

Etwa die Hälfte des Rückweges hatten sie bald hinter sich gebracht. Die vorher fernen Gewitterwolken waren bedrohlich näher gekommen. Ohne in Panik zu geraten, beschleunigten sie jetzt ihr Tempo. Einzelne Siele füllten sich bereits vorzeitig mit Wasser, mehrmals mussten sie ihre Richtung deshalb ändern und drum herum laufen.

Aus dem Nichts kommend, begann plötzlich ein heftiger Platzregen. Blitze und Donnergrollen schienen auch rasend schnell näher zu kommen.

Binnen weniger Minuten waren sie bis auf die Haut durchnässt. Jetzt war es Julia, die hektisch zur Eile drängte. Das Ufer schien bereits greifbar nahe. Aber trotzdem kamen sie nur sehr langsam näher. Ein starker Wind trieb ihnen immer mehr die Regenschauer auf den Rücken. Durch Regen und Wind schien das Meer vorzeitig zurückkehren zu wollen. Das vorher noch trittfeste Wattenmeer war mittlerweile voller Wasser. Der schmierig-schlammige Boden erschwerte ihnen das Gehen spürbar. Immer wieder spurteten sie ein Stück, bis ihnen die Puste ausging, dann fielen sie wieder in leichten Trab zurück.

„Ich fürchte, wir werden eine kleine Runde schwimmen müssen", bemerkte Bernhard. Zum Glück half ihnen der mittlerweile sehr starke Wind ein wenig. Genau im Rücken, trieb er sie hilfreich vor sich her. Der peitschende Regen störte sie nicht sonderlich. Ein Stück vor dem rettenden Ufer ging ihnen das Wasser bereits bis zur Hüfte. Mit einigen unterstützenden Schwimmbewegungen kämpften sie sich an Land. Vollkommen durchnässt fielen sie, zwar erschöpft, aber recht zufrieden, ins Gras. Schlammbesudelt wie sie waren, machte es wenig Sinn Schuhe und trockene Kleidung auszupacken. Bei dem strömenden Regen hätte es ihnen auch nichts genutzt. Der Wind und der Regen hatten sie mehr unterkühlt, als sie in der Eile gespürt hatten. Mit aller noch verbliebenen Energie spurteten sie deshalb schnell zu ihrem Domizil.

Beim Öffnen der Eingangstür des Ferienhauses hatte der Sturm bereits eine Orkanstärke erreicht.

Julia warf sofort alle ihre Kleidungsstücke ab und stürmte unter die Dusche. Das heiße Wasser tat gut und erwärmte sie wieder. Bernhard heizte die Sauna ein, über die das Ferienhaus zum Glück verfügte, und kochte Tee. Im Küchenschrank fand er eine halbe Flasche Rum. Nach einem heißen Tee mit viel Rum stürmten sie eilig in die mittlerweile aufgeheizte Sauna, um die unterkühlten Körper wieder richtig durchzuwärmen.

„Das war aber mehr ein Rum mit einem Schuss Tee, als ein Tee mit Rum", bemerkte Julia nach dem zweiten Becher. Sie hatte zu gierig danach gegriffen und ziemlich schnell getrunken. Auf den leeren Magen und den abgekämpften Körper war das wohltuend, aber auch spürbar wirkungsvoll.

„Mit dir kann man aber auch Sachen erleben", mahnte sie dann Bernhard lächelnd an.

„Ich wollte ja rechtzeitig umkehren, aber dein Erkundungswille hat uns immer weiter getrieben. Wer das Abenteuer sucht, wird Sturm ernten, oder wie heißt das Sprichwort?", fügte er hinzu.

Nach einer Weile schlug er vor:

„Ich glaube, wir müssen jetzt etwas essen, bevor wir mit dem Rum im Kopf weiter Blödsinn reden."

Der Sturm heulte unvermindert. Das geplante Abendessen in einem Restaurant im Dorf musste ausfallen. Bei diesem Wetter konnte man nicht aus dem Haus. Mit den wenigen Vorräten die sie mitgebracht hatten, und dem, was sie im Haus noch fanden, improvisierten sie ein kleines Abendessen. Ausreichend Wein war zu ihrem Glück vorhanden und wertete das recht bescheidene Mahl etwas auf.

Trotz dem weiten Marsch, den sie mit einer erheblichen körperlichen Anstrengung hinter sich hatten, waren sie aufgedreht und in bester Laune.

Bald zeigte sich aber die Müdigkeit und trieb sie auf ihre Zimmer und in ihre Betten. Draußen tobte immer noch das Unwetter. Das Gewitter, das sich kurz verzogen hatte, musste es sich inzwischen anders überlegt haben, oder es hatte Gesellschaft bekommen. Jedenfalls schlugen die Blitze jetzt ihre grellen Lichtsignale durch alle Öffnungen. Dazu kamen Donnerschläge, die das ganze Häuschen erzittern ließen. Es dauerte nicht sehr lange, bis Julia zu Bernhard ins Bett gekrochen kam. Ganz ängstlich schmiegte sie sich an ihn. Bei jedem Donnerschlag ging ein Zucken durch ihren Körper. Trotzdem umarmte und umschlang sie ihn, dass ihm zeitweise das Atmen schwer fiel.

„Junge Frau", bremste er sie nach einiger Zeit scherzhaft, „sie werden in nur drei Tagen heiraten, vergessen sie das bitte nicht."

„Aber erst in drei Tagen, vorher bin ich noch frei. Stell dich nicht so an, wir waren schließlich jahrelang zusammen. Lass uns das heute noch ein letztes Mal sein. Ich werde deine Nähe in Zukunft sowieso sehr vermissen."

Bernhard kämpfte mit Gewissensbissen. Einerseits war er mittlerweile ihr väterlicher Freund und der Liebhaber ihrer Mutter, andererseits war er aber auch nur ein Mann. Der Mann gewann das Duell. Wieder musste er sich sagen, dass dies die letzte Gelegenheit sein würde, so eine Nacht zu erleben. Nie mehr würde er mit einer so jungen

Frau im Bett zusammen kommen. In seinem Alter war es nur noch eine Frage der Zeit, wie lange er biologisch dazu noch in der Lage war. Wie viel, oder besser, wie wenig Zeit würde ihm wohl noch dazu bleiben? Wann würde sich das Körperteil, das den Mann ausmacht, aus dem aktiven Leben verabschieden? Meistens starb es ja bekanntlich schon vor dem Geist und dem Rest des Körpers. Zu seinem großen Glück kannte er das bislang nur vom Hörensagen und hatte damit selbst noch nie Probleme gehabt.

Die Nacht erinnerte an ihre erste gemeinsame Nacht auf Kos, und stand dieser in nichts nach.

Den nächsten Vormittag verbrachten sie zum größten Teil im Bett. Der Wind hatte sich gelegt, langsam klarte es wieder auf. Claudia hatte am Abend eine SMS geschickt. Sie konnte wegen des Unwetters doch nicht kommen. Beide vermissten sie nicht sonderlich.

Gegen Mittag fuhren sie ins Dorf. Bernhard drängte auf ein ausgiebiges Essen. Sie hatten beide etwas Nachholbedarf und gesunden Appetit.

Mit geliehenen Pedelecs erkundeten sie danach die umliegenden Bereiche der Insel. Am Abend gingen sie in ein Touristenhotel in der Nähe. Als nach dem Abendessen der Hotelgäste eine Kapelle zum Tanz aufspielte, kam es ihnen wieder vor wie in ihrem gemeinsamen Urlaub auf Kos. Bis zum letzten Ton der Band tanzten sie engumschlungen.

Bernhard machte sich nachts nicht die Mühe, Julia an ihren nahen Hochzeitstermin zu erinnern. Er gab es auf, sie aus seinem Bett zu verscheuchen.

Sie verbrachten sicher jetzt unwiederbringlich ihre letzte gemeinsame Nacht. Beide kosteten sie aus, bis der Schlaf sie spät in der Nacht übermannte.

Zu schnell ging der Kurzurlaub dem Ende zu. Sie hätten gerne noch viel mehr Zeit zusammen verbracht. Während der Heimfahrt schmiegte sich Julia fest an Bernhard.

„Das war der beste Junggesellenabschied den ich mir vorstellen konnte. Die Zeit mit dir war die Schönste in meinem Leben. Zu schade, dass es nicht immer so weitergehen konnte. Wie gerne wäre ich für immer bei dir geblieben. Aber es bleibt mir die schöne Erinnerung, die kann mir niemand mehr nehmen."

KAPITEL 19

„Manche Verlobungen enden glücklich -
andere führen zur Hochzeit!"

So stand es groß auf dem riesigen Transparent. Sebastian, der beste Freund von Klaus, hatte sich damit vor der Kirche postiert. Weil er Bedenken bekam, ob jeder diesen Spaß verstehen würde, hatte er im letzten Moment vorsichtigerweise noch eine kleine Ergänzung darunter gesetzt.

„Ausnahmen bestätigen die Regel", stand ganz klein am unteren Rand.

Er blieb als letzter Single aus dem Freundeskreis übrig. Von nun an würde wohl auch Klaus für viele Unternehmungen nicht mehr verfügbar sein. Heute hatte Sebastian zwar eine Freundin in seiner Begleitung, aber die Chancen, dass daraus etwas Dauerhaftes werden würde, waren relativ gering. So langsam musste auch er sich beeilen unter die Fittiche zu kommen, aber die Passende war bisher noch nicht zu finden gewesen.

Nach und nach kamen die Hochzeitsgäste und gruppierten sich vor dem Eingang. Claudia hatte eine kleine, aber sehr romantische Kirche auf dem Lande ausgewählt. Ohne Rücksicht auf den Aufwand und die nicht unerheblichen Kosten, sollte alles so außergewöhnlich wie irgend möglich sein.

Bevor Bräutigam und Braut erschienen, wurden die Gäste in die Kapelle gebeten.

Klaus kam in einem dunkelgrauen Smoking. Der Mann war wirklich ein absoluter Frauentyp.

Alle weiblichen Gäste musterten ihn bewundernd. So eine prachtvolle Erscheinung wünschten sich einige der jüngeren, noch unverheirateten Frauen, als eigenen Ehemann. Die älteren verglichen ihn neidisch mit dem was sie selbst bekommen hatten.

Um das Zeremoniell spannend zu machen, ließ sich die Braut viel Zeit mit ihrem Erscheinen. Als endlich der Hochzeitsmarsch erklang, schauten alle gebannt zur Tür. Bernhard, das Opfer für alle Gelegenheiten, war auserkoren als Brautführer zu fungieren. Ein Brautvater war ja nicht verfügbar. Ein von ,ooh' und ,aah' begleitetes Raunen ging durch die Kirche, als beide in der Tür erschienen.

Julia, ohnehin schon eine Augenweide, sah aus wie eine Göttin. Keine noch so sehr ausführliche Beschreibung könnte dieser Erscheinung gerecht werden. Zwei Brautjungfern hielten eine lange Schleppe und trugen sie hinterher. Ein Mädchen und ein Junge streuten Rosenblätter.

Claudia, die direkt dahinter marschierte, wirkte heute größer als sonst. Ihr Stolz und ihre Freude waren übermächtig und ließen sie strahlen. So sehr hatte sie diesen Tag herbeigesehnt.

Bevor nun die Braut dem Bräutigam übergeben wurde, drückte Julia mehrmals kräftig Bernhards Arm. Sie wollte wohl ausdrücken, wie gerne sie mit ihm diesen Weg beschritten hätte. Sie waren nur leider zu unterschiedlichen Zeiten geboren.

Die Zeremonie verlief wie fast alle Hochzeiten. Zwischenfälle gab es nicht. Keiner widersprach der Verehelichung und beide bejahten ihre Absicht zur lebenslangen Ehe völlig uneingeschränkt.

Nach einem Sektumtrunk direkt vor der Kirche erschien eine weiße Hochzeitskutsche. Sie brachte das Brautpaar zum nahe gelegenen Festlokal. Die Gäste folgten weitgehend zu Fuß.

Fast alle Hochzeitsgäste hatten Reden, Sketche und Spiele vorbereitet. So wurde der Nachmittag kurzweilig und unterhaltsam gestaltet.

Klaus bekam von seinen Freunden, zusammen mit vielen Belehrungen und Verhaltensregeln für den folgenden Ehestand, Pantoffeln überreicht. Unter selbigen würde er fortan sein Leben fristen. Für Julia gab es von den Verwandten symbolisch, unter anderem, ein Nudelholz für die eventuellen Notfälle, mit ausführlicher Bedienungsanleitung. Sie versicherte, Klaus damit nie zu empfangen.

Natürlich wurde zwischendurch auch die Braut entführt. Sehr bald konnte sie im benachbarten Ort in einem Luxushotel befreit werden, musste aber teuer ausgelöst werden. Klaus erledigte das, vor Freude strahlend, sehr gerne.

Zum mehrgängigen Abendmenü spielte eine Tanzkapelle zur Untermalung. Nach dem Essen sollte der Hochzeitswalzer der Vermählten folgen und anschließend die Tanzfläche zur allgemeinen Leibes-, oder Leidensübung freigegeben werden.

Klaus fieberte diesem Moment schon entgegen. Als notorischer Nichttänzer hatte er Julias großen Wunsch erfüllt. In einem Crashkurs mit einem Tanzlehrer hatten sie geübt. Klaus merkte selbst, dass er den Walzer mehr stolperte als tanzte. So wollte er sich nicht präsentieren und blamieren. Heimlich hatte er mit der Hilfe von Bernhard ein paar Tage trainiert, um ein etwas besseres Bild abzugeben. In der Firma hatten die beiden Männer abendlich zusammen getanzt. Für den Putztrupp war das eine willkommene und unterhaltsame Abwechslung. Mit den erreichten Fortschritten wollte er Julia erfreuen. Die Überraschung gelang ihm. Sie legten einen Wiener Walzer aufs Parkett, als hätten sie bereits jahrelange Routine. Schon nach dem einen Tanz rann Klaus allerdings der Schweiß in die Augen. Wie er später berichtete, war es eine schier übermenschliche Anstrengung für ihn. Jeden Schritt hatte er mitgezählt und jede Bewegung konzentriert und völlig schulmäßig ausgeführt. Der Aufwand hatte sich rein optisch gelohnt. Julia überhäufte ihn mit Küssen.

„Allzu oft muss ich das nicht haben", bemerkte Klaus später. Für einen Tanz mit der Brautmutter musste er aber noch einmal leiden, brachte es aber ansprechend hinter sich. Nachdem er von den Übungsstunden mit Bernhard berichtete, wollten einige Hochzeitsgäste davon eine Demonstration sehen. Klaus verweigerte das eisern, den Lacher gönnte er ihnen nicht. Insgeheim dachte er darüber nach, Julia zuliebe eine Tanzschule zu besuchen. Damit könnte er ihr eine Freude bereiten.

Julia tanzte leidenschaftlich gerne. Bernhard war seit den ersten gemeinsamen Tanzschritten in Griechenland ihr liebster Partner. Häufig wurde er von ihr auch jetzt wieder auf das Parkett gezerrt. Bei vielen Melodien glitten sie mit einer solchen Harmonie und Leidenschaft über das Parkett, dass einige Gäste rundum stehend Beifall klatschten.

Noch eine weitere Tanzeinlage wurde ebenfalls von frenetischem Beifall begleitet. Julia hatte ihren steinalten Großonkel Adalbert zum langsamen Walzer überredet. Das Paar war allein optisch schon eine außergewöhnliche Erscheinung. Julia, etwa einen halben Kopf größer als er, jung und schlank. Adalbert klein, alt und rundlich, aber mit einer solch freudigen Ausstrahlung wie sie keiner an ihm vermutet hätte. Das Bild sollte zum interessantesten Foto von der ganzen Hochzeit werden und lange in den Alben bestaunt werden. Adalbert genoss diesen Tanz sichtlich. Für die Kreise die sie zogen, waren zwar altersbedingt übermäßig viele Einzeletappen erforderlich, aber sie führten immer wieder zum Ausgangspunkt zurück. Das Lächeln in seinem Gesicht fanden alle sehr herzerfrischend. Es war für ihn ein schönes und seltenes Erlebnis, für alle Zuschauer eine außergewöhnliche Einlage.

Onkel Adalbert war es dann auch, der bei den Hochzeitsgeschenken besonders herausragte.

Vermögend wie er war, hatte er eine erhebliche Summe als ein vorgezogenes Erbe für Julia locker gemacht. Mit einer Erbschaftssteuervermeidungs-urkunde, wie er es scherzhaft nannte, überreichte er Julia die Schenkung. Sie war sowieso in seinem Testament bedacht, meinte er kleinlaut. Und etwas früher weitergegeben, könnte sie sich auch noch bei ihm bedanken, nach seinem Tod hätte er ja nichts davon. Dass er damit die Firma von Klaus vor dem Konkurs rettete, ahnte Adalbert nicht. Nur Bernhard war involviert, dass man Klaus den Dispositionskredit teilweise aufgekündigt hatte.

Die vorangegangenen Liquiditätsengpässe hatten die Bank dazu bewogen. Die mittlerweile wieder sehr gute Auftragslage beeindruckte sie wenig. Bis die Gelder für die laufenden Objekte eingehen würden, wollte man nicht mehr warten. Mit der Schenkung konnte Julia nun die angestrebte gleichberechtigte Partnerschaft in der Firma von Klaus eingehen, und den Konkurs abwenden.

Der wohl bekannte philosophische Satz:

„Die Hochzeit ist der verzweifelter Versuch, gemeinsam die Probleme zu lösen, die man alleine nicht gehabt hätte", bestätigte sich somit für Julia in ganz besonderem Maße.

Die Feierlichkeiten gingen feuchtfröhlich bis in die frühen Morgenstunden. Zum Glück war die Hochzeitsreise erst für zwei Tage später angesetzt. Für den letzten Tanz wählte Julia natürlich wieder Bernhard als Partner. Glücklich und dennoch mit etwas Wehmut schmiegte sie sich an ihn.

„Warum konnte ich nicht dich heiraten, hätten wir nicht zu einer anderen Zeit geboren werden können?", gestand sie ihm mit feuchten Augen.

„Wer weiß denn, ob wir uns dann überhaupt jemals kennengelernt hätten. Nimm es so wie es gekommen ist und genieße jetzt dein Eheleben", riet ihr Bernhard tröstend.

„Die Zeit mit dir war die Schönste in meinem Leben, ich liebe dich und danke dir für alles", war Julias Antwort. Ehe das letzte Wort verklungen war, hatte sie sich losgelöst und war fortgerannt. Ihren Abschiedsschmerz und ihre Tränen wollte sie wohl vor ihm und den Gästen verbergen.

Zwei Tage später ging das frisch vermählte Paar auf die Hochzeitsreise. Drei Wochen wollten sie bleiben. Bernhard würde in dieser Zeit, natürlich mit der Unterstützung der leitenden Mitarbeiter, nach den Geschäften von Klaus sehen. Er war sein Mann des Vertrauens. Über Skype wollten sie kommunizieren und Entscheidungen abstimmen. Bereits bei der ersten Verbindung bekam Klaus zu spüren, was für ihn das Wichtigste sein sollte.

„Hier läuft es auch ohne dich wie geschmiert", verkündete ihm Bernhard.

„Du kümmerst dich gefälligst nur um deine liebe Frau, hier wirst du vorläufig nicht gebraucht. Wage es nur nicht, laufend an die Geschäfte zu denken und anzurufen."

Resolut hatte Bernhard nach der Versicherung, sich nur bei außergewöhnlichen Umständen zu melden, die Verbindung gekappt.

Julia vermisste bei ihrem Flitterwochenurlaub den Unternehmungsgeist von Bernhard. Immer wieder dachte sie an die gemeinsame Urlaubzeit mit ihm. Klaus war lieb und sehr zuvorkommend. Aber er war ein stiller Genießer. Stundenlang konnte er es, in eine Lektüre vertieft, am Strand oder am Pool auf einer Liege aushalten. Manchmal nickte er ein. Selbst für den Gang zur Bar war er oft zu bequem. Liebend gerne hätte Julia mit ihm zusammen etwas mehr unternommen und an sportlichen Aktivitäten teilgenommen. So musste sie einige Exkursionen alleine unternehmen. Die Bekanntschaften die sie machte, halfen ihr zum Glück etwas über die Trägheit von Klaus hinweg.

Für die abendlichen Tanzrunden war er ebenfalls nicht zu begeistern. So kamen sie gut erholt, ohne in einen Urlaubsstress verfallen zu sein, zurück. Die drei recht ruhigen Wochen animierten dazu, sich voller Energie in die Arbeit zu stürzen. Die ganze Woche über schufteten beide in der nun gemeinsamen Firma. Lediglich an zwei Abenden nahmen sie sich etwas Zeit für einen Besuch im Fitness-Studio oder in einer Sauna.

An den Wochenenden waren sie meistens bei Claudia und Bernhard auf dem Lande. Oftmals gingen sie mit ihnen gemeinsam Tennis spielen oder machten kleinere Wanderungen. Ansonsten ließen sie sich verwöhnen. Das gut eingespielte Rentnerpaar tat alles, um es ihnen so angenehm wie irgend möglich zu machen. Sie hatten ihre Genugtuung dabei, wenn es den beiden gut ging.

KAPITEL 20

Wenige Wochen nach der Hochzeit verkündete Julia freudestrahlend, dass sie in froher Erwartung waren. Der voraussichtliche Geburtstermin lag rechnerisch ziemlich genau neun Monate nach der Hochzeit. Claudia erschreckte zwar, dass sie nach der Niederkunft Großmutter sein würde, aber die Freude über die Herausforderung überwiegte. Sofort nahm sie das Zepter in die Hand und begann die Zukunft des Kindes zu planen.

„Mutter, keine Bevormundung bitte", warnte Julia vorsorglich. Die Erinnerung an die frühere Beeinflussung ihres Lebens war wieder präsent und sollte sich nicht wiederholen.

„Das wird unser Kind, nicht das deine. Liebend gerne nehmen wir eure Hilfe dann und wann in Anspruch, aber die Erziehung wird alleine meine Domäne bleiben."

Die Suche nach einem passenden Namen und das große Rätselraten, was es wohl werden würde, Junge oder Mädchen, nahmen ihren Lauf. Lange Zeit wollten Julia und Klaus nichts davon wissen. Beides wäre ihnen lieb, es sollte ja nicht das einzige Kind bleiben. Sie wollten sich überraschen lassen. Nach einigen, glücklicherweise aber harmlosen Schwangerschaftskomplikationen, kamen sie nicht umhin, das Geschlecht zur Kenntnis nehmen zu müssen. Am darauf folgenden Wochenende bei den Großeltern in spe, machten sie dem Rätsel ein Ende. Bernhard war, ohne blutsverwandt zu sein, selbstverständlich der zukünftige Großvater.

Julia stellte an Claudia und Bernhard die Frage:

„Nun ratet beide einmal, was ihr als Enkelkind bekommt, einen Jungen oder ein Mädchen."

Claudia meinte überzeugt:

„Das wird bestimmt ein Mädchen werden."

Bernhard wettete prompt dagegen:

„Das wird ein Junge sein, ihr braucht schließlich einmal einen Stammhalter." Er legte gleich nach:

„Falls es wirklich doch keiner werden sollte, was ja auch nicht schlimm wäre, müsstet ihr aber umgehend nachlegen und dafür sorgen."

Julia schaute ihre Mutter lächelnd an.

„Du hast Recht, ein Mädchen wird es sein."

Klaus wandte sich daraufhin an Bernhard.

„Lass die beiden nur reden, du hast natürlich Recht, wir brauchen einen Jungen, und genau den werden wir auch bekommen."

Die verdutzten Gesichter begutachtend, lachten Julia und Klaus beide lauthals los. Es dauerte eine Weile, bis Claudia und Bernhard begriffen hatten.

„Mein Gott, du bekommst doch nicht etwa sogar ein Zwillingspärchen? Das wäre ja großartig", stellte Claudia endlich fest und lachte freudig mit.

Die Schwangerschaft verlief reibungslos. Julia musste bedrängt werden, als es an der Zeit war, die Arbeit niederzulegen und sich hauptberuflich der Geburtsvorbereitung zu widmen. Zu sehr war sie in den Geschäftsbetrieb eingespannt. Sie ließ sich jedoch von den Prioritäten überzeugen. Das Warten fiel ihr ausgesprochen schwer. Claudia wurde von Bernhard immer wieder mal zurückgepfiffen, wenn sie Julia zu sehr bevormundete.

Nur die Einrichtung eines Kinderzimmers und teilweise die Beschaffung der Babyausstattung durfte sie, in Absprache mit Julia, übernehmen. In den letzten Tagen vor der Niederkunft nahm man dankbar an, dass Claudia und Bernhard ständig bei Julia blieben und sie versorgten und unterstützten. Alle vier fieberten der Geburt entgegen.

Bei der Niederkunft war schwer festzustellen wer eigentlich gebären sollte. Man hätte annehmen können, sie wären alle schwanger. Nervös liefen sie im Krankenhaus die Gänge auf und ab. Nur Julia blieb trotz der Wehen einigermaßen gelassen. Die Eltern von Klaus mussten dann auch noch vor Ort präsent sein und für weitere Unruhe sorgen. Zum Glück ging alles schnell und reibungslos über die Bühne, sonst hätten sie in ihrem hektischen Eifer das Krankenhaus lahm gelegt.

Die Kinder waren gesund und sie gediehen prächtig. Wie bei fast allen Müttern und vor allem Großmüttern, waren sie die absolut schönsten und intelligentesten der Welt. Immer wieder erfreuten sich die Frauen an den Fortschritten der beiden. Früher bei anderen Eltern und auch Großeltern oft belächelt, mussten sie jetzt feststellen, dass sich auch bei ihnen alles nur um die Kinder drehte. Jeden Tag folgte eine neue Errungenschaft.

„Schau doch mal, er kann schon ganz alleine dies, schau mal, sie kann auch schon das."

In Wirklichkeit, so holten Klaus und Bernhard die beiden immer mal wieder scherzhaft in die Realität zurück, machten sie ihre Windeln genauso voll, wie alle anderen kleinen Kinder dieser Welt.

Männer sind offensichtlich viel realistischer und unsensibler in dieser Beziehung. Aber es war für sie ebenfalls eine wahre Freude zu sehen, wie gut und schnell sie sich entwickelten. Sie wurden das interessanteste Gesprächsthema der Familie.

Claudia hatte aus der Angst heraus, weniger in die Betreuung mit einbezogen zu werden, Julias Vorgaben respektiert. Sie setzte sie, immer wenn die Kinder unter ihrer Obhut waren, nahtlos um. So wurden sie nicht so sehr verwöhnt, wie sonst oft üblich. Beide Kinder hatten ein sehr inniges Verhältnis zu Claudia und besonders zu Bernhard und hielten sich gerne bei ihnen auf. Wie zuvor, verbrachte die ganze Familie gemeinsam fast jedes Wochenende auf dem Lande.

Bernhard brachte den beiden sehr früh das Schwimmen bei, und sie wurden schnell wahre Wasserratten. Als die Zeit dafür gekommen war, lernten sie auch das Radfahren bei ihm. Bei den nach wie vor üblichen Wanderungen wurden sie von den Männern oftmals Huckepack genommen. Immer mussten sie tauschen, am liebsten wären beide von beiden Männern getragen worden. Als sie größer geworden waren, beschaffte Bernhard einen Leiterwagen mit massiven Gummirädern. Wann immer die Kinder nicht mehr laufen wollten oder konnten, wurden sie hineingesetzt und damit hinterhergezogen. Hauptsache war für alle, dass sie immer und überall dabei waren.

Julia suchte weiterhin, wann immer es möglich war, die Nähe von Bernhard. Er war und blieb ihr engster Vertrauter. Mit niemandem sonst konnte sie so gut wie mit ihm über ihre intimsten Sorgen und Probleme sprechen. Die gemeinsame Zeit und ihre Erlebnisse in der Vergangenheit hatten sie unzertrennlich zusammengeschweißt. Mit Klaus führte sie zwar eine harmonische Ehe, aber alles war ihr oftmals zu eintönig und manches Mal auch zu langweilig. Geschäftlich stark eingespannt, war Klaus an den Abenden, und zum Teil auch an den Wochenenden, abgespannt und müde. Oft hatte er zu Hause noch geschäftliche Angelegenheiten zu regeln. In seinen Gedanken war er ständig mit der Firma beschäftigt. Julia fühlte sich selbst, und auch die Kinder, manchmal etwas vernachlässigt. Sie liebte Klaus zwar immer noch genauso wie vorher, aber sie erwartete doch einiges mehr vom Leben. Sie musste ihren Unternehmungsdrang bändigen und auf ihn und die Firma Rücksicht nehmen. So manche Events und Einladungen fielen seinem chronischen Zeitmangel zum Opfer. Er schlug zwar immer vor sie sollte alleine oder aber mit einer Freundin teilnehmen, das machte ihr jedoch keinen Spaß. Ihre Urlaubsplanungen gerieten auch oft durcheinander und wurden zum Opfer der geschäftlichen Verpflichtungen. Manche geplante Kurzreise musste komplett abgesagt werden.

Als sie sich bei einer Wanderung wieder einmal ein Stück weit von den anderen abgesetzt hatten, schüttete Julia bei Bernhard wieder ihr Herz aus. Es war gerade eine unglückliche Phase in ihrer Ehe eingetreten und sie musste sich ausweinen.

Bernhard versuchte sie zu trösten. Er musste sie aber auch auf den Boden der Tatsachen holen.

„Vergiss niemals, welche große Verantwortung auf Klaus lastet. Ihr seid zwar beide berufstätig, aber du kannst dich viel leichter mal zurückziehen. Er muss damit zurechtkommen, ein ganzes Leben lang für euch alle zu sorgen. Die Verantwortung für seine Mitarbeiter und deren Familien trägt er auch. Du weißt, wie nahe er daran war alles zu verlieren. Ich weiß selbst was es heißt eine Firma zu leiten. Alle Probleme schleppst du auch in der Freizeit mit. Schlaue Managementberater empfehlen manchmal, man sollte auf dem Nachhauseweg einen Punkt fixieren, an dem man die betrieblichen Angelegenheiten in Gedanken aus dem Fenster wirft und die Firmentüre zusperrt. Das ist aber einfacher gesagt als getan. In der Praxis gelingt es meistens nicht. Die Sorgen lassen einen so einfach nicht los. Der ständige Kampf um Aufträge und ausreichenden Umsatz, die Lösung technischer oder personeller Probleme. Den ganzen Tag über unter ständiger Anspannung stehen und dann einfach einmal nur den Schalter umlegen und auf Entspannung schalten, das schaffen die Wenigsten. Auch die menschlichen Mitgefühle mit allen Mitarbeitern gehen nicht spurlos an einem vorbei. Wenn man dann einmal eine Abmahnung oder Kündigung aussprechen muss, geht man als mitfühlender und verantwortungsvoller Vorgesetzter lange Zeit damit schwanger und überlegt, ob es noch vermeidbar ist. Einige seiner Mitarbeiter kennt er sehr lange, auch die Familienverhältnisse sind ihm weitgehend bekannt. Da spielt man Schicksal und entscheidet über deren Zukunft.

Größere Unternehmen tun sich damit leichter, weil es bei denen viel unpersönlicher und anonymer abläuft. Du weißt selbst, welch sensibler Mensch Klaus ist, vielleicht ist das mit einer der Gründe, weshalb du dich gerade für ihn entschieden hast. Er ist nun einmal feinfühlig und grundlegende Entscheidungen macht er sich nicht einfach. Du musst dafür Verständnis haben und ihm helfen, die richtige Entscheidung zu finden, wo immer es geht. Gut dran ist derjenige der es immer schafft, die größten Schwierigkeiten sofort zu bereinigen, statt längere Zeit darüber zu grübeln. Ich habe mir auch immer vorgenommen alles Unangenehme sofort vom Tisch zu schaffen, damit es mich nicht länger belastet und mir keine schlaflosen Nächte und unnötige Gedanken mehr bereitet."

Julia hörte ihm interessiert und aufmerksam zu.

„Bei uns beiden war das ganze Zusammenleben halt viel abwechslungsreicher. Ich denke ständig daran, was wir alles gemeinsam unternommen und erlebt haben. Du hast mich wahrscheinlich doch zu sehr verwöhnt", entgegnete sie.

„Das kannst du aber nicht als Maßstab nehmen. Ich war ja nicht mehr berufstätig. Den ganzen Tag habe ich nur meine Freizeitaktivitäten genossen. Um allen Ballast von dir fern zu halten war Zeit genug. Alle Besorgungen und Erledigungen waren am Abend erledigt. So blieb uns mehr gemeinsame Zeit übrig. Erst wenn Klaus einmal in Rente geht - das wird aber noch eine Weile dauern - kannst du die gleichen Ansprüche auch an ihn stellen. Bis dahin musst du durchhalten, so ist das Leben."

Nach diesem Gespräch war sie aufgeschlossener und viel verständnisvoller im Umgang mit Klaus.

Claudia, die stolze und glückliche Großmutter, konnte stundenlang dem munteren Treiben der beiden lebhaften Kinder zuschauen, ohne sich zu langweilen. Wenn sie gerade einmal wieder wild mit Bernhard herumtollten, verglich sie alle drei gründlich miteinander. Oftmals schaute sie dann nachdenklich der Reihe nach in die Gesichter. Jede ihrer Gemütsregungen und ihre Mimik registrierte sie dabei aufmerksam und dachte angestrengt nach. Was dabei in ihrem Kopf herumspukte blieb ihr gut gehütetes Geheimnis.

KAPITEL 21

Bernhard dachte öfter über den Verlauf seines bisherigen Lebens nach. Was hatte er alles erreicht und erlebt, was blieben noch für Wünsche offen? Und was davon war in seinem Alter überhaupt noch zu verwirklichen? Immer mehr wurde ihm bewusst, dass nach hinten nicht viel Zeit dazu sein würde. Die Restlaufzeit seiner Generation hatte schon lange begonnen. Immer mehr von seinen Alterskameraden verabschiedeten sich. Er konnte sich eigentlich freuen, in diesem Alter noch gesund und auch relativ fit zu sein.

Sein Leben hatte sich entwickelt wie bei den meisten anderen Menschen wohl auch. Zunächst die angenehme Kindheit, nachfolgend die Jugend ohne die vielen Möglichkeiten der heutigen Zeit. Da man es nicht anders kannte, machte man damals das bestmögliche daraus. Es folgten dann die Ausbildung, der Wehrdienst und die berufliche Stabilisierung. Danach die Frau fürs Leben suchen und finden und den eigenen Hausstand gründen. Ständig waren hinterher neue Anschaffungen und Verbesserungswünsche zu realisieren. Berufliches Weiterkommen, das eigene Haus verwirklichen. Als Ziel immer, die maximale Lebensqualität zu erreichen, ohne die Absicherung für das Alter aus dem Auge zu verlieren. Immer war er dabei den Zielsetzungen hinterher gelaufen. Manches Mal musste er auch mit aller Energie um den Erhalt des bereits Erreichten kämpfen. Dann blieb für die neuen Wünsche kein Spielraum mehr übrig.

In seinem ganzen Berufsleben stand er unter ständiger Anspannung. Burnout kannte man zu seiner aktiven Zeit noch nicht, damals hieß es nur, Zähne fest zusammen beißen und durch. Für Krankheiten und längere Ausfälle blieb keine Zeit und Gelegenheit übrig. Über fünfzig Jahre hatte er seinen Mann gestanden, ohne jemals zu jammern.

Mit zunehmendem Alter prägte dann immer mehr die Ruhe und Bequemlichkeit den Ablauf des Tages. Bescheidenheit und Zufriedenheit mit dem bisher Erreichten stellte sich ein. Mehr und mehr stellte er fest, was er eigentlich nicht oder nicht mehr brauchte. Die Ambitionen reduzierten sich auf das Wesentliche. Gesundheit, Geborgenheit, ein angenehmes Umfeld reichten weitgehend schon aus. Ein ausreichendes finanzielles Polster zur Absicherung eventueller unvorhersehbarer Angelegenheiten musste selbstverständlich auch vorhanden sein. Hatte er nicht schon alles erreicht, was den Sinn des Lebens ausmachte? Besonders die gemeinsame schöne Zeit mit Julia war ein Jungbrunnen für ihn gewesen, der ihn um Jahre jünger gemacht hatte. Durch seine Erlebnisse mit ihr, dem nachfolgenden Zusammenleben mit Claudia, und nun der glücklichen Familie mit den zwei großartigen Enkelkindern, hatte er doch alles, um zufrieden zu sein. War das nicht mehr, als er je erwartet hatte und auch erwarten durfte. Wie ein zweites Leben kamen ihm die letzten Jahre vor. Die Alternative, ohne diese positive Entwicklung, malte er sich auch des Öfteren aus. Alleine lebend, ohne die familiären Bindungen die er jetzt hatte.

Die freie Zeit begrenzt auf die Rentnerstammtische und langweilige Seniorennachmittage. Ständig auf der verzweifelten Suche nach etwas Abwechslung, um dem tristen Alltag und der Einsamkeit zu Hause zu entrinnen. Da war ihm doch Besseres widerfahren. Gab es überhaupt noch viel mehr zu erreichen? Reichte es nicht, auch die Bewegungsfreiheit zu haben, alles was man in Reichweite miterleben konnte mitzunehmen und zu genießen? Schöne Zeiten zu erleben, ob gemeinsam daheim mit der Familie, oder auch bei den zahlreichen Kurzreisen und den schönen Urlauben. Welch ein außergewöhnlich großes Glück er hatte war ihm bewusst. Hauptsächlich auch deshalb, weil keine schlimmen Krankheiten, sowie keine körperlichen Einschränkungen und keine größeren familiären Katastrophen den Alltag störten. Dass er gesund und relativ fit war in seinem Alter, war alleine schon außerordentlich befriedigend.

Ein alter Jugendtraum ließ ihn dennoch nicht ganz los. Früher wollte er immer mal die Küsten vieler Länder zu Fuß erkunden. Angefangen beim Mittelmeer, sollten ohne zeitliche Begrenzung die Atlantikküste, die Nordsee und die Ostsee folgen. Fernere Länder schreckten ihn eher etwas ab. Die hygienischen Verhältnisse und eine kultivierte Ernährung waren ihm besonders wichtig. Deshalb war sein Wunschtraum nur auf Europa begrenzt. Alleine, um nur immer seinen eigenen Neigungen folgen zu können, frei von jeglichen Zwängen, wollte er wandern. Unterwegs einmal da und einmal dort bleiben, solange es ihm Spaß machte.

Zwischendurch, wenn es sich ergeben würde, für kurze Zeit irgendwo arbeiten, um die Reisekasse aufzufrischen. Dazu war es jetzt aber viel zu spät, dazu war er zu alt. Zu sehr war er jetzt schon an ein geregeltes Leben gewöhnt. Ein gutes Frühstück am Morgen, ein kleiner Imbiss zwischendurch und ein anständiges Abendessen waren mittlerweile zwingend notwendig. Auch ein Bett zur rechten Zeit und entsprechende sanitäre Voraussetzungen waren unverzichtbar. Fußmärsche waren auch in seinem Alter auf ein Seniorenmaß begrenzt. Was blieb also übrig, um eventuell annähernd diesem Jugendtraum noch gerecht zu werden? Es gab durchaus eine realisierbare Alternative. Warum nicht, anstatt zu wandern, das Ganze mit einem Fahrrad unternehmen. Elektrische Unterstützung könnte dabei von Vorteil sein. Natürlich wäre das nicht annähernd das, was er sich früher vorgestellt hatte, aber eine stark abgespeckte Ersatzlösung. Zu Fuß könnte er immer noch einzelne interessante Etappen von verschiedenen Zwischenstationen aus unternehmen. Besser als nichts wäre es allemal, dachte er sich, und festigte seinen Entschluss. Gleich im milderen Klima könnte er seine Tour starten. Bis an einen geeigneten Ausgangspunkt würde er mit der Bahn fahren. Einige Bereiche der Küsten des ehemaligen Jugoslawiens kannte er schon recht gut. Ebenso einzelne Abschnitte von Italien, Frankreich, Spanien und Portugal. Auch Nordsee und Ostsee, sowie einige Inseln darin hatte er in den Urlauben kennengelernt. Aber alles nicht so nahtlos, wie er sie gerne erkundet hätte.

Mit einer kleineren Etappe könnte er erst einmal anfangen. Falls er nicht mehr wollte oder konnte, wäre ein Abbruch auch nicht das Schlimmste.

Akribisch genau plante er eine Route. Die notwendigen Karten studierte er eingehend und sammelte alle noch erforderlichen Informationen. Für die gesamte geplante Strecke suchte er sich die Telefonnummern und die Adressen von Hotels, Gasthäusern und Pensionen zur Übernachtung. Ausweichlösungen plante er mit ein. Reisegepäck wollte er natürlich auch ausreichend mitnehmen, aber nicht ständig mit sich herum schleppen. Er fand eine Lösung, sein Gepäck von einzelnen Anlaufstationen aus weiter transportieren zu lassen. Das was für drei bis vier Tage benötigt wurde, fand Platz in den Satteltaschen des E-Bikes. Bis ins letzte Detail bereitete er seine abenteuerliche Fahrt vor und beschaffte sich alle dazu erforderlichen Ausrüstungsgegenstände.

Die Familie wunderte sich über sein Ansinnen. Da sie seinen Unternehmungsgeist gut kannten, versuchten sie nicht lange, ihn davon abzuhalten. Was er sich in den Kopf gesetzt hatte, würde er auch durchziehen. In seinem Alter war es nicht mehr lange aufzuschieben. Wenn überhaupt, dann musste er sehr bald starten. Viele andere Männer kauften sich im Alter ein Motorrad, um noch einmal Freiheit zu schnuppern, er wählte diesen Weg. Nach Abschluss von allen seinen Vorbereitungen und Planungen verabschiedete er sich für eine noch unbestimmte Zeit. Seine wenigen laufenden Verpflichtungen würde ihm Claudia abnehmen.

Turnusmäßig wollte er sich immer telefonisch bei ihr melden. Über sein Smartphone wäre er, soweit Funknetze zur Verfügung stehen würden, notfalls auch erreichbar. Claudia und Julia verabschiedeten ihn unter Tränen.

„Pass bitte gut auf dich auf, wir brauchen dich", bat ihn Julia eindringlich.

„Es ist schwer für uns, dass du uns wochenlang alleine lässt", fügte Claudia traurig hinzu.

Von Klaus und den Kindern hatte er sich vorher schon verabschiedet. Auch sie waren sehr traurig, hatten aber Verständnis für seinen Wunsch.

Per Bahn ging er mit seinem schwer bepackten Elektro-Esel auf die erste Etappe. Venedig war der angestrebte Ausgangspunkt für seine Radtour.

Claudia vermisste Bernhard bereits vom ersten Tage an. Sie war es nicht mehr gewohnt, über Nacht alleine zu sein. Jetzt wurde ihr schmerzlich bewusst, wie viel er ihr bedeutete. Zu ihrem Glück kam Julia öfter mit den Kindern zu ihr. So war dann wenigstens wieder ein Tag gerettet und es blieben nur noch die einsamen Nächte. Wie sollte sie seine Abwesenheit über die vielen Wochen überstehen? Mit der Hausarbeit, und mit kleinen mehr oder weniger überflüssigen Pflanz- und Pflegearbeiten im Garten, versuchte sie sich ein wenig Ablenkung zu verschaffen. Die Rückkehr von Bernhard sehnte sie genauso herbei, wie auch die Familientreffen am Wochenende.

Bereits am zweiten Tag hatte Bernhard mit Claudia telefoniert. Er käme gut voran berichtete er und es entsprach auch alles den Erwartungen.

Das Wetter würde ausgezeichnet mitspielen. Die schönsten Fleckchen die er finden würde, könnten sie vielleicht später einmal gemeinsam besuchen. Alles würde er fotografieren und dokumentieren.

Zwei Tage später war bei der Post für Bernhard auch eine Nachricht seiner Krankenversicherung. Für Claudia war es üblich seine Post zu öffnen. Sie hatte dazu sein Einverständnis. Außer, wenn sie ausdrücklich als persönlich gekennzeichnet war. Sie hatten keine großen Geheimnisse voreinander. Da er einige Wochen vor seiner Abreise zu einer Routineuntersuchung bei seinem Hausarzt war, vermutete sie eine Rechnung. Um keine Frist zu versäumen, öffnete sie den Umschlag. Er enthielt allerdings keine Abrechnung, sondern eine Zusage zur Kostenübernahme von einigen erforderlichen Untersuchungen. Die Versicherung bestätigte ihm nochmals, die telefonisch zugesagte Begleichung der Kosten, für einen längeren Aufenthalt in einer bayerischen Privatklinik. Außer der vereinbarten Selbstbeteiligung würden sie ihm alle weiteren Aufwendungen vollständig erstatten.

Mehrmals las sie den Text durch, konnte sich aber keinen Reim darauf machen. Sicher handelte es sich nur um eine Verwechslung. Dass Bernhard ohne ihr Wissen einen Klinikaufenthalt geplant hatte, erschien ihr sehr unwahrscheinlich. Von einer Erkrankung hatte er niemals gesprochen. Außerdem befand er sich ja auf einer Urlaubsreise. Bei seinem nächsten Anruf würde sie ihn danach fragen. Im Moment gab es keinen erkennbaren Grund zum Handeln für sie.

Die ganze Nacht dachte sie dann doch über das ominöse Schreiben nach. Es beunruhigte sie und raubte ihr den Schlaf. Am Morgen würde sie mit Julia darüber sprechen, beschloss sie.

Julia war skeptisch als sie von dem Brief erfuhr. Umgehend fuhr sie zu ihrer Mutter, um ihn persönlich in Augenschein zu nehmen und Claudia zu beruhigen. Ein Anruf bei der Versicherung brachte dann Klarheit, dass es sich keineswegs um eine Verwechslung handeln würde. Weitergehende Auskunft dürften sie ihr nicht geben. Eine Weile überlegten und diskutierten die zwei Frauen. Bernhard war, was seine Gesundheit anging, nicht zu durchschauen. Die gelegentlichen kleinen Wehwehchen behandelte er im Allgemeinen selbst und sprach nicht darüber. Wenn er von ihnen nicht explizit danach gefragt wurde, verschwieg er jede Verletzung und auch alle gesundheitlichen Beeinträchtigungen. Einen Arzt aufzusuchen kam ihm selten in den Sinn. Solange er nicht hin gehen würde, könnte keiner was finden, behauptete er immer wieder. Seine Vergangenheit gab ihm dabei Recht. Meistens machten die Ärzte ja auch nichts anderes, als er selbst. Oder, wie es ihm bereits mehrmals passiert war, wurde er durch alle möglichen Diagnosehilfen und Laboruntersuchungen geschleust, ohne irgendeine brauchbare Erkenntnis dadurch zu bekommen. Über die unnötige, meist recht horrende Rechnung ärgerte er sich dann. In früheren Zeiten nahm er sich nicht die Zeit für Routineuntersuchungen. Vermeintlich wichtigere Dinge ließen ihm keinen Spielraum krank zu sein.

Aus dieser Erkenntnis resultierend, kamen Julia und Claudia zu dem Schluss, dass es sehr wohl möglich sein könnte, dass Bernhard ihnen etwas verheimlichen würde. Wahrscheinlich wollte er nicht bemuttert werden und sie auch damit nicht belasten. Er war immer bestrebt, jegliche Sorgen von anderen fernzuhalten. Seiner Meinung nach nahmen ohnehin Frauen alles gleich viel zu ernst. Dass er seine Radtour vorgeschoben hatte um in eine Klinik zu gehen, würde aber schon sehr weit gehen. Wahrscheinlicher schien es, dass er den Besuch erst danach vorgesehen hatte.

Mit einer List meldete sich Julia bei der Klinik. Ganz unbedarft erkundigte sie sich, angeblich im Auftrag der Krankenversicherung, von wann bis wann der Aufenthalt geplant sei. Aufgrund ihrer genauen Kenntnis der Sachlage bekam sie sogar bereitwillig die gewünschte Auskunft.

„Herr Bernhard Harms ist, wie vorgesehen, seit drei Tagen hier. Ein Ende der Untersuchungen ist bei mir nicht verzeichnet. Weitere Auskünfte kann und darf ich ihnen nicht geben, dazu müssten sie den behandelnden Arzt anrufen", eröffnete ihnen die Dame vom Empfang freundlich.

Die beiden Frauen mussten erst ihren Schreck verdauen. Klar war ihnen, dass es offensichtlich etwas Ernsteres sein musste. Wegen einer kleinen Bagatelle würde Bernhard nie ein Krankenhaus aufsuchen. Statt auf der lange geplanten Radtour war er also tatsächlich zur Untersuchung in einer Klinik, und das auch noch so weit von zu Hause entfernt. Julia fasste sich dann als Erste wieder.

„Vielleicht ist ihm auf dem Weg nach Venedig schlecht geworden und er hat umdisponiert. Aber warum hat er dir nichts davon gesagt?"

„Ich weiß es nicht, aber ich traue ihm zu, dass er erst das Ergebnis der Untersuchungen abwartet, bevor er uns unnötig beunruhigt. Die Frage ist für mich eher, was ich jetzt tun kann. Auch wenn er uns heraus lassen wollte, alleine lassen werde ich ihn dort auf keinen Fall."

„Sollen wir ihn gleich anrufen? Aber ich glaube kaum, dass er uns am Telefon alles erklären wird", bemerkte Julia. Claudia schaute sie fragend an.

„Wie lange fährt man denn bis zu dieser Klinik? Ich werde umgehend hin fahren."

„Ich fahre mit dir, es ist zu weit für dich alleine. Schätzungsweise acht bis neun Stunden werden wir schon brauchen. Wenn wir schnell ein paar Sachen zusammenpacken, könnten wir heute Nacht noch starten. Wir wechseln uns am Steuer ab, bis morgen Vormittag müssten wir die Strecke schaffen. Klaus kommt bestimmt auch einmal über eine kurze Zeit ohne mich klar. Um die Kinder können sich seine Eltern kümmern. Die haben Zeit. Ich rufe sie sofort an."

Julia hatte das gleich so bestimmend geäußert, dass Claudia zustimmte. Es war in ihrem Sinne. Schnell hatten sie alles geregelt. Noch in der Nacht brachen sie auf und kamen schnell voran.

Bereits am Vormittag erreichten sie die Klinik. Bernhard war gerade nicht auf seinem Zimmer. Sie fanden ihn auf einer Bank im Garten. Erstaunt schaute er die beiden übernächtigten Frauen an.

„Wie kommt ihr hier her? Woher wusstet ihr denn überhaupt, dass ich hier bin?", waren seine ersten Fragen. Dabei umarmte er beide innig. Die große Freude sie zu sehen war ihm anzumerken. Kurz berichteten sie von dem Schreiben, und dem Schreck der sie veranlasste bei der Versicherung anzurufen. Erstaunt war er über ihre Recherchen, und dass sie tatsächlich bei der Klinik eine recht sachdienliche Auskunft bekommen hatten.

„Was ist mit dir und was hat das zu bedeuten? Warum hast du nicht gesagt dass du krank bist und eine Klinik aufsuchen willst? Das hättest du mir bei unserem Telefonat doch sagen können. Wir haben dich an südlichen Stränden vermutet", sprudelte es aus Claudia vorwurfsvoll heraus.

„Entschuldigt bitte, es war nicht meine Absicht euch zu hintergehen. Ich war auf dem Weg nach Venedig und wollte ernsthaft erst meine geplante Tour unternehmen. Unterwegs kamen mir dann Bedenken und ich dachte, einen Abstecher hierher kann ich ja machen. Da sie mir sofort einen Termin einräumten, meinte ich, das Ganze ist in einem Tag erledigt, und ich kann gleich wieder weiterfahren. Stattdessen wollen die Ärzte mich aber regelrecht auseinander nehmen und alle Werte untersuchen. Ich wollte euch nicht beunruhigen, zumal noch nichts Konkretes erkennbar ist. Meine Laborwerte bei meinem letzten Arztbesuch waren so miserabel, dass man mir zu einer dringenden und gründlichen Untersuchung geraten hatte. Schmerzen oder Einschränkungen habe ich nicht, deshalb wollte ich es zuerst gar nicht wahrhaben. Man vermutet eine schwere Beeinträchtigung der Bauchspeicheldrüse, aber bis jetzt haben sie noch nichts gefunden. Immer weiter dringen sie jetzt in mich ein, laufend fällt den Ärzten wieder etwas Neues ein, was sie noch untersuchen müssten. Morgen werde ich dem Ganzen hier aber ein Ende bereiten und abreisen. Mit oder ohne Befund."

„Du solltest die Symptome ernst nehmen und behandeln lassen. Das klingt nicht ungefährlich", bemerkte Claudia und Julia pflichtete ihr bei. Sie wussten ja um seine Ignoranz bei Krankheiten.

„Ich werde es ernst nehmen, sobald sie konkrete Maßnahmen vorschlagen und eine brauchbare Diagnose haben. Ich werde aber nicht warten, bis sie mit Gewalt etwas gefunden haben und vorher nur experimentieren und spekulieren. Danach sieht es im Moment leider aus. Wenn ich schwer krank bin, werde ich es irgendwann schon merken und reagieren können."

Lange diskutierten sie gemeinsam darüber. Aber solange es keine genaueren Anhaltspunkte gab blieb nur Warten übrig, da gaben sie ihm Recht. Letztendlich waren sie beruhigt, dass er zumindest nicht oder noch nicht todsterbenskrank im Bett lag, sondern ohne jegliche Einschränkung vergnügt mit ihnen durch die schöne Landschaft spazieren konnte.

Für den folgenden Tag waren einige weiteren Untersuchungen angesetzt. Danach würde er auf ein Gespräch mit dem behandelnden Professor drängen. Vielleicht würde er dann klarer sehen und sich leichter entscheiden können.

Julia und Claudia quartierten sich in einer nahe gelegenen Pension ein, zunächst nur für eine Nacht. Nach der vorläufig letzten Untersuchung gelang es, den behandelnden Arzt zu konsultieren. Claudia hatte fest darauf bestanden dabei zu sein. Wie Bernhard schon vorher sagte, gab es nichts Konkretes. Alles lief darauf hinaus, dass es nur ein hohes Risiko gab. Es wäre durchaus möglich, dass eine plötzliche Verschlechterung seines Zustandes eintreten könnte. Wann, war aber nicht absehbar. Vorbeugend könnte er sich den verschiedensten Behandlungen unterziehen, deren Erfolg jedoch keineswegs sicher war. Die letzten Gewebeproben würden in einigen Tagen vielleicht einen näheren Aufschluss darüber geben.

Ein Damokles-Schwert der Ungewissheit hing nun über ihm. Jederzeit könnte ihm ein Leidensweg bevorstehen, bevor es mit ihm zu Ende ging.

Die Radtour war somit beendet, schon bevor sie angefangen hatte. Bernhard fuhr zwangsläufig mit den beiden Frauen wieder zurück.

Fortan stand er unter strenger Beobachtung. Jede noch so kleine Veränderung an ihm wurde sofort registriert. Immer wieder musste er ihnen versichern, dass es ihm gut geht. So manches Mal wies er sie resolut in die Schranken.

„Sobald ich krank bin, werdet ihr es erfahren. Solange ich aber noch gesund bin verhaltet euch bitte gefälligst normal und behandelt mich auch so wie sonst immer, und nicht wie einen Sterbenden. Zurzeit lebe ich noch und das werde ich genießen so lange es irgendwie geht."

Vorbeugende Maßnahmen ignorierte er völlig. Jegliche Einschränkung seines Lebensablaufes lehnte er strikt ab. Er lebte genauso sorglos wie bisher. Als wäre absolut nichts zu befürchten.

Zwangsläufig war man in einigen Gesprächen manchmal doch mit dem Schlimmsten beschäftigt. Alles, was besprochen und geregelt sein musste, wurde abgehandelt. Klar war, dass man ihn nicht mit Apparatemedizin oder künstlicher Ernährung am Leben halten sollte. Entsprechende Formulare, wie die Vollmacht über die Betreuungsverfügung und eine Patientenverfügung, wurden ausgefüllt und bereit gelegt. Sehr sachlich verliefen alle ihre Unterhaltungen darüber.

„Ich habe mein Leben gelebt. Für alles was ich erleben durfte, bin ich dankbar. Also jammert nicht herum. Für diejenigen die bleiben, ist es sicher schwerer, als für den der gehen muss. Falls mir ein schwerer Leidensweg beschieden sein sollte, dürft ihr gerne nachhelfen damit es schneller vorbei ist. Wenn ich noch dazu in der Lage sein sollte, tue ich das auch selbst. Wagt es nicht zu jammern wenn ich euch verlassen muss. Freut euch mit mir, dass es jetzt erst ist und nicht schon viel früher erfolgte. Mein bis jetzt erreichtes, hohes Lebensalter ist ja auch weit über dem Durchschnitt."

Solche und ähnliche Sätze mussten sie öfter über sich ergehen lassen, wenn sie ihn gerade wieder einmal bemutterten. Über seinen Galgenhumor wunderten sich alle immer wieder. Als sie einmal von der Beerdigung eines Verwandten nach Hause kamen, warnte er sie eindringlich.

„Wagt ja an meinem Grab nicht so ein Geheule. Wenn ich es selbst organisieren könnte, würde ich aus meiner Bestattung ein Fest machen."

Insgeheim kam er selbst nicht umhin darüber nachzudenken. Wie einfach wäre es zu sterben, wenn niemand um einen trauern würde. Wenn man nichts zurücklassen müsste, was einem lieb und wert ist. Keine Perspektive mehr hätte. Für Unternehmungen nicht mehr die Energie oder die Mittel haben würde. Nur dahinsiechen müsste, wie er es oft in den Altersheimen gesehen hatte. Aufstehen, warten bis man endlich versorgt wird. Anschließend wieder warten auf das Frühstück, das Mittagessen, das Abendessen und schließlich die Nachtruhe. Ab und zu eine kurze Ansprache von einem der seltenen Besucher. Zwischendrin Untersuchungen und Behandlungen der vielen Alterskrankheiten. Nicht teilhaben können am Leben, weil man geistig nicht mehr mit kam. Die Augen schwach, das Gehör geschädigt. Weder Radio hören, noch Fernsehen, geschweige denn eine Tageszeitung oder ein gutes Buch lesen und begreifen können. Nein, so wollte er nicht enden wollen. Das galt es mit allen verfügbaren Mitteln zu verhindern. Julia hatte ihm damals mit ihrem Suizidversuch gezeigt, wie man relativ mühelos und ohne zu große Qualen gehen könnte. Nur den richtigen Zeitpunkt galt es dabei zu erwischen und nicht zu verpassen. Körperlich und geistig müsste man natürlich noch dazu in der Lage sein. Darin sah er das einzige entscheidende Problem, das alle guten Vorsätze zunichtemachen würde.

235

In den ersten Wochen nach seiner Rückkehr aus der Klinik zeigten sich keinerlei Veränderungen. Alle Untersuchungen waren mittlerweile schon abgeschlossen. Sie ergaben absolut nichts Neues und schon gar nichts Konkretes. Vielleicht war alles nur auf übertriebene Vorsichtsmaßnahmen, mit der oftmals üblichen Panikmache durch die Ärzte, zurückzuführen. Bernhard hatte ohnehin nicht viel erwartet, nur die beiden Frauen sorgten sich ständig.

Je mehr Zeit verging, umso gelassener wurden alle endlich wieder. Und die Wochen und Monate vergingen ohne irgendwelche Zwischenfälle.

KAPITEL 22

Ein halbes Jahr nach der ausgefallenen Radtour und dem stattdessen notwendigen Klinikbesuch beschloss Bernhard eines Tages, die Wintermonate im wärmeren Süden zu verbringen. Claudia war ausgesprochen skeptisch. Bevor er ganz alleine fliegen würde, wollte sie ihn lieber begleiten. Sie verlagerten ihren Wohnsitz in ihr Ferienhaus in Spanien. Da viele deutsche Ärzte wissen, wo das Arbeiten am angenehmsten ist, gab es auch dort eine ausreichende Dichte an Arztpraxen. Selbst die hochkarätigen Spezialisten für eventuelle Notfälle waren, falls es erforderlich werden sollte, dort zu finden. Es wurde nach wie vor keine Behandlung notwendig, die Beschwerden blieben aus.

Während der Weihnachtszeit kam auch Julia mit Klaus und den zwei Kindern. Sie verbrachten wieder einmal eine schöne gemeinsame Zeit.

So verging Monat für Monat ohne besondere Vorkommnisse. Keine einzige Krankheit und auch keinerlei Einschränkungen trübten das Leben.

Im Frühjahr kehrten Claudia und Bernhard nach Hamburg zurück. Sie waren gut erholt und wollten wieder näher bei der Familie sein.

Irgendwann kam dann doch eine unliebsame Überraschung, wenn auch anders als erwartet. Bei einer Familienfeier fühlte sich Claudia nicht wohl. Das war bei ihr nichts außergewöhnliches, sie litt unter starkem Bluthochdruck, den sie mit hoch dosierten Medikamenten behandeln musste. Sie verabschiedete sich, um zeitig schlafen zu gehen.

Die Kinder schlichen noch einmal in ihr Zimmer, herzten sie liebevoll und legten ihr einen Teddybär in den Arm. Damit sie nicht so alleine schlafen müsste, meinten sie mitleidig.

Erst am frühen Morgen merkte Bernhard dann, dass sie nicht mehr atmete. Mit dem Teddybären im Arm war sie ganz friedlich eingeschlafen. Ein zufriedenes Lächeln lag um ihre Mundwinkel.

Mit Bernhards Krankheit hatte man gerechnet, bei ihm war man auf das Schlimmste vorbereitet. Dass Claudia jetzt vorher abberufen wurde, war für alle schmerzhaft und überraschend.

Bernhard wurde genötigt zu Julia, Klaus und den Kindern umzuziehen. Er wollte niemandem zur Last fallen und wehrte sich lange. Aber Julia gab nicht nach. Als der unverzichtbare Großvater verbrachte er problemlos die nächsten Monate bei ihnen. Von einer Krankheit war nichts zu spüren. Nach wie vor war er der Mann für alle Fälle. Oft betreute er die Kinder und kümmerte sich liebevoll um die beiden. Ansonsten war er als Gärtner, Haushandwerker, Botendienst, Chauffeur und auch als Sportkamerad einsetzbar. Klaus brauchte ihn manchmal für einen Segeltörn. Er hatte ein Boot, das alleine sehr schwer zu handhaben war. Früher hatten sie öfter einmal den Versuch unternommen, gemeinsam mit Julia und Claudia zu segeln. Nach ihrem dritten gemeinsamen Ausflug, der durch einen plötzlichen Wetterumschwung abenteuerlich verlaufen war, hatten die beiden Frauen die Teilnahme verweigert. Nach Claudias Tod war Julia auch nicht mehr dazu zu bewegen.

Wann immer Klaus wieder seinen Lieblingssport betreiben wollte, bat er Bernhard ihn zu begleiten, was diesem immer sehr gelegen kam. Die beiden waren ein sehr gutes Team und trotzten routiniert manchem Sturm. Klaus liebte Herausforderungen. Es war das Einzige wo er nicht so langweilig und träge war, wie Julia einmal scherzhaft feststellte. Oft machte sie sich große Sorgen um die beiden, aber sie kamen immer heil zurück.

Auch für die Firma von Klaus und Julia war Bernhard bevorzugtes Opfer bei allen Engpässen. Lagerarbeiten und kleinere Reparaturen fielen immer wieder an. Natürlich erledigte er sie stets mit der altersbedingten Ruhe und Gelassenheit. Seine Routine und die Lebenserfahrung waren allseits geschätzt. Keiner konnte, mit so viel Sorgfalt und Liebe zum Detail, geduldig umständliche Probleme lösen. Wo Handwerksfirmen mit langen Planungen und vielen Fragen erst nach langen Wartezeiten einzusetzen waren, sprang Bernhard bereitwillig ein. Statt hoher Rechnungen machte er es als Freundschaftsdienst. Ständige Fragen gab es bei ihm nicht, er war ein Macher, kein Zauderer. Die sinnvollen Beschäftigungen hielten ihn sehr lange agil und fit.

Leider blieb doch die befürchtete Krankheit bei ihm nicht aus. Mit einigen Jahren Verspätung suchte sie ihn in hohem Alter heim. Die allerersten Anzeichen waren noch recht harmlos. Trotzdem suchte er eine Klinik auf, um Gewissheit zu haben. Es war abzusehen, dass ihm ein langer Leidensweg bevorstehen würde, eröffnete man ihm deutlich.

Heilung würde medizinisch ausgeschlossen, es gäbe noch keine Mittel gegen seine Krankheit. Die Forschung würde sicher noch weitere Jahrzehnte brauchen, um eine Lösung zu finden. Allenfalls eine Linderung ließe sich mit unbequemen Maßnahmen und mehreren Operationen herbeiführen. Sehr lange Klinikaufenthalte und schmerzhafte Torturen müsse er einplanen, mit nur geringen Aussichten auf Erfolg. Wochenlang wehrte er sich gegen diese Erkenntnisse. Er wägte ab, ob es in seinem Alter überhaupt noch Sinn machte, sich der Quälerei auszusetzen. Die Entscheidung schleppte er lange vor sich her.

Eine plötzliche Verschlechterung ließ sich vor der Familie nicht mehr verbergen, sie bereiteten sich schon auf das Schlimmste vor. Viele Stunden verbrachte Julia mit ihm um Trost zu spenden und noch ein bisschen Zeit mit ihm zu verbringen. Sie litt sehr mit ihm. Immer wieder erzählte sie von der schönen gemeinsam verbrachten Zeit und wiederholte, was er für sie bedeutete.

„Du hast mich nicht nur vor dem Tod bewahrt, du hast auch mein ganzes Leben und mein Glück geprägt. Ohne dich gebe es mich nicht mehr. Alles was ich erleben durfte und mein erfülltes Dasein verdanke ich nur dir. Ich bin dir unendlich dankbar für alles. Gerne würde ich dir noch einige Jahre etwas davon zurückgeben. Es wäre schwer ohne dich, ich weiß nicht wie ich das aushalten würde." Aus ihren Worten klang immer noch Hoffnung mit, sie hatte ihn keinesfalls aufgegeben, obwohl sie ahnen musste, dass es vergeblich war.

„Wir werden dich in der Klinik gut betreuen und täglich besuchen. Wann immer du etwas brauchst, lasse es uns wissen, wir sind jederzeit für dich da. Du brauchst keine Sorgen zu haben. Auch wenn du danach pflegebedürftig werden solltest, kümmern wir uns um dich. Dein Platz hier bei uns ist dir für alle Zeiten sicher."

Er versuchte sie dann seinerseits zu trösten.

„Es bleibt uns nicht erspart, irgendwann ist die Zeit für jeden Menschen abgelaufen. Sei froh, dass es erst jetzt ist, es hätte früher kommen können. Dein Leben geht weiter, mache das Beste daraus. Du hast einen guten und liebenswerten Mann, zwei phantastische Kinder und ein schönes Heim. Die Geschäfte gehen auch blendend, was willst du noch mehr? Genieße dein Leben. Sobald meine Stunde gekommen ist, werde ich ohne Gram sterben. Ich habe mehr vom Leben gehabt, als ich je erwartet habe, hauptsächlich durch dich."

Einige Tage lang versuchte er dann noch, die Auswirkungen und Schmerzen zu bekämpfen. Sein Geist wehrte sich, aber die Krankheit war stärker und schlug unbarmherzig zu.

Freitags war Julias arbeitsfreier Tag, an dem sie nicht in der Firma mithalf. Die Kinder waren bis nachmittags im Kindergarten. Sie konnte in aller Ruhe ihre Einkäufe erledigen und alles nötige für das Wochenende vorbereiten.

Es war dann auch ausgerechnet ein Freitag, an dem vormittags ein schwarz gekleideter Mann an der Haustür klingelte. Julia war gerade erst vom Einkaufen zurückgekommen und öffnete die Tür.

Nach seinem Ansinnen gefragt, stellte er sich als Mitarbeiter eines Bestattungsinstitutes vor. Er komme auf Anforderung von Bernhard Harms. Julia war ziemlich perplex. Wollte Bernhard seine eigene Bestattung vorausplanen? Zutrauen würde sie es ihm. Es entsprach seinem Naturell, alles möglichst perfekt vorzubereiten.

Im Erdgeschoß des Hauses und im Garten war Bernhard nicht zu finden. Jetzt fiel ihr auf, dass er offensichtlich noch nicht gefrühstückt hatte.

Bereits auf dem Weg zu seinem Zimmer im Obergeschoß beschlich sie ein mulmiges Gefühl. Mit jeder Stufe die Treppe hinauf verstärkte sich ihre Angst. Sanft klopfte sie an seine Zimmertür, bevor sie zaghaft öffnete. Der Anblick nahm ihr die Luft weg. Er lag noch in seinem Bett, daneben stand eine geleerte Rotweinflasche. Er hatte sich am Abend noch etwas Gutes gegönnt. Es war ein ausgesprochen edler und teurer Tropfen. Makaber war, dass er aus einem Weihnachtspräsent von Clemens Trieber stammte.

Auf seinem Nachttischschrank lagen, sorgsam sortiert, alle seine Papiere und Unterlagen. Ganz oben lag ein gefalteter Brief der an sie gerichtet war, beschwert mit der Medikamentenschachtel eines sehr starken Schlafmittels.

Bernhard hatte sich zur letzten Ruhe begeben. Friedlich und ohne Anzeichen von Schmerzen in seinem Gesicht lag er in seinen Kissen.

Heulend stürzte sie sich auf ihn und umfasste zärtlich seinen Kopf. Ihre Welt fiel in sich zusammen und um sie herum schien sich alles zu drehen.

Sie verstand nicht, dass es jetzt so weit war und er in Zukunft nie mehr in ihrer Nähe sein würde. Viele Minuten lang blieb sie weinend liegen.

Nachdem sie wieder zu sich gekommen war, dachte sie an seine realistische Auffassung, die er immer vertreten hatte. Er war nicht mehr, damit musste sie sich abfinden, auch wenn es schwerfiel. Nun fiel ihr wieder ein, wie besonders liebevoll und lange er sich am Abend von ihr selbst und auch von Klaus und den Kindern verabschiedet hatte. Gerade so, als ginge er auf eine sehr lange Reise ohne Wiederkehr.

Unter Tränen und mit zitternden Händen nahm sie den Brief vom Nachttisch und entfaltete ihn. Das Lesen fiel ihr sehr schwer.

Liebe Julia, verzeih mir bitte!

Ich hoffe sehr, du verstehst, dass ich diesen Weg gehen musste. Lange genug habe ich ihn hinausgeschoben. Jetzt ist die Zeit gekommen und ich bin bereit dazu. Endloses Leiden sollte mir und vor allem auch euch erspart bleiben. Du wirst es bestimmt auch Klaus und den Kindern verständlich machen können.

Mit angenehmer und liebevoller Erinnerung an euch gehe ich beruhigt meinen letzten Gang. Ihr habt mir mehr gegeben, als ich jemals im Leben erwarten durfte.

Vielen Dank für Alles – drücke die Kinder von mir. In Liebe und großer Dankbarkeit

Euer Berni

Wie immer prophezeit, hatte er sich selbst aus dem Leben verabschiedet, solange er selbstständig noch dazu in der Lage war. Trotz ihrer großen Traurigkeit über den herben Verlust hatte Julia volles Verständnis dafür. Alle seine persönlichen Angelegenheiten waren sorgfältig geregelt und ganz penibel dokumentiert. Selbst alle Details für seine Beerdigung waren genauestens geplant und detailliert beschrieben. Einen Bestattungsdienst, der die Abwicklung aller Formalitäten und die Beerdigung vollziehen sollte, hatte er bereits vor einiger Zeit beauftragt und kurzfristig telefonisch für den heutigen Tag bestellt. Der jetzt erschienene Mitarbeiter war genau instruiert.

Alle in der Familie waren sehr bestürzt über sein plötzliches Ende und trauerten lange um ihn.

Seinen ausdrücklichen Wunsch, an seinem Grab nicht um ihn zu jammern und zu heulen, konnten sie ihm nicht erfüllen.

KAPITEL 23

Es war ein sehr schöner, sonniger Tag im Mai. Kein Wölkchen trübte den Himmel. Der Seewind blies zaghaft erfrischend. Die junge, hübsche Frau mit den beiden lebhaften Kindern, einem Mädchen und einem Jungen im gleichen Alter, charterte ein schnelles und schickes Motorboot am Strand des Clubhotels. Sie ließen sich in einer vorgegebenen Richtung den langen Strand entlang fahren.

Die Zwillinge hatten riesigen Spaß am Auf und Ab der Wellen. Nahe am Strand war die Dünung stark genug, um das Boot in die Höhe zu heben und dann in die Wellentäler fallen zu lassen. Die dabei aufspritzende Gicht wurde jedes Mal mit lautem Jauchzen begleitet. Der Bootsfahrer tat den beiden gerne den Gefallen, die bei diesen Wellen größtmögliche Geschwindigkeit aus dem Motor herauszuholen. Er hatte selbst seine Freude daran. Sicherheitshalber trugen beide Schwimmwesten. Trotzdem hielten sie sich noch krampfhaft an den Haltegriffen fest. Ihre freudigen Stimmen schallten weit über das Meer und den einsamen Strand.

Die junge Frau saß nachdenklich im Heck des Bootes und behielt unablässig den Strand im Auge. Sorgfältig suchte sie alles ab und registrierte jede Veränderung der Landschaft. Nur sie allein wusste wohl, was sie dort suchte oder erwartete. Nach geraumer Zeit bat sie den Fahrer, in der Nähe einer ganz bestimmten Stelle, so weit wie möglich ans Ufer heranzufahren. Offensichtlich hatte sie jetzt den Anlegeplatz gefunden, den sie gesucht hatte.

Sie wollten ein wenig schwimmen gehen und dann ab hier ein Stück zu Fuß weiterlaufen erklärte sie. In ungefähr eineinhalb Stunden sollte er sie weiter oben wieder abholen.

Erstaunlich genau konnte sie ihm noch die von ihr gewünschte Abholstelle beschreiben. Sie schien sich hier gut auszukennen. Strand und Landschaft waren aber auch übersichtlich genug. Die junge Frau mit zwei Kindern war an diesem einsamen Küstenabschnitt sicher nicht zu übersehen.

Ganz nahe am Ufer sprangen die beiden Kinder bereitwillig ins seichte Meer. Sofort tollten sie im Wasser herum. Jeder noch so kleinen Welle wurde entgegen gelaufen. Gute und sichere Schwimmer schienen sie zu sein. Gegenseitig versuchten sie, sich unterzutauchen und nass zu spritzen. Dabei verbreiteten sie eine ansteckende Lebensfreude.

Bereitwillig half ihnen der Bootsfahrer noch, ihre Strandtaschen und die Kleidung trocken an Land zu bringen, bevor er sich, wie besprochen, ‚bis später' verabschiedete und davon fuhr.

Nichts Besonderes war eigentlich an der Stelle zu erkennen, an der die junge Frau ungewöhnlich lange verharrte. Geistig abwesend schaute sie auf den Boden, der genauso aussah wie alles rundum. Nur sie alleine wusste wohl, was dieser Platz für eine Bedeutung hatte.

Das recht frische Meer setzte der Ausdauer der Kinder Grenzen. Zitternd und mit klappernden Zähnen liefen sie bald zu ihrer Mutter, frottierten sich trocken und zogen sich trockene Kleidung an. Angeschwemmtes Strandgut, Muscheln und alles was an Kleintieren zu finden war, erweckten dann anschließend ihr neugieriges Interesse. Recht zügig gingen sie dabei ihrer Mutter folgend am Strand entlang weiter. Jedes Stück, selbst die im seichten Wasser schwimmenden Plastikflaschen wurden begutachtet und kommentiert. Eine mitgebrachte Plastiktüte füllte sich zusehends mit Muscheln und sonstigem für interessant gehaltenem Strandgut. Schnell kamen sie voran, ohne dass die Kinder Schwäche oder Langeweile zeigten.

Hinter einer Biegung wurden die Schritte der Mutter plötzlich deutlich schneller. Sie hatte ein Ziel erspäht, das sie zielstrebig ansteuerte.

An einem Felsen suchte sie sorgfältig jeden Quadrat-Zentimeter des Gesteins ab. Ihre Finger tasteten dabei an dem Steinbrocken entlang, auf der Suche nach Vertiefungen. Bewegungslos hielt sie auf einmal inne. Die Augen hatte sie dabei auf den Felsen gerichtet. Ruhig und andächtig stand sie davor. Viele Minuten musste sie wohl schon so verharrt haben, ohne sich zu bewegen.

Die zwei Kinder bemerkten in ihrem Übereifer, konzentriert auf das Strandgut, erst nach geraumer Zeit, dass ihre Mutter ungewöhnlich lange an der gleichen Stelle verharrte. Als sie schließlich zu ihr hin liefen stellten sie erschrocken fest, dass sie weinte. Dicke Tränen nässten ihre Wangen.

Ihrem Blick folgend, sahen sie den in den Felsen geritzten Schriftzug ‚Julia - Mai 2006‘.

„Mutti, warum weinst du denn?", fragten sie ängstlich und klammerten sich an sie.

„Hast du dir wehgetan?"

Julia Behrens, geb. Randstedt, umarmte die Zwillinge innig und hielt sie lange umschlungen. Die Kinder spürten, dass sie ihre Nähe brauchte. Beide waren ihr Ein und Alles, und vor lauter Glück darüber konnte sie ihnen sehr lange nicht antworten. Mit tränenerstickter Stimme sagte sie dann die verheißungsvollen Sätze, die beide erst sehr viel später in ihrem Leben einordnen und begreifen würden.

„Hier bin ich gestorben und nur mit viel Glück zum zweiten Mal geboren worden. Hier begann mein neues Leben. Hier hat mich euer Vater als ‚Strandfundstück' aufgelesen und mitgenommen."

Der Roman „Strandfundstück" erschien erstmals Ende 2015, und wurde, nach dem Ende der Vertragsbindung an einen Verlag, überarbeitet.

Beurteilungen und Rezensionen zur Erstauflage:

…sie haben authentische und glaubwürdige Charaktere geschaffen.
Der Handlungsbogen ist prall und bunt.
Auch beherrschen sie es, das Geschehen dicht gedrängt darzustellen und den Leser in die Welt ihrer Figuren hineinzuziehen.
…die Personen sind von intensiver Lebendigkeit.
…ein lesenswertes, sehr unterhaltsames,
und vor allem generationsübergreifendes Buch.

…hat mir sehr gut gefallen, ich konnte es nicht mehr aus der Hand legen, so sehr hat mich die Handlung gefesselt.

…war für mich die ideale Urlaubslektüre.

…hat mich sehr bewegt, ich konnte am Ende die Tränen nicht unterdrücken.

…hat mir sogar einige Tränen entlockt.

…auch für ältere Menschen gut zu lesen.

Helmut Baumgärtner wurde im Oktober 1946
in Ingelheim am Rhein geboren.

In Mainz machte er eine Ausbildung zum
Schriftsetzer und übte diesen Beruf bis
zu seiner Einberufung zur Bundeswehr aus.
Die Ableistung des Wehrdienstes im
Sanitätsdienst führte ihn nach Mannheim,
Koblenz, Hamm und Amberg.

Anschließende Weiterbildungen absolvierte er,
während verantwortlicher Tätigkeiten,
in Mainz, Wiesbaden, Würzburg und München.
Viele Jahre arbeitete er als Betriebsleiter
und später Geschäftsführer und Teilhaber eines
Dienstleistungsbetriebes in München.
Bis zum Ende seiner Berufstätigkeit war er
als selbstständiger Berater für Druckobjekte aller
Art und Werbung in München tätig.

Während des Berufslebens wohnte er in Mainz,
Würzburg, Taunusstein, München, Berg bei
Starnberg und in Geretsried bei Bad Tölz.

Seit dem Eintritt in den Ruhestand lebt er
zusammen mit seiner Frau in Lorsch/Hessen.

Der zweite Roman von Helmut Baumgärtner
erschien 2017 als E-Book und als Taschenbuch.

Überlebenstraum

Verfluchter Stress!

Der Stress in unserem leistungsorientierten
Leben verursacht bei einem Unternehmer
erhebliche Zweifel an seiner beruflichen und
auch an seiner privaten Lebensweise.

Ein ungewöhnliches, tragisches Ereignis zwingt
ihn plötzlich zu anderen lebensnotwendigen
Aktivitäten. Durch seine akribische Planung und
Organisation sichert er das Überleben.

Eine überraschend schlüssige Erklärung für den
Schicksalsschlag verändert sein Bewusstsein und
führt zu einer neuen Lebensqualität.

Episoden und Erfahrungen aus vielen Bereichen,
mit glaubwürdig dargestellten Personen,
fließen in die abwechslungsreiche Handlung ein.

Kritische Gedanken animieren zum Nachdenken.

ISBN 978-3-740-728724

TWENTYSIX – Der Self-Publishing-Verlag

Beurteilungen und Rezensionen
zu Überlebenstraum:

…habe ich mir fast in einem Rutsch zu Gemüte geführt. Ich war sehr angetan von der ganzen Geschichte und auch der Art der Erzählung.

…tolles Buch und sehr gut geschrieben. Habe es in einem verschlungen, weil die Geschichte der Hammer ist.

…ein spannendes und mitreißendes Buch, das mich von Anfang bis Ende gefesselt hat.

…ein sehr spannendes Buch, es passt wunderbar in die heutige Zeit. Es hat mich gefesselt und zum Nachdenken angeregt. SUPER

…hoffe, der Autor beglückt seine Leser noch mit weiteren Büchern.

…solch eine erfinderische, utopische und doch packende Handlung habe ich nicht erwartet.

Der dritte Roman von Helmut Baumgärtner
erschien 2018 als E-Book und als Taschenbuch.

Ein dramatischer Winterurlaub.

Es sollte ein schöner Skiurlaub werden,
stattdessen wurden sie vom Pech verfolgt
und zum Opfer von Naturgewalten.

Im Schneesturm bei eisiger Kälte bestimmt
eine lockere Skibindung ihr Schicksal.

Die letzte Seilbahn erreichen sie nicht mehr
und geraten auf die falsche Skiabfahrt.
Als sie wieder hoffen heil ins Tal zu kommen,
schlägt die Natur erbarmungslos zu.

Können sie sich aus eigener Kraft aus
ihrem kalten Grab befreien?
Werden sie rechtzeitig gerettet,
oder bleibt ihnen nur die Wahl
zwischen Erfrieren und Ersticken?

Der Kampf ums Überleben wird auch zur
Bewährungsprobe für ihre Beziehungen.

ISBN 978-3-740-750978

TWENTYSIX – Der Self-Publishing-Verlag

www.baumgaertner-helmut.simplesite.com
bplushb@aol.com   Facebook